U0037334

大旗出版
BANNER PUBLISHING

大旗出版
BANNER PUBLISHING

Oh My God!
阿波羅的
倫敦愛情故事
Gods Behaving Badly
瑪莉・菲莉普（Marie Phillips）◎著
郭立芳◎譯

【書評】

瑪麗．菲利普一鳴驚人的處女作，筆觸輕鬆有趣，最富原創性。絕妙的古今對比，讓你腦中不自覺的浮現當代價值觀，值得細細品味。盡情大笑之餘，心中頓時流過一股暖流。希臘眾神的情慾糾葛在二十一世紀的倫敦重新上演。

——**《獨立報》**（Independent）

保證笑到胃痛……這是一本極具魅力，又發人深省的佳作。

——**《泰晤士報》**（Times）

爆笑、睿智……菲利普巧妙地以希臘神話為藍本，編出此等輝煌榮耀之作。在讀到皆大歡喜的完美結局之前，保證你從頭笑到尾。

——**《蘇格蘭人報》**（Scotsman）

在瑪麗．菲利普出色的作品中，希臘眾神離開奧林帕斯山的仙境，來到二十一世紀的倫敦，卻被迫擠在一棟快要解體的舊宅院。本書最大的魅力在於角色性格的精心刻畫——既傲慢卻幼稚、滿嘴髒話卻天真浪漫、充滿力量卻總是抓不到重點。

——**《蘇格蘭人報》**（Scotsman）

瑪麗．菲利普的佳作絕對值得大力推薦，這本書實在是太棒了——幽默而不矯情、睿智、可讀性高。讀完本書，你不得不佩服作者運筆如神的寫作功力。

——**《觀察家報》**（Observer）

這本書獨特的地方在於——真的是與眾不同——令人激賞的創意和充滿智慧的幽默。Dan

Franklin 說，社會各階層的讀者都無法抗拒這本小說的魅力——不管你是學術氣息濃厚的專家學者，還是每天搭乘地鐵上下班的普羅大眾。本書絕對會讓你笑到求饒……書中的角色令人印象深刻。

——《電訊雜誌》（Telegraph Magazine）

出版界公認最殺的一本好書！本書是部落格作家瑪麗．菲莉普初試啼聲的佳作。它散發出一股獨特的魅力，原創性十足，讀完後保證通體舒暢，全然放鬆。

——倫敦《標準晚報》（Evening Standard）

迷人又風趣，瑪麗．菲利普深厚的寫作功力絕對不輸古代的諷刺作家。

——《泰晤士報》（Times）

笑果十足，輕鬆搞笑的冒險故事，但是你不得不佩服作者精彩的劇情鋪陳。

——《書商週刊》（The Bookseller）

希臘眾神在倫敦北區毫無節制的尋歡作樂，天馬行空的想像力讓人拍案叫絕，赤裸裸的情慾宣洩讓人臉紅心跳。

——《衛報》（The Guardian）

作者以希臘神話為藍本，透過輕鬆、幽默、靈活的寫作方式，讓讀者重新思考死亡、信仰與無窮的真實意涵。

——《大都會報》（Metro）

1

某天清早，和往常一樣，阿特蜜絲[1]正帶著幾隻狗在漢普斯德公園散步。

突然間，她注意到在路旁斜坡的樹蔭遮蔽處，站著一株不該出現在那兒的樹。一般人是不會注意到那棵樹的。然而，觀察力極為敏銳的阿特蜜絲可不是普通人。此外，她每天都會經過公園的這個角落，她對周遭的一景一物可謂瞭若指掌。她注意到這棵樹昨天還不在這裡。不僅如此，她一眼就認出這棵樹是一種全新的樹種，是一種昨天還不存在的尤加利樹。

事實上，這棵樹根本就不應該存在。阿特蜜絲把狗拉到身後，朝那棵樹走去。她伸手摸了摸樹皮，感受它的呼吸，把耳朵貼在樹幹上，傾聽它的心跳，謹慎地朝四周看了看，很好，時間還早，附近沒有其他人。她提醒自己，不可以對這棵樹生氣，畢竟這不是它的錯。

「嗨！」她開口說。

一陣靜默。

「嗨！」她又說了一次。

1 阿特蜜絲（Artemis）是希臘狩獵女神、月神，最初是森林與自然之神。相當於羅馬神話的「Diana」，以「林中的黛安娜（Diana Nemorensis）著稱。由植物女神又引申為豐收女神。

這時，樹以帶點澳洲口音的聲音回應：「妳在和我說話嗎？」

「是的。我叫阿特蜜絲。」

就算樹有聽過她的名字，它也沒有表現出來。

「我是代表狩獵與貞潔的女神。」

又是一陣靜默。

過了一會兒，那棵樹再次開口，她自我介紹：「我叫凱特，在高盛證券的併購部門工作。」

「凱特，妳知道發生什麼事了嗎？」阿特蜜絲問。

經過好長一陣靜默後，正當阿特蜜絲打算再問一次時，樹終於開口了：「我想我變成了一棵樹。」

「沒錯！」阿特蜜絲答。

「感謝上帝！我以為我瘋了。」但樹思考了一會兒後改口說：「事實上，我寧願我瘋了。」然後，樹又語帶期盼地問了一次：「妳確定我真的沒瘋？」

阿特蜜絲說：「我確定妳沒有發瘋。妳的確是一棵樹，妳是一棵尤加利樹。更確切的說，妳是一棵雜色葉的灌木桉樹。」

「這樣啊！」

「對於妳變成一棵樹這件事，我很抱歉。」阿特蜜絲說。

「妳剛說我的葉子是雜色的？」

「是的，綠色和黃色。」

樹似乎對這個答案很滿意：「我想我該心存感激。」

阿特蜜絲立刻語帶鼓勵地回應：「這樣才對嘛！」

接著，樹以閒聊的口吻問道：「妳剛才說，妳是代表狩獵與貞潔的女神？」

「沒錯。事實上，我還代表月亮等好多東西。我叫阿特蜜絲。」她趁機再次強調自己的名字。事實上，即使到現在，每次聽到凡人說沒聽過她的名字時，她的心中還是會隱隱作痛。

「呃，我從來不知道有狩獵、貞潔及月亮女神的存在。我以為世上只有一個神，一個代表萬物的神。抱歉，我無意冒犯，不過……其實我根本不相信神的存在。」樹坦承。

阿特蜜絲說：「沒關係！我不介意。」對她來說，無神論者總比異教徒來得好。

「我得說，妳看起來實在不像個女神。」

「那妳心目中的女神應該是什麼樣子？」阿特蜜絲的聲音突然變得有些尖銳。

那棵樹略微緊張地回答：「我也不知道，不過妳是不是應該穿件類似古希臘時代女神穿的那種白色寬袍？或者，起碼頭上戴頂桂冠？」

「妳是說，我不應該穿運動服囉？」

「沒錯。」

「時代已經變了。老實說，妳看起來也不像一個在高盛證券併購部門工作的員工。」她的語氣暗示穿著的話題該就此打住。

一陣短暫的沈默後，樹開口：「我還是無法接受妳是一個女神，至少昨天的我是絕對不會相信的，今天我居然會被……」

那棵樹以幾乎察覺不到的方式輕輕地聳了聳肩，樹葉發出些許沙沙的聲音。陷入一陣思考後，它說：「既然妳是女神，那妳可以把我變回來嗎？」

阿特蜜絲早就知道她會提出這個問題。

「很抱歉，但我不能這麼做。」

「為什麼？」

這個出乎預期的答案似乎讓那棵樹陷入一陣沮喪，而她失望的語氣讓阿特蜜絲無法說出心中早已準備好的答案：「因為我不想這麼做。」

「事實上，神不能撤銷別的神已經做的事。」她被自己說出的話給嚇了一跳，因為她一向不喜歡向別人坦承自己的弱點，尤其是在人類面前。

「妳是說那個男人也是神？那個把我變成這樣的人是神？唉！我知道我不應該感到訝異，只是我之前還期盼他個催眠大師。」

「不！他的確是神。」

「嘿……幫個忙！妳可以把那隻紅色雪達犬拉離我遠一點嗎？我實在不喜歡牠在我旁邊嗅來嗅去的。」

「真抱歉。」阿特蜜絲連忙把那隻笨狗拉開，「現在妳可以告訴我到底發生了什麼事嗎？」

「我昨天在散步時，這個男人走上前向我攀談……」

「他是不是身材高佻、金髮，而且長得異常俊美？」

「就是他！」

「他跟妳說了什麼？」阿特蜜絲問。

只見樹皮形狀有些微變化，看起來像是樹沉下臉來。

「他說……」

「他到底跟妳說了什麼？」阿特蜜絲語氣變得強硬。

他說：「嗨！要不要幫我口交啊？」

口交！為什麼人類會為彼此做這種事？阿特蜜絲光是想到就覺得一陣噁心。

「我說我不要，他就說：『妳確定？妳看起來很行的樣子，而且我保證妳會很爽哦！』」

「凱特，請容我代替我的哥哥鄭重向妳道歉。如果可以的話，我絕對不會讓他在沒有人監管的情況下，擅自出門。」

「他是妳哥？」

「很不幸地，他是我的孿生哥哥。」阿特蜜絲說。

「總之，我掉頭就走，可是他跟蹤我。我越走越害怕，就開始用跑的。接下來，待我恢復意識後，就變成這樣了。」

阿特蜜絲邊聽邊搖頭，「這已經不是第一次發生了，我一定會找他好好地談一談。」

「那他之後就會把我變回來嗎？」

「那當然。」阿特蜜絲扯了個謊。

「既然如此，那就不用告訴我家人這件事了。不過我還是要打個電話，跟公司說我生病了，不然我這樣怎麼去上班。對了，我有帶手機，應該就在這附近。可不可以請妳可以幫我撥電話給我老闆，然後把手機貼在樹幹上？」

「很抱歉，現在人類是無法和妳溝通的。只有神和其他植物可以和妳溝通。正常情況下，我是不會和植物攀談的，畢竟正常人是不會這樣做的。」

「這樣啊！」

阿特蜜絲給樹一點時間消化這個訊息。

過了一會兒，它說：「奇怪！為什麼我不會難過？如果妳昨天告訴我，我今天會變成一棵樹，我一定會非常難過的。」

「因為妳已經不是人，而是一棵樹了。」

阿特蜜絲繼續解釋：「所以妳沒有情緒起伏。也許這樣妳會比較快樂，而且妳會活得比較久，除非……風變強了……」

「或者妳哥哥把我變回來，是吧？」

「那當然。嗯，我得走了。我必須把這幾隻狗送回……我朋友那裡。」

「很高興認識妳。」

「我也是。再見！希望很快能再見到妳。」

阿特蜜絲親切的笑容在她還沒完全轉身之前就消失殆盡。那幾隻狗看到她的表情，低吠了幾聲。不過，牠們沒做錯事，所以不用怕阿特蜜絲。

該是回家找阿波羅[2]算帳的時候了。

2 阿波羅（Apollo）是希臘神話及羅馬神話中的太陽神，是宙斯（Zeus）與黑暗女神勒托（Leto）的兒子。他是光明之神，也是預言之神。他同時掌管音樂、醫藥、藝術、預言，是希臘神話中最多才多藝，也是最美最英俊的神祇，也象徵著男性之美。

2

曾有一段時間，阿波羅很享受和阿芙羅黛蒂[3]躲在浴室裡做愛所帶來的激情，阿波羅一邊想著，下體一邊快速而有節奏地在阿芙羅黛蒂的陰道內來回抽動。他看著她斜靠在斑駁的牆壁上，一隻纖纖玉足踩在髒兮兮的馬桶水箱上。腳指上完美的趾甲油讓她更加地性感迷人。她真是個絕世美女，連阿波羅都不能否認這點。儘管海倫[4]那張豔傾國城的臉龐跟她有得拚，但是毫無疑問地，阿芙羅黛蒂才是有史以來最性感嫵媚的絕代美女。

阿波羅看著她的深邃的雙眸（來回抽動）、飄逸的秀髮（來回抽動）、嬌嫩的雙唇（來回抽動）、柔滑的肌膚（來回抽動）、傲人的雙峰（來回抽動）、修長的美腿（來回抽動）——他在

---

3 阿芙羅黛蒂（Aphrodite）是希臘神話中的愛與美之神，有著古希臘最完美的身形和樣貌，象徵愛情與女性的美麗，被認為是女性體格美的最高象徵。

4 希臘神話中的美女海倫（Helen）是宙斯的女兒，從鵝蛋中生出來，十六歲時被迫嫁給斯巴達王莫內勞斯（Menelaos），為斯巴達王后。後來特洛伊王子赫克托耳和二王子帕里斯（Paris）到訪斯巴達，帕里斯把她拐去，帶回特洛伊。斯巴達王大怒，他向哥哥邁錫尼國王阿加門農求助，希臘聯軍組織一千艘的船艦出征，而引起著名的特洛伊戰爭。後世有人形容這場戰爭為「使千艘戰艦齊發的容貌，海倫的美引發了特洛伊戰爭。」

她身上還真找不到一絲瑕疵。不過這也不是什麼她個人的成就，畢竟她本來就是代表美的女神。但是她看起來一定要這麼的……無趣嗎？事實上，阿波羅覺得和阿芙羅黛蒂做愛真是無聊到令人抓狂，但是他驕傲的自尊告訴他絕對不可以讓她也有相同的感受。

「我要轉過身囉！」阿芙羅黛蒂說。

「好。」阿波羅回答，暗想至少不用再面對她那張美麗卻無趣的臉。

阿芙羅黛蒂將身體抽離阿波羅後轉過身去。她彎下蠻腰，象牙般白皙的屁股高高挺起，朝著她的侄子。她纖長嫵媚的玉手抵住牆壁。阿波羅調整好姿勢後，將堅挺的陰莖緩緩滑入她的屁股，滑順地來回抽動。他往下看，她柔順閃亮的捲髮性感地披散在她雪白光滑的肩膀上，他幾乎可以想像自己是在和凱薩琳麗塔瓊斯亂搞。有沒有可能說服阿芙羅黛蒂講兩句威爾斯語[5]，創造點新鮮的感覺？他只要她有點變化，只要她能不再這麼枯燥乏味，她做什麼都行。

阿波羅好想離開；他想離開阿芙羅黛蒂，離開這間浴室，離開這間房子，離開這種生活。他真是受夠了倫敦。一六六五年時，倫敦的一場大瘟疫爆發後，房價跌到谷底。隔年的一場大火又讓房價回升，他們全家人就是在這段期間搬到倫敦的。這當然是他妹妹，也就是智慧女神

5 凱薩琳麗塔瓊斯（Catherine Zeta Jones）的故鄉為英國威爾斯（Wales）。

雅典娜[6]，所想出的投資策略。儘管當時他們是以超便宜的價格買下這棟房子，但他那時就預見未來，他們將永遠都賣不掉這棟房子。當時，他提出了嚴正的警告，但是都沒有人相信他。的確，他曾經為達目的而故意隱瞞或扭曲預言，加上大家都知道，他從頭到尾都不想搬到倫敦，但是他這次的預言是正確的。打從一開始他就知道今天他們會落得這樣的下場，而以宙斯的名義買下這棟房子是問題的主因。但即便是阿波羅，當時也無法預料到宙斯今日的下場。

「我想重新佈置我的房間。」阿芙羅黛蒂說：「我只是想做點小小的改變，我相信赫兒不會介意的。」

赫兒就是匠神赫斐斯托斯[7]，也是阿芙羅黛蒂的丈夫，其醜陋程度和他妻子的美艷程度不相上下。雖然他在這個家裡備受鄙視，但是家裡大大小小的裝修工程都是由他包辦。他們在這裡住了超過三百年。可以想見，這棟老房子有很多地方需要修補。但是阿波羅還是覺得，赫斐斯托斯應該把時間花在防潮、油漆、修理浴室漏水等維修工作，以造福全家人，而不是老是順著

6 雅典娜（Athena）是希臘神話中的勝利女神和智慧女神，也是農業與園藝的保護神、司職法律和秩序的女神，奧林匹斯十二主神之一，據說她傳授紡織、繪畫、陶藝、雕刻，畜牧等技術給人類。她也是個女戰神。

7 赫斐斯托斯（Hephaetus）是希臘神話中的火神和匠神，是宙斯與赫拉的兒子。相傳火山是他為眾打造神兵和神器的工匠爐。他是諸神的工匠，具有高超的技巧，製造了許多著名的神兵、神器。傳說阿波羅駕駛的馬車、愛羅斯的金箭銀箭、宙斯的神盾都是他鑄製的。

阿芙羅黛蒂；每當她大發嬌嗔時，他就想辦法幫她把臥弄得更加華麗。

「那妳這次打算怎麼佈置？」他隨口敷衍：「裝飾更多的金色樹葉？在水晶燈上懸掛更多的鑽石？還是你終於願意撤掉那些俗到不行的玫瑰？」

阿芙羅黛蒂倏地轉過身來，怒瞪了阿波羅一眼，但是她杏眼圓瞪的樣子看起來還是十分撩人。

「玫瑰是哪裡惹到你了？我這次只是想把紅玫瑰再換成粉紅色玫瑰。」說罷，她轉過身去，一隻倒楣的蟑螂正好從她眼前經過，她撿起那隻可憐蟲，用姆指和食指把它掐碎。

「速度放慢一點。」她說。

阿波羅乖乖地照做，腦海裡浮現過去和未來都得和阿芙羅黛蒂住在一起的畫面。幾千年過去了，接下來還有好幾千年要過，但這已經是他能得到最好的結果。雖然她數千年如一日，整個無趣到不行，但能和她做愛總比完全沒有性生活來得好。事實上，根本不會有其他的神會願意跟他上床。

他常常希望自己能有一個姿色在水準之上的人類女友，就像他以前在希臘或是羅馬的那些女朋友一樣；她們把他當成超級偶像一樣的崇拜，對他溫順又聽話。阿波羅甩甩頭，決定強迫自己不可以再繼續想下去，免得越想越沮喪。在那個現在統稱為「紀元前」的年代，生活比現在好過太多了。

這時，外頭突然有人敲門，巨大的聲響簡直就跟炸彈從天上掉下來沒兩樣。能發出這種巨響的沒有別人，一定是戰神阿瑞斯[8]，也是阿波羅同父異母的哥哥兼室友。阿波羅最不想承認的事實是，阿瑞斯才是阿芙羅黛蒂的最愛。想到這，阿波羅不得不停止進行到一半的動作。

「裡面的快點好不好？」阿瑞斯大吼，「我今天早上有一場『大開殺戒』的示範教學，我得刮個鬍子再出門。」

「滾開！」阿波羅大叫，繼續剛剛的動作，「是我先進來的，你給我乖乖在外面等！」

「讓他進來嘛！他可以加入我們，這樣更好玩啊！」阿芙羅黛蒂明顯地偏向某一邊。

「你剛剛沒聽到嗎？他說他要出門了，他才沒時間陪妳哩！」

「相信我，沒有人敢跟我說他沒時間。」

她說的沒錯，但是阿波羅覺得在性方面，沒有被他哥哥給比下去的必要。

「浴室本來就是先搶先贏，」阿波羅說：「如果他不爽的話，他大可叫赫斐斯托斯再蓋一間啊！反正赫斐斯托斯早就該多幫我們蓋一間浴室，而妳那該死的壁紙更換工程可以再等一等。」

「我好了！」瞬間，阿芙羅黛蒂迅速而俐落地達到高潮，將屁股自阿波羅身上猛地抽起。

「我還沒好耶！」阿波羅大聲抗議。

「那你下次最好對我好一點。」

8 阿瑞斯（Ares）司職戰爭，形象英俊，性格強暴好鬥，十分喜歡打仗，而且勇猛頑強。他是力量與權力的象徵，為嗜殺、血腥，人類禍災的化身。他和阿芙羅黛蒂生下小愛神愛羅斯（Eros）和其他幾個兒女。

阿芙羅黛蒂跨過滿是裂痕的瓷釉浴缸，打開蓮蓬頭。阿波羅看著自己原先雄偉腫脹生殖器的逐漸萎縮下垂，他一跛跛地走向洗臉台，在陰莖上猛澆冷水。

毫無疑問，阿芙羅黛蒂對他沒有一絲尊重。他盯著洗臉台上方那面發霉的鏡子，忍不住暗想：如果我身上有個刺青，不知道阿芙羅黛蒂是不是會更喜歡我一點？

「我真不敢相信。」阿芙羅黛蒂拉高聲音。

「我只是想想而已嘛！」阿波羅說：「我又沒有真的要……」

他的聲音淹沒在阿芙羅黛蒂的怒吼中：「又沒有熱水了！」

她怒氣沖沖地走到浴室門口，打開門，把頭探向那冰冷而空無一人的樓梯間，扯著喉嚨大喊：「是誰把熱水用光了？」

沒人鳥她。她只好把頭縮回來，碰的一聲把門摔上。

「我真討厭這個家。」她說。

「不是只有妳有這種感覺。」阿波羅回道。

阿芙羅黛蒂轉過身來，阿波羅以為她要對他發作。出乎意料地，她擺出她最甜美的招牌笑容。那種笑容像是快淹死的人看到一根浮木般的難以抗拒，令人為之瘋狂。那是她在某些特定場合才會「使用」，或是她真正開心時才會展現的笑容，而就他了解，這些年來，她真正開心的時刻越來越少了。然而，隨著數個世紀過去，她的笑容只是蛻變得更加令人無法抵抗。

阿波羅暗想：她一定是有求於我。但是他警惕自己，不論她接下來要說什麼，絕對不可以向她妥協。

這時，她的眼睛突然充滿著阿波羅忍不住認為是代表真誠的溫暖光輝，「親愛的小羅羅，」阿芙羅黛蒂嬌聲軟語地說：「我們剛剛度過如此銷魂的快樂時光，我想你應該不介意運用你一點點的神力，加熱一滴滴洗澡水給我用吧？我只要沖個『小小』的熱水澡就好了。哦！你剛剛真是讓我……」她邊說邊將蔥段般的手指由胸口下滑至豐滿的乳房中間「……滿身大汗。」

阿波羅眨了兩次眼睛，猛地吞了兩次口水。他用盡全力，強迫那話兒不准亂動。等到他確定自己的身體和嘴巴都聽命於大腦的指令後，他才敢開口。他以他所能擠出最冷淡的語氣說：「抱歉！我不要。」

「求求你嘛，親愛的，」阿芙羅黛蒂繼續懇求，「我自己也可以做得到，但是你剛剛真的把人家弄得好累好累。還是，如果你想的話，你可以跟我一起洗啊……」她湊過去，波浪般的濃密睫毛下，一雙迷人的電眼直揪著他。

阿波羅努力避開她的眼神，強迫自己盯著地板：「不要就是不要。如果妳想要熱水，就用自己的神力。」

「去你媽的！」阿芙羅黛蒂破口大罵，剛剛的笑容頓時消失，表情瞬間變成一隻冰冷的死魚。她老大不情願的踏入冰冷的淋浴間，恨恨地拉上浴簾，一副「你給我記住」的表情。

阿波羅深知這是個錯誤的決定。根據他的了解，阿芙羅黛蒂發起飆來應該比地獄之火還恐怖。奇妙的是，想到這，他居然有一絲喜悅。被她的復仇之火燒到一定不好受，但是至少可以打發點無聊時光。

3

阿特蜜絲把狗兒們一隻隻送回給那些不知感恩的主人。領取了微不足道的報酬後，她不像往常回到公園去抓松鼠，而是直接回家。

她在門口稍稍停留了一下。大門上，過去曾經油亮的黑漆已龜裂剝落，出現一道道不規則的刮痕，而那個桂冠葉形狀的門環也已失去原有的光澤，晦暗到看不出是哪種金屬材質。進家門前，阿特蜜絲習慣在門口停留一會兒，將庸俗的人間拋到腦後，重新找回她那與身俱來的不凡氣質。事實上，主要是因為她知道進門之後，接下來好一段時間她不能再享有像現在這般寧靜。

但是這次她連門都還沒打開，就聽到房子裡傳來震耳欲聾的音樂，她奮力抵抗那一波波朝她席捲而來的搖滾巨浪，一路走到位於房子後方的廚房。她同父異母的弟弟狄奧尼索斯[9]在桌上架起全套混音設備，身後則是一整排的唱片，面前擺著一個空酒瓶，另一個酒瓶已經空了一大半。他正埋首於音樂創作，頭上帶著大大的耳機，那張山羊般的臉上掛著一抹陶醉的笑容。

9 狄奧尼索斯（Dionysius）是古希臘時代色雷斯人信奉的葡萄酒之神，不僅握有葡萄酒醉人的力量，還以布施歡樂與慈愛在當時成為極有感召力的神。他教會農民釀酒，因此成為酒神，也是古希臘農民最喜歡的神明之一，每年以酒神祭祀來紀念他。

在他身後，雅典娜正大聲咆哮。但是她的聲音幾乎完全被淹沒在音樂聲中。

「你知道家裡還有其他人正在工作嗎？」她大聲吼著：「我正在樓上的房間進行一項前所未有的研究計畫，但是你製造的噪音讓我完全無法專心！」

「我認為你那所謂的『享樂主義』不過是一張自私而醜陋的面具！」雅典娜氣到連眼鏡都冒出蒸汽。事實上，她的視力好得很，根本不需要戴眼鏡。她之所以戴這副沒有度數的眼鏡，只是為了增強她的智慧。

「你們兩個有看到阿波羅嗎？」阿特蜜絲問。

狄奧尼索斯埋著頭繼續混音，（或者繼續刮他的唱片，阿特蜜絲不知道這兩者有何差別），而雅典娜則繼續咆哮。

「我的研究計畫可不是為了我個人的享樂！我是為了所有的神謀福利，當然也包括你！你這隻醃到發酸的臭山羊！」

阿特蜜絲決定不在他們兩人身上浪費力氣，於是她在震耳欲裂的噪音聲中走回大廳，一直走到房子前端的客廳。客廳裡所有的沙發和椅子全都又破又髒，有些甚至已經壞了。只見阿瑞斯坐在椅墊上，面對著一張搖搖晃晃的咖啡桌，桌上散佈著地圖和圖表。他手裡拿著一只圓規，蹙著眉，顯然正在處理一些複雜的計算問題。阿特蜜絲走進來時，他連頭也沒抬。

「你需要刮個鬍子。」阿特蜜絲靠在門邊說。

他嗯了一聲，沒有回頭：「反恐戰爭造成的傷亡簡直是少得可憐。真應該把伊朗給拉進來。但是我不認為他們現在有足夠的火力。不知道我有沒有辦法激怒日本。」

「你有看到阿波羅嗎?」阿特蜜絲問。

「是可以找俄國沒錯,」阿瑞斯繼續說:「但是自從冷戰結束後,煽動俄國是越來越難了。為什麼人類都這麼愛好和平?」他在桌上那堆紙中間翻來翻去:「也許該是擴大非洲內戰的時候了。」

阿特蜜絲翻了個白眼,碰地關上客廳的門。她走上二樓,看到赫斐斯托斯正在原先是雅典娜舊書房的地方蓋一間新的浴室,但是他事先並沒有徵得雅典娜的同意。經過浴室時,阿特蜜絲沒有敲門。她從不敲門。她一腳踹開門後,長驅直入。

阿波羅全身赤裸地坐在馬桶上,雙腳打開,正在擦透明指甲油。阿特蜜絲正要開口時,浴簾猛地被扯開,只見阿芙羅黛蒂全身發光,露出一抹蛇蠍美人般的迷人笑容。

「拜託妳關上門好不好?妳一開門,就有一股冷風灌進來。妳看,我的乳房都起雞皮疙瘩了。」她邊說邊撫弄一邊的乳房,像是在檢查櫻桃是否成熟一樣。

阿特蜜絲才不會落入她的陷阱。她知道阿芙羅黛蒂向來喜歡誇大,於是她隨手抓起一條毛巾,朝她姑姑扔過去。

「會冷就把身體包起來啊!」

阿芙羅黛蒂接住毛巾,順手將頭髮包起來。

阿特蜜絲轉過身去,對著他的哥哥。

「阿波羅,我有話和你說。現在方便嗎?」

「不方便。」阿波羅回答。

「很好，我今天在漢普斯德公園慢跑時，你猜我看見了什麼？」

「兩個男人在樹叢裡做愛？」阿芙羅黛蒂斜靠在浴缸邊說。

阿特蜜絲忍住爆發的衝動：「我不記得我有跟妳說話。」

「的確沒有。」阿芙羅黛蒂回答。

「阿波羅，」阿特蜜絲：「你說呢？」

「我完全不知道你在說什麼，」阿波羅回答，但是他臉色有些蒼白。他希望他的預感是錯的，因為他知道接下來將發生什麼事。

「那麼請容我提醒你，請問你對凱特這個名字有印象嗎？」

阿波羅這回是真的感到訝異：「完全沒有印象。」

「我想也是。還記得你昨天把一個澳洲女孩變成一棵樹嗎？她就是凱特。」

頓時，阿波羅臉上的血色盡失。他看起來像一座太陽神的雕像。

「你說什麼？」阿芙羅黛蒂立刻站起身，並失聲叫道。她看起來比阿特蜜絲還憤怒。

「我……」阿波羅說：「我……」

「你連為我加熱一滴滴洗澡水都不願意，卻願意花許多神力把一個愚蠢的婊子變成樹？」

「她不是婊子，」阿特蜜絲接下去：「也許在他面前不是婊子，而這正是問題所在。」

話畢，很難得地，她和阿芙羅黛蒂兩人一同笑出聲來。顯然這是壓垮阿波羅的最後一根稻草。他猛地從馬桶上跳起來。

「我愛怎麼運用我的神力與你們倆無關！」

「怎麼會無關？這和我們每個人都有關。」她走到窗邊，拉開百葉窗，「今天太陽有升起嗎？」她瞇起眼向外看，「我想今天是有升起。算你走運！」

她關上百葉窗，轉過身來，「但是太陽有準時升起嗎？或是比平常晚了點？有像往常一樣發光發熱嗎？這我可不確定。也許太陽正在逐漸變暗，而那是因為掌管太陽的神正忙著浪費他的神力，發明一種長得像人的尤加利樹，來分擔他的工作。」

「少在那裡說那些道貌岸然的話了！看看妳自己。許多國家早就禁止狩獵，還有貞潔？這是哪門子落伍的觀念？看起來妳也沒有把妳的神力用在該用的地方嘛！或是妳的神力其實早已消失不見？」

「等等！你這麼說並不公平」，阿特蜜絲邊以眼神暗示，要阿芙羅黛蒂幫她嗆回去。

「送你四個字，阿波羅，」阿芙羅黛蒂說：「全球暖化。」

「妳也要加入是不是？」阿波羅轉向阿芙羅黛蒂，「來啊！美麗之神是吧？你最好是都沒有問題。你到底有沒有意識到現在全球人口正面臨前所未有的肥胖問題？肥胖符合妳所謂美麗的標準嗎？」

「我們之間的差異，」阿特蜜絲說：「在於阿芙羅黛蒂和我不會到處濫用神力，只因為某個女人不讓我們……」

「將下體插進她體內……」阿芙羅黛蒂好心地幫她把話說完。

「少來，妳們不過是做壞事沒被抓到而已。」

「你，」阿特蜜絲假裝沒聽到他的話，「給我發誓，說你再也不會做出這種事。再也不把神力濫用在把人變成樹之類的蠢事上。」

「而且要以冥河斯提克斯的名義發誓。」阿芙羅黛蒂補充說。對眾神來說，以冥河名義起誓的誓言才具有約束力。這也就是為什麼他們都很討厭以斯提克斯的名義起誓。

「等等，這不公平，」阿波羅抗議：「你們沒有權利命令我發誓，我才不幹。」

「那好，」阿特蜜絲說：「那我就打電話給所有的親朋好友，告訴他們你做了什麼好事。然後我們就可以用民主的方式來決定該怎麼處理。如果你認為這樣做會對你比較有利的話……」

「喔！不，不，」阿波羅說：「求求妳千萬別這麼做，這件事沒必要讓其他人知道。」

「那還不快發誓！」

「等等，不能這樣，」阿波羅說：「這樣一點也不合理，你們不能這樣就叫我發誓。畢竟沒有人能知道未來會發生什麼事。」

「連你也不能？」

「也許將來雅典娜能想出辦法，讓我們再次變得神通廣大。」阿波羅繼續說：「如果屆時我不能隨意運用神力，那擁有神力又有什麼意義？」

「在雅典娜想出辦法讓我們回到過去之前，我們只能使用僅剩的神力，而且我們的力量正逐漸消失……」阿特蜜絲說。

站在她旁邊的阿芙羅黛蒂聽到這話，臉色越發蒼白。

「面對現實吧！阿波羅。我們的年紀越來越大了。」阿特蜜絲說：「你不能隨意將神力浪費在一些微不足道的小事上。這樣你很快就會用光的。我們都需要你。這個世界不能沒有太陽。你必須和我們合作。」

「好吧！我願意合作。」他決定屈服。

「這樣還不夠，」阿特蜜絲說：「我需要一個保證。」

「也就是你必須以斯提克斯的名義起誓。」阿芙羅黛蒂再次微笑地說。

她們倆站在阿波羅和浴室的門之間。阿波羅知道這兩人都非常固執。若有必要，她們會在這裡跟他耗上很多年。

「好啦！那你們到底要我發什麼誓嘛？」

阿特蜜絲靜默了幾秒，然後嚴肅的宣佈：「阿波羅，你必須以冥河的名義起誓，說你不會在不必要的情況下濫用你的神力，除非我們重新恢復力量。」

「等一下。」阿波羅說。

「又怎麼了？」

「我才不要發這種誓，這根本是完全限制我的能力嘛！我們又不知道斯提克斯如何定義哪些是不必要的情況。畢竟她是一條河。很多事情對她來說都是不必要的。」

「他說的有道理，」阿芙羅黛蒂表示同意：「河流每天所做的事就是流動」。

「那好吧！」阿特蜜絲說：「不然就這麼辦。你必須發誓，在我們恢復神力之前，你不會以你的神力傷害人類。」

「不要，」阿波羅抗議：「這樣還是不公平。我在必要的時候還是必須傷害人類。如果有男人偷看妳換衣服，我當然得將他撕成碎片。」

「沒錯！」阿特蜜絲得承認他說得有道理。

「此外，妳剛剛說也許我們永遠也無法恢復神力，所以我不認為妳有權利要我就一件永久生效的事情發誓。我不過是把一個人類變成一棵樹罷了。這種懲罰也未免過當。傷害人類是件很有趣的事。我們都幹過這種事。」

「但是你一定要受懲罰，」阿芙羅黛蒂堅持：「阿特蜜絲，無論如何，他一定得發誓。」

「我同意，」阿特蜜絲說。她仔細思考一會兒後說：「好吧！那你就發誓說接下來的一世紀，或是在我們恢復力量之前，你不會在不必要的情況下傷害人類。看哪一項先發生。」

「一年。」阿波羅討價還價。

「十年。」阿芙羅黛蒂退一步。

「成交。」阿波羅說。

一臉沮喪的阿波羅知道他沒有其他選擇。

「我發誓……」

「以斯提克斯的名義發誓，」阿芙羅黛蒂提醒他。

「好！我以斯提克斯的名義發誓，接下來十年，或是在我恢復力量之前，我不會在不必要的情況下傷害人類。看哪一項先發生。滿意了吧？」

「滿意。」阿特蜜絲說。

4

「你覺得怎麼樣？」愛麗絲低聲問。

事實上，門已經關上，所以外人不可能聽見他們的對話，但是愛麗絲向來習慣放低音量說話，以免引起不必要的關注。

「我覺得這裡很棒，很乾淨。」尼爾回答。

他的回應換來愛麗絲一抹燦爛的微笑。她的雙頰因喜悅及靦腆而略微泛紅。

「我剛到這裡時，簡直就是一團亂。」她坦承：「瓶瓶罐罐的清潔產品扔得到處都是，有的甚至連蓋子都不見了。這對小朋友或寵物來說可是很危險的。」

尼爾點點頭。雖然小孩或寵物不太可能出現在電視攝影棚的雜物間，但是貼心的愛麗絲總是設想周到。

「還有，掃把和拖把也都是隨處亂扔。到處都是！」愛麗絲以一種極為厭惡的語氣重覆，「現在我把所有的東西分門別類擺好，這樣我就可以輕而易舉地找到我要找的東西。你不覺得這樣有效率多了嗎？」

「他們能請到妳真是太幸運了。」尼爾說。

「才沒有呢！」愛麗絲猛搖頭：「你太抬舉我了。」

尼爾環顧四周，不禁想問這是一個房間，還是一個壁櫥？這個愛麗絲稱作她的辦公室的地方是有一些基本傢俱，但事實上這只是一個堆滿清潔用品的雜物間，狹窄而陰暗。他看得出來，愛麗絲細心地將這些清潔用品按照大小、種類、功能分門別類，讓他有種置身於清潔博物館的錯覺。這裡的空氣瀰漫著一種腐臭而難聞的氣味，但是燈光下看不見一粒灰塵。懸掛在頭上的日光燈泡低到一種近乎危險的地步，幸好尼爾和愛麗絲比一般人矮得多，所以不致有被燙到的危險。

「這裡沒有窗戶，會不會很悶啊？」尼爾問。

「哦！他們有給我一個小電扇。我放在桌子底下。」

的確，桌子底下有個沒插電的小電扇，電線捲得十分整齊。現在是二月，雖然不是吹電扇的季節，但是這裡確實悶熱得令人難以忍受。

尼爾注意到桌子上擺了一排愛麗絲所蒐集的陶瓷玩偶，這些玩偶為這裡增添一絲家的溫馨。去年聖誕節時，尼爾送她一個陶瓷玩偶，那是一個尋找迷失綿羊的牧羊人。收到禮物時，愛麗絲好開心，他差點就以為她會親他一下，但是她沒有。儘管如此，他看到她把他送的牧羊人放在整排玩偶的正中央，而將她之前最愛的跳舞小丑移到旁邊。對他來說，這和她的一個吻也相去不遠。

「妳可以告訴我，我們待會要欣賞什麼樣的表演了嗎？」

「不，這是驚喜。」愛麗絲說。

「那我們可以進去攝影棚了嗎？」

「還不行。我是把你偷渡進來的。清潔人員在節目進行中不可以進入攝影棚，這樣有損公司形象。」

「我無法想像有人會認為妳有損他們的形象。」尼爾說。

「這是公司規定。」愛麗絲低下頭來，將一縷金黃的秀髮分別勾到耳後。

「妳應該不會因此而惹上什麼麻煩吧？我不想害妳被罵。」

「不！不！」愛麗絲抬頭看著他，「你別擔心，沒事的，沒有人會注意到我的，我只是個清潔工。相信我，你一定會喜歡待會的表演。我只是不想破壞規定而已。」

「好吧！你說沒事就沒事。」

「我保證不會有問題的。」她露出一抹靦腆的笑容，讓尼爾的心漏跳一拍。

「你人真好，這麼關心我。」她低聲說，聲音低到幾乎聽不見。

他們面對面拘謹地站著，好像兩人中間隔著個笨重的大型傢俱般。他們不敢直視彼此，也不敢坐下來，因為這裡只有一張椅子，還是那種橘色的塑膠椅。上面還鋪了一張塑膠布，布表面的黃色亮光漆，和暗橘色的椅子看起來很不搭。他看到愛麗絲將她常穿的那件羊毛衫掛在椅背上，還是那件她以前在尼爾的公司當清潔工時常穿的那件海軍藍毛衣。她在那裡做了一陣子之後，公司決定將清潔工作外包給一家大型、收費低廉的仲介公司，所以她只好離開。不管是那時還是現在，他都很想拿起那件毛衣，將臉深深地埋在裡面，深吸一口氣，希望可以聞到一絲愛麗絲的氣味；期盼她的氣味能給他一點線索，讓他更了解身旁這謎樣的女人。

「你要不要坐下來？」愛麗絲問。

「哦！不用。我只是……我……」

「你一直盯著那張椅子。」

「我是在想妳該坐下來。」

「我？哦！不用了。」

沈默再次籠罩兩人。尼爾從愛麗絲的眼鏡中看到自己的身影；一個鼠頭鼠腦的小矮個兒。他又粗又硬的棕髮高高豎立，像是一把豬鬃刷。他懷疑當他不在愛麗絲身旁時，她可曾思念過他一秒。

愛麗絲的臉突然垮下來，「哦！親愛的，你該不會是覺得無聊了吧，畢竟這裡只有我能跟你聊天。」

「不！不！」尼爾說：「一點也不會。千萬別這樣想。事實上，我正和妳有相同的想法。我的意思是說，我擔心妳因為和我在一起，而感到無聊。」

「請你不要這麼說，」愛麗絲低語：「我一點也不覺得你無聊。尼爾，千萬別這樣想。」

尼爾想起自己私底下偷偷讀過的浪漫小說，此時英雄應該要牽起女英雄的手，將自己的唇貼在她的唇上，然後激情地蹂躪她一番。

他說：「嘿！我有帶PDA，裡面有拼字遊戲，而且可以多人競賽哦！」

「哦！尼爾，你好聰明哦！」愛麗絲好像突然醒了過來，「你有拼字遊戲，而我有……」她露出一股俏皮的神態，看著她的手提袋。

「我有柳橙汁！」她拿出兩罐附吸管的鋁箔包，將其中拿給一罐尼爾。

「你說，我們像不像是在開派對？美中不足的是，我們得坐在地上，除非你想跟我坐在同一張椅子上。」

尼爾還來不及回答說，他願意和她坐同一張椅子，她一彎腰坐在地上，將背靠在後面的工作梯，並謹慎地將裙子往下拉好，蓋住膝蓋。

「你想玩有空白牌的進階版嗎？」尼爾問，一邊在她對面坐下。一瞥見她眼神透露出的那股極力隱藏的興奮，他立刻加一句：「我是不玩那種遊戲的。」

「哦！那很好，我也不玩。那種玩法讓遊戲變得很難預測。你喜歡玩以正式詞彙表為準的兩個和三個字母的遊戲嗎？」

「你說……？哦！那當然！來吧！我讓你先。」

「那是一種分數加倍技巧。」愛麗絲說。

「哦！我知道。你先吧！」

他把PDA交給愛麗絲，然後用力地吸了一口手中的柳橙汁。

5

電視台攝影棚旁的停車場上，有一棟破舊不堪、看來岌岌可危的組合屋，這裡正是演出人員的更衣室。阿波羅坐在梳妝台前，許多仙女、半神及美惠三女神[10]在他周圍緊張地跑來跑去。儘管他極力隱藏，但阿芙羅黛蒂看得出來，阿波羅多希望自己沒有邀請他們之中的任何一個人。扮演眾星拱月的角色當然是阿波羅的最愛，但是這間殘破不堪的更衣室實在是令他感到羞愧。更糟的是，現在跟他一起住的那些傢伙都知道了，這表示之後他也瞞不住其他神。

小小的房間後面堆滿了許多和表演相關的道具和雜物，使得原本就狹窄的走道變得更難以通行。這堆看起來像廢棄物的東西之中，很多都不是阿波羅會用到的道具。大部份的東西都裝在破掉的黑色大型垃圾袋裡，像是即將被送進焚化爐的垃圾。地上鋪著沾滿污漬的廉價地毯，四個角落的纖維都已經嚴重磨損。門口還有張看起來疑似為腳踏墊的地毯，原來應該是棕色的，但是現在已經褪色，而且還嚴重磨損到一種無法辨識的地步。窗戶的材質是強化玻璃，配上廉價的雙層玻璃；兩層玻璃之間積滿了霉菌，它們正開心地在那清潔不到的死角中大量繁殖。大

10 美惠三女神（Graces）又稱卡里忒斯（Charites）：希臘神話中體現人生全部美好的美惠女神。她們的名字和數量隨不同地區和時期有許多變化。

部分的塑膠椅都壞了，有些連椅背都不見了。阿波羅面前的鏡子雖然擦得很亮，但是已經出現斑斑裂痕，使得他破碎的臉看起來像是某種立體派大師的藝術作品。最叫人諷刺的是，門上掛的牌子，以廉價圓珠筆寫著劇名：「阿婆羅的神喻」。

阿波羅看到了那塊牌子。儘管他假裝不在意，但是他的表情逃不過阿芙羅黛蒂的雙眼。他以命令的口吻對化妝師說：「下巴多上點粉。」但是阿芙羅黛蒂聽得出他的聲音中帶有一絲絲顫抖。畢竟，這是他的處女秀，但是他這間更衣室卻讓他像個雜劇演員。這真是太妙了。

「你確定你什麼都不需要嗎？」她問：「要不要來點神酒或仙饌？還是你要護手霜？」

「等會兒吧！」阿波羅連頭也沒轉，「妝都快畫好了，我可不想流汗。在電視上，油亮的臉可是專業演員的天敵。」

「你說得沒錯，我真笨。我當然不想毀掉你的重要日子。」她發現要保持聲音甜美和平穩還真不容易，「我真的好期待哦！我真的迫不及待想欣賞你的演出。」

她透過鏡子看著阿波羅那張破碎的臉，懷疑他是否會相信她做作的言語和表情。不過，阿波羅與身俱來的自傲，讓他真的相信她很期待他那愚蠢至極而又冗長無趣的節目錄影。

「你可以在後台欣賞啊！」阿波羅說。

「哇！真的嗎？」

話畢，她突然意識到自己諷刺的語氣是不是表示得太明顯了，所以她趕緊將雙手合掌，置於胸前，故作興奮狀。她偷偷地瞧了鏡中的阿波羅一眼。呼！沒啥好擔心的。她冷淡的回應就已經讓他像是沙漠中的花朵般，綻開笑顏。可憐的阿波羅對她背後邪惡的復仇計畫毫不知情。

這時，她包包裡的手機響起，鈴聲是香蕉女皇娜娜拉瑪所唱的「維納斯[11]」。她拿出手機盯著螢幕，對阿波羅說：「抱歉，親愛的，是工作。我接個電話。」

「嗯……人家好想要哦！你說嘛！你到底想對人家怎樣？」她對著手機說。

「媽！是我愛羅斯啦！」

「嗯……人家快受不了了啦！」阿芙羅黛蒂邊說邊用手勢和阿波羅暗示她得去外面接電話，「人家要你先幫我寬衣解帶，再把我全身上下都摸遍。」

她走出去後，順手把門帶上。外頭正飄著綿綿細雨。

「媽，拜託妳，不要這麼噁心好不好。」

「你給我閉嘴。你真是越來越無趣了。」

「你為什麼不能找個正常的工作？你可以去當模特兒啊！」

「拜託！當模特兒超無聊的。成天聽人家叫你站這裡，擺那個姿勢。電話性交有趣多了。重點是，你絕不會相信，那些凡人願意出多高的價錢，來換取一個急促的呼吸和假高……」

「相信我，我完全不想知道。」

「少用那種清高的語氣和你老媽說話。當你在瑪莎百貨的收銀台前跟我要錢付帳時，你似乎沒那麼討厭我的工作嘛！如果你這麼痛恨我的工作的話，也許你也該找個工作。」

11　維納斯（Venus）是愛神阿芙羅黛蒂的羅馬姓名。

「我有工作啊！」

「你做的是哪種工作，怎麼沒看你賺到一毛錢？」

「你知道當志工對我來說有多重要。我以為妳了解它對我的重要性。妳知道，錢不是萬能的。」

「哼！你說得倒容易，別忘了你花的是我的錢。」

「但是那些孩子需要我，」愛羅斯堅稱：「事實上，如果我再不趕快離開這裡的話，我就會錯過射箭課，他們可是會很失望的，畢竟他們的生活沒有太多樂趣。」

「你是說侵入民宅和搶劫路旁的老太太除外？」

「這一點都不好笑。」

「我可沒有在開玩笑。」

手機的另一端傳來一陣靜默。阿芙羅黛蒂知道接下來不是什麼好事。

「聽著，老媽，我考慮了好久。我最後還是決定不能做這件事。」

「不！你一定得做！」她的聲音充滿警告的意味。

「不！我不要做！」愛羅斯以堅定的語氣說：「這樣做是錯的。我想了一整天，還是覺得這麼做不妥。」

「錯的？誰管他對還錯？我不管，你已經答應我了。」

「我是個沒出息的傢伙，我反悔了。」

「反悔是錯的。」

「這種錯是相對的。」

「拜託！這檔事又不是你第一次做。」

「那是之前。」

「什麼之前？不要告訴我在耶穌誕生之前。」

「我想妳不能理解。」

「不！我完全可以理解。你喜歡那個傲慢自大的木匠——那個信仰的竊賊——勝過愛你自己。」

愛羅斯反駁：「祂是個更好的典範。」

「這要看從哪個角度去看。至少，就我記憶所及，他好像沒有在愛情、做愛或穿著打扮及其他生命中的重要事物上著墨太多。從頭到尾，他只說過要對別人好。拜託！誰會想對別人好？」

「我啊！」

「那你就對我好啊！我可是你媽！」阿芙羅黛蒂終於爆發了。

手機的另一端再次傳來靜默。阿芙羅黛蒂換個姿勢，使得雨滴能更優雅地撒在她線條迷人的頸肩上，停留在她的酥胸。

「你人在哪？」阿芙羅黛蒂問。

「我在這裡，我在大樓裡。」

「你有偽裝吧？」

「有。」

「那你到底有什麼問題？」

愛羅斯敵嘀咕咕的不知說了什麼。

「你說什麼？」

「耶穌會怎麼做？」

「耶穌會怎麼做？」阿芙羅黛蒂重複一遍，「讓我告訴你吧！耶穌是個非常乖的孩子。他會照他媽媽說的去做。」

「但是……」

「耶穌應該是個神，沒錯吧？愛羅斯，他會復仇。所有的神都會復仇。」

「才不是呢！祂說當你被人打一巴掌時，你應該把另一邊的臉頰……」

「你的耶穌還說了些什麼？」阿芙羅黛蒂打斷他。

「我以為你不在乎。」

「讓我想想，我記得他說過『榮耀你的父母』。」

「第一、這不是耶穌說的。第二、當你生父的可能人選多到數不清時，你很難做到『榮耀你的父親』。」

「喂！你這樣說很不厚道耶！你明明就知道誰是你的生父，就是你的堂哥阿瑞斯。」

「總之，你不能強迫我做這件事。」

「你可記得聖經上說：『慈善從家裡做起』。」

「聖經裡哪有這句？」

「聽著，我只要你幫我做這一件事，」阿芙羅黛蒂決定換種方式，軟言好語的懇求，「過去這幾千年來，我好歹也照顧過你。怎麼說你也欠我個人情。」

愛羅斯一時不知如何回答，於是阿芙羅黛蒂決定趁勝追擊。

「讓我換個方式說吧！如果你不照我所說的去做，我就脫掉你那件款式休閒、人造纖維材質，而且總是熨燙得過分整齊的打褶褲，把你拖到我膝前，然後在你的教區牧師、他那脾氣暴躁的太太，還有所有教會的兄弟姊妹們前痛扁你一頓。這麼說夠清楚了吧？」

這番話絕對不是口頭威脅。她以前的確這麼做過。

手機那端傳來好長一陣靜默。

「我真希望聖母瑪莉亞是我媽媽。」最後，愛羅斯不情不願地說。

「如果你幸運的話，我可以說服阿特蜜絲收養你。表演再十分鐘就要開始了。你知道該怎麼做。」

在他有機會提出抗議之前，她啪的一聲關上手機。她深深吸了幾口戶外的冷空氣，讓臉色再度紅潤起來。她擠出一個笑容，回到更衣間。

「你還好吧？」她問她侄子。

阿波羅轉過身來。他臉上的妝厚到不行。如果把他的妝從額頭剝下來到下顎，保證可以剝下一張和他的輪廓一模一樣的完整面具。

「我準備好了。」

6

他們沒有玩到遊戲結束，但是當時間差不多到該去看表演的時候，愛麗絲已經以將近兩百分的姿態遙遙領先尼爾。尼爾一開始提議玩這個遊戲時，本來就打算讓她贏，但是事後證明，其實根本不需要讓她。她簡直就是專業玩家，儘管她堅持自己只是運氣好。

「這台PDA好棒哦！真可惜你剛剛不能想出更棒的字。希望下一次的遊戲會更公平。」

尼爾將「下一次」當成一隻珍貴的彩蝶，緊緊抓著不放，將它釘在心中愛麗絲的倩影上。

他們將喝完的飲料空罐丟入垃圾桶。愛麗絲領著他走出雜物間，將門鎖上。往攝影棚的一路上，走道邊牆壁上的綠色油漆味道令人作嘔，地上還有不時地閃著螢光膠條的反光。空氣中瀰漫著一股難聞的金屬味混合著霉味和清潔劑的味道。走道兩旁掛有一些照片，相片中的人物多半是以前在這裡工作的製作人，星狀的表框增添一股明星氣息。這當中沒有一個是現在還有名氣的，有些甚至已經過世了。

「好乾淨哦！」尼爾說。他的讚美換來愛麗絲一抹可人的微笑。

走到盡頭後，兩人轉個彎朝攝影棚入口前進。這時，他們看到一個高佻的年輕男子向他們走來，他手中拿著一個大型帆布袋，而且臉上戴著一個一看就知道是道具的假鬍子。一看到他們，那名男子頓時僵住不動，而他們倆也被嚇得倏地站住，一動也不敢動。

「你認識他嗎？」尼爾低聲問。

「不認識。」

「如果你覺得有必要的話，我們可以轉身就走。」

「不，不要。」她的神情和幾分鐘前放下那七個字母的字時一樣地堅決。「我想進去。我相信你一定會很喜歡這場表演的。」

「好吧！都聽你的。」

他們重新邁開步伐，而那名神祕男子像是鬆了口氣般，也繼續前進。他們在門口相會。

那男人說：「我只是觀眾。」他的假鬍子動了一下。

「我們也是。」尼爾接道。

那男人——更準確的說，他只是個大男孩——看來鬆了口氣。他打開攝影棚的門，他們三人陸續走進去。

愛麗絲把時機抓得剛剛好，幾乎所有的位子都坐滿了。從來沒參觀過攝影棚的尼爾，對攝影棚的迷你感到驚訝。總共也才幾十個座位而已。大部分的觀眾都是老太太，身穿各種顏色鮮明大膽的人造纖維毛衣，搭配顏色同樣眩目搶眼的髮型。正如愛麗絲和尼爾所希望的，她們正聊得很開心，根本沒人注意到他們走進來。愛麗絲謹慎迅速地打量四周，像是一隻剛從養兔場放出來的兔子。

「有看到認識的人嗎？」尼爾問。

「沒有，工作人員現在一定正忙著各就各位。」

尼爾大大地鬆了口憋了好久的氣。這整個活動都是愛麗絲計畫給他的驚喜，而如果她因此而惹上麻煩的話，他是永遠都不會原諒自己的。

那名神祕男子已經溜到後排的座位坐下，而愛麗絲和尼爾則找到前面的空位坐下。他們一坐下，尼爾旁邊的女士就遞上一份甜點。他幫自己拿了一個，也為愛麗絲挑了一個櫻桃口味的，這是她的最愛。

尼爾看看四周，他們的座位是有鋪有薄軟墊的長椅。前方是小小的舞台區，舞台上是一座希臘神廟。從保麗龍疊起樑柱等神廟遺跡，以及塑膠材質的葡萄藤看得出來，這是在超低預算下勉強搭建起來的。後方永恆的日落則是由紅色 PE 材質的塑膠板和廉價的日光燈泡組合而成。所有的道具都只有用安全別針和泡綿膠固定。

「怎麼樣？你喜歡嗎？」愛麗絲問。

「什麼？」

「這是德爾斐[12]的神諭。」

「神諭？你是說算命？」

「沒錯。」

---

12 德爾斐（Delphi）遺跡是古代希臘最重要的宗教聖地。象徵光明、真理的太陽神阿波羅習得預言能力之後，成為德爾斐聖地的主人，而靈驗無比的德爾斐神諭也因此廣為流傳，許多人千里跋涉來此求神問卜。

「你是說等會劇中會出現算命仙？假的算命仙？」
「我不知道是真是假。」
「哈！難道還會有真的算命仙嗎？愛麗絲，妳真是冰雪聰明。妳怎麼知道我喜歡看這種東西？」
「你說過啊！」
「我什麼時候說過？」
「大約一年半前，有一天在辦公室，因為你前一晚看了『鬼話連篇』，你就說你喜歡這類超自然的『鬼東西』。抱歉，但是你的確是這麼說的。」
「我不敢相信你居然還記得。」
「我當然記得，所以我說的沒錯囉！你喜歡吧？」
「那當然！我超愛的。這真是太棒了……這真是太……令人興奮了。我不敢相信妳居然會這麼用心，邀請我來欣賞這場表演。」
「別客氣，這沒什麼。每個人都會這麼做的。」
「但是我可不會輕易答應任何人的邀約。」
然後他將自己的膝蓋輕輕地靠向愛麗絲的膝蓋。
褪色的黑色布幕後面是後台，阿波羅準備好要登場。比起更衣室，後台區也好不到哪去。這裡到處堆滿各式器材——攝影機、燈光、燈架、打光板和一綑綑的電纜——上面有一大堆沒撕乾淨的黑色膠帶。他隱約可以聽到舞台下傳來的許多老人窸窸窣窣的交談聲，頓時他覺得自己像置身於午茶時間的養老院。他偷偷掀開布幕一角，果然和他想的一樣：台下的觀眾集合起來像是一籃熟透了的水果，每個人都已過了黃金時期，早已進入腐爛期。台下甚至有人在打毛衣。阿波羅退一步，回頭看到阿芙羅黛蒂斜靠在一大捆電纜上。他儘可能地擠出一個自信的笑容。

「時間差不多了。」他說。

「好期待哦！」阿芙羅黛蒂回他一個相同的微笑。

這時，舞台的門打開，兩個女預言家走出來，這兩個優雅苗條的金髮半神過去是他神殿裡的預言師。他壓下一股看到她們就忍不住鬆了口氣的感覺。對製作團隊來說，女預言家只是扮演養眼美女的角色，這似乎也是她們與身俱來的功能。但事實上，智力才是她們的強項。

不過，這兩個預言師看起來一點都不開心。

「怎麼啦？」阿波羅問。

「這些衣服是你設計的嗎？」其中一個說。

「有什麼問題嗎？我也是穿寬袍啊！」

「但是你的寬袍遮得住你的屁股。」另一個預言師說，邊說邊試著調整圍在她身上的大方巾，沒想到她的胸部反而快掉出來。

「你看吧！」她忿忿地說。

房間的另一端傳出一清脆的聲響，阿波羅轉過頭去。阿芙羅黛蒂不知從哪弄來一袋爆米花。她把爆米花一顆顆拿出來，放在鼻子前聞了聞，再一臉滿足地放回去。神是不吃人類食物的，但是天生感官特別敏銳的阿芙羅黛蒂，總是深深被食物的氣味所吸引。看到阿波羅在看她，她向他眨了眨眼，伸出她溫熱的粉紅舌頭，輕舔起一顆爆米花。這時，一聲預備鈴響起，分散了阿波羅的注意力。阿波羅心想：阿芙羅黛蒂會不會太開心了點？畢竟，她還沒有向他復仇……該不會有什麼事即將發生？阿波羅還來不及深思，就聽到耳機裡傳來導播的聲音，告訴他表演即將開始。

《希臘人左巴[13]》的開場音樂透過擴音器傳遍全場。和之前彩排的一樣，阿波羅揭開布幕，走到台前，女預言家則跟隨在後。觀眾禮貌性的鼓掌，但是從她們的臉上看不出一絲興奮。阿波羅深吸口氣，高舉右手，做出打招呼的手勢。事實上，這是因為他的小抄寫在掌上。

「歡迎大家來欣賞阿波羅的神諭，接下來的旅程將充滿美妙與驚奇，保證各位永生難忘。」

愛羅斯坐在後排，看起來悲慘無比。攝影棚超亮的強光，讓他熱得渾身發燙，尤其是假鬍子周圍的皮膚開始變得奇癢難耐。口袋裡的手機已經轉成震動模式；腳邊的大袋子裡裝著他的弓和箭。前方舞台上，在戲劇正式開始前，阿波羅（永遠是他最不喜歡的親戚）正在發表自我膨脹的演說。也許現在離開還不算太晚。

手機發出震動。他看了一下簡訊，是老媽傳來的：「想都別想！」

---

13 《希臘人左巴》（Zorba the Greek, 1964）是一部根據同名小說改編成的電影。故事背景是在希臘的克里特島偏僻的鄉下地方，年輕的英國作家艾倫．貝斯已很久沒有執筆為文，當他碰到深具智慧的希臘老農民安東尼．奎因，看到他自由自在地全心投入生活之後，決心重新開發祖先留下來的文化寶藏。本片後來改編成百老匯舞台劇。

舞台上，好戲正要上演。阿波羅朗誦完一篇詩歌，雙手指向他的神廟，頭不斷左右搖晃，做出尋求啟示的樣子，愛羅斯很清楚這完全都是為了配合戲劇效果的假動作。同時，兩個女預言家分別朝向觀眾席和舞台後端走去，同時牽動著口水都快流下來的攝影師。她們穿得那麼涼，攝影機也很難不照到她們的長腿、翹臀和酥胸。

「我聽到某種聲音……」阿波羅呻吟著：「它正朝著我來。」

其中一個預言師走到觀眾席的階梯，緩步往上走。愛羅斯不自覺地縮到他的假鬍子後面，故意用一手遮住臉。但是她沒看到他。她在離他還有幾步的位置停下來，盯著一個年約五十歲中旬的婦女。那個觀眾身穿淡紫色天鵝絨材質的運動服，胸部跟海灘球一樣大，頭髮是鮮豔的亮黃色。

阿波羅說：「是的，是的。我感受到了……這份感覺十分強烈。」

愛羅斯的座位離預言師很近。由於他有神射手的視力，所以他大概是棚內除了阿波羅以外，唯一有看到她用手指打暗號的人。

阿波羅說：「就是妳，這位身穿紫色的美女。我有個訊息要給妳。」

一名負責收音的工作人員連忙將麥克風別在那位看來嚇壞了的女士身上，故意分散觀眾的注意力。此時，預言師的手指又動了一下。

「妳失去了某人……」阿波羅說：「哦！不！是一項對妳來說很寶貝的東西，是一頂帽子。」

這時預言師的手指用力往前戳了一下。

「呃！是一隻貓，」阿波羅連忙修正。

那個頂著鮮黃色頭髮的女士倒抽了一口氣，猛地點頭，「沒錯。你怎麼知道？」

「切勿擔憂，放下妳那憂慮的心靈。小乖只是被鎖在鄰居的車庫，等鄰居渡假回來，牠就會安然無恙地回到妳身邊。」

「小乖——你怎麼知道牠的名字？而且我的鄰居的確在渡假，他們去親戚在威爾斯的一棟別墅渡假。你怎麼可能知道這些事？」她向其他觀眾大聲說：「這簡直就是神蹟！」

預言師露出微笑，放下她的手，但是阿波羅繼續說：「小乖請妳切勿煩惱，牠在車庫裡很安全，但是牠只能靠老鼠過活。牠說牠受夠了老鼠，請妳準備些牠喜歡吃的，好迎接牠回家。」

「鮮魚派！沒問題！我會的。我一定會準備的。謝謝你。真是太感謝你了。」那名婦女高興地啜泣起來。

這時預言師狠狠地瞪了阿波羅一眼，但是他假裝沒看到。他搖搖擺擺地向後退了幾步。「就這樣了，」他又在呻吟：「它走了，它走了……」

觀眾群中爆出如雷的掌聲，但是愛羅斯徹底地被阿波羅的舉動給激怒了。眼前的一切讓他回憶起過去在德爾斐的日子；阿波羅永遠是眾人注目的焦點，而且他總是坐享其成，偷走別人努力的成果，獲得所有本不應屬於他的掌聲和喝采。正當阿波羅在另一女預言師的召喚下繼續後退，愛羅斯發現他的腳正不知不覺地踢開身旁的袋子，便伸手摸著袋中的弓箭。

這時口袋中的手機震動起來，又是他老媽。

「別忘了達芙妮！」

舞台上，阿波羅正陶醉在自己的表演中。一開始他對於戴耳機感到難以適應，尤其耳機中總是傳來導播的指令，一下叫他說那句台詞，一下叫他站這裡。但是他很快就了解到，其實他可以完全忽略導播，他也立刻這麼做。畢竟，阿波羅向來不善於聽命於人。

現在他可以即興創作。之前的確有彩排，也有腳本，但是他不打算管那些東西。他看到製作人、導播，還有那些他打從一開始就知道這些人不重要也不必記的工作人員，他看到他們正隔著隔音玻璃對他齜牙咧嘴的大聲咆哮。事實上，他可以透過耳機聽到那些和臉部表情對應的叫罵聲。

「把你的毛毛腿給我放回舞台上畫的定點位置，不要再給我像白癡一樣地亂揮手了！」

但是他非常地專注，所以那些聲音對他來說起不了任何的干擾作用。他們憑什麼告訴他該怎麼做。那些自傲的蟻輩自稱是「製作團隊」，阿波羅從來就不懂什麼是團隊合作。他是天生的表演家，表演是他一輩子都在做的事，早在他們的鏡島被打破，散落到海裡之前，他就開始他的表演生涯了。

「我們要休息一下！阿波羅！中場休息！」耳機傳來聲音。

只見阿波羅雙膝一軟，倒在舞台上，「在愛琴海的沙灘旁邊，」他作勢讓想像中的沙流過手指，大聲說道：「未來是屬於我的！」

達芙妮：愛羅斯當然記得她。每個人都記得她：他是造成阿波羅這三千年來在眾神面前都抬不起頭來的主要原因。有一次，阿波羅犯了個錯，奪走他堂弟愛羅斯一部份的超能力。為了證明自己的能力，愛羅斯讓阿波羅愛上一個美麗的仙女，也就是達芙妮，但同時又讓她對阿波羅恨之入骨。最後，達芙妮受不了阿波羅的苦苦糾纏，於是便要求她的父親將她變成一棵樹。但是這樣也沒能完全解決問題，因為阿波羅會去磨蹭那棵樹的樹幹，將葉子摘下來或作為皇冠，而其他眾神都因此而嘲笑他。數百年過後，在阿波羅早就忘記這段傷心往事之後，每次他建議做某件事時，他總是得到這樣的回應：「我不知道。我沒興趣。哦！也許我應該將自己變成一棵樹。」到後來，阿波羅開始把凡人變成樹，試圖重建他的尊嚴。換句話說，達芙妮就是先例。

當然，如果他有任何證據顯示阿波羅變了，終於懂得什麼是謙虛，他絕對不會——舞台上，他的表哥伸出雙臂，又在朗誦一篇詩歌：「臣服在我的力量下」。感覺起來，他有點像是在說服台下那些感到困惑的觀眾。

愛羅斯的口袋又在震動。「快下手！」手機另一端傳來簡訊。

愛羅斯再看一眼他那驕傲的堂哥，然後闔上雙眼。他知道他的牧師不會喜歡他下來要做的事，但其實，要是牧師知道他的過去，大概會非常震驚吧！他深深吸了一口氣，開始禱告。

「在天上的父啊！汝之名乃神聖。」

從宗教信仰的角度來說，為還沒做的事情或即將要做的事乞求原諒，是否可以被接受？這樣的邏輯是不是有點奇怪？「汝之王國即將降臨；不論在地上還是天上，汝之祈願終將實現。」

人是不是只有在事前不知情的狀況下才會犯過失？或者，人要等多久才會注意到自己犯了過失？雖然他已經很努力了（起碼大部分的時候），但是基督教的某些概念，他到現在還不是很「懂」。

「請賜給我們今日的糧食，請原諒我們今日的過失，而我們願意原諒那些對我們犯過失的人。」愛羅斯睜開雙眼，打開腳邊的袋子，拿出弓和一隻箭。

「指引我們遠離誘惑，將我們從邪惡中解救出來。」

愛其實沒有錯：神是愛人的。

「對汝是王國、權力、榮耀，直到永遠。」

愛羅斯射出一隻頂端鑲金的箭，正中目標。他一箭射中阿波羅的胸膛，直入他的心臟。

「阿們。」

阿波羅下一秒看到的人，將會成為他的摯愛。愛羅斯只能說：「祝他／她好運！」瞬間，他看到阿波羅的臉上閃耀著愛情的光輝，愛羅斯追蹤著他的目光找尋，誰是那不幸的受害者。

他伸手去摸箭桶，抽出一根頂端鑲鉛的箭，放在弦上，對準目標。他深吸了口氣，再吸一口，再一口，再一口。最後，他放下弓。他做不到。讓人陷入熱戀是一回事，但是讓人對另一個人充滿仇恨是另一回事。他決定讓那個凡人的自由意志決定未來。他相信耶穌會這麼做。

7

坐在尼爾身旁，愛麗絲覺得自己好像喝了太多碳酸飲料。她到現在還是不敢相信她居然真的做到了：她拿起電話，打給他，並且邀請他到攝影棚來。現在，他們倆並肩坐在這裡，一起欣賞表演。她看到他臉上露出專注的表情。她假裝有在看表演，但是其實她一直在偷瞄他。

事實上，這種場景已經上演很多次了。她盯著電話，但是不敢拿起話筒。她拿起話筒，但是最後還是決定把它放回去。她撥了電話，但是在接通之前又趕緊掛掉。她第一次鼓起勇氣打給他時，他接起電話，她只敢問他，上次他們約在咖啡店見面時，她是不是把雨傘忘在店裡。事實上，她知道自己沒忘記帶走雨傘；細心的愛麗絲從來不會忘記把東西帶走，她知道她的雨傘在哪裡；它正和其他的傘一起乖乖地躺在玄關的傘架裡。

但是最後她終於做到了。那天是週四傍晚，確切時間是下班後，但又在《東倫敦人[14]》開始前。她的雙手沾滿汗水，話筒像隻溼滑的鰻魚在手裡溜來滑去。他接起電話的聲音充滿自信，讓她一時喘不過氣來。他們之前也不是沒有見過：他們當朋友已經兩年了。但是之前的見面都

14《東倫敦人》（Eastenders），英國一部播出超過二十年的連續劇，內容以市井小民的生活為主，榮登收視率最高和最受英國民眾歡迎的節目之一。

是他主動發起的，通常都只是因為他正好有某些事情，才會到她工作的區域找她。但是經過一開始聊天氣和工作的階段後（其實她都沒聽進去），她終於做到了：她鼓起勇氣邀請他來欣賞這集節目錄製，而他，在一陣短暫但足以令人焦慮萬分的沈默後，答應了她的邀約。

他們坐得好近，近到彼此的手臂可以相互碰觸。他們的肩膀相碰，她感覺到自己靠著他的身體灼熱發燙著。如果她將自己的腿稍微往右邊移一點，就會碰到他的腿。她可以聞到他身上的各種味道，包括他身上T恤的潔淨香味、體香劑的強烈氣味，還有衣服底下那微微的溫暖體味。她可以感受到他的每個呼吸。不僅如此，她還刻意調整自己的呼吸，與他的一致，深怕干擾到他。事實上，她幾乎可以聽到他的心跳。

只要台上的主角不要以這種詭異的眼光盯著她，一切是多麼的完美啊！

阿波羅覺得胸口被重擊了一下。他倒抽一口氣，像隻被釣竿勾到的魚，被硬拉上岸，躺在甲板上奄奄一息。那個女孩，那個美麗的女孩——他怎麼可能從未見過她？她怎麼從未出現在雜誌封面、廣告看板，甚至每個電視頻道、每部電影裡面？她簡直就是完美的化身：她的身材凹凸有致、頂著一頭柔亮的金髮、全身上下無不散發出高雅細緻、惹人憐愛的氣息。這個世界是怎麼了？正當他盯著她瞧時，他看到她靠向身旁一個極為醜陋的鼠輩，那個宅男完全不知道在他身旁坐的是何等的正妹，而且她居然還在他耳邊低語，他的耳朵根本就不配！

他看到他們倆在台下緊密的結合在一起。不……我的仙女怎麼能跟這等宅男在一起！接下來的日子，這樣痛苦的想法只怕將日日夜夜糾纏著他。不……他可以看到自己和那個正妹的未來。這究竟是神諭還是痴心幻想？他看到她赤裸的胴體和自己的糾纏在一起。在他身體下面，她將性感的手臂放在腦後，拱起背來，將自己雪白的乳房推向他，一邊用她溫暖、軟綿卻又堅實有力的大腿用力地圈住他的腰。

「呃……阿波羅，」阿波羅的耳機中傳來導播的聲音：「你已經超過十秒沒有發出任何聲音，而且你……如果二號攝影機照得沒錯的話，你的下體有非常明顯的突起。你到底要不要暫停？」

他不知道自己是怎麼撐到最後的。他回到那個破爛的組合屋去打手槍後，發現自己流出的精液多到可以繁衍一整個英雄國度的人口。他將精液用上頭印有雪人圖案的紙巾（明顯是去年聖誕節留下來的）擦乾淨後，將紙巾藏在垃圾桶裡一份《倫敦晚報》的下面。他走出來時，看到兩個在外頭淋著濛濛細雨的繆思女神很努力地憋住不笑。但是這一點幫助也沒有。當他回到攝影棚時，他再次看到她。她好奇地盯著他看，雙唇微微張開，一小滴汗珠沿著玉頸緩緩滑下，停留在她奶油般嫩滑的胸口。唯一能讓他不再讓剛剛的難堪整個重來一遍的方法是努力回想他的繼母赫拉[15]，以及她對她「以前是男性」的鄰居所做的好事。那個可憐的傢伙不過是對兩家花園的劃地歸屬有些意見。後來，他不但成為前任鄰居，而且也成為「前男性」。

拍攝工作結束之後，阿波羅頂著逐漸變大的雨勢回到組合屋。他將身上的寬袍脫掉，狠狠地丟到地上，用力抓起他的T恤和牛仔褲。他很確定那個女孩會到更衣室來看他。畢竟，他感

15 赫拉（Hera）：古希臘神話中的天后，也是宙斯的姐姐與他的第三位妻子。她往往以戰服的裝束出現，頭戴鑲有花葉的冠冕，威風凜凜。她掌管婚姻和家庭，是忠貞妻子的形象，是婦女的保護神。

受到的力量是如此的強烈。他不相信她會完全沒有感覺，所以她一定會來這裡。她一定會的。戀愛中的女人不都會這麼做嗎？他看過很多電影都是這樣演的。他希望她不是期待他身上有古柯鹼或是其他粉絲族不可或缺的基本配備。她應該不是那種仰慕男主角的女粉絲吧？他所感受到的奇妙感受是如此的強烈。這一定是愛情。

他想找一條毛巾把頭髮擦乾，但是找不到。他只好用自己的T恤把頭髮擦乾，然後把水分擰乾後再穿上。真可惜他們不能在更浪漫一點的地方邂逅。不過沒關係，以後有的是機會，至少這裡的地毯可以讓他們待會做愛時會舒適一點。

也許還有點時間整理一下環境。阿波羅從地上撿起那件寬袍，笨拙地亂摺一番後，丟到椅子上。然後他開始整理桌子。他將兩個缺口馬克杯中的咖啡倒進水槽，然後把杯子推到牆角。這時，他聽到有人打開身後的門。他的心臟和胃似乎也交換了位置。他焦慮地把手在褲子上隨便抹兩下，試圖隱藏心中的緊張情緒。他換上迷人的笑容，故做輕鬆地轉身，驚訝地說：「謝謝你來看我。」

「別客氣。你的牛仔褲上沾到咖啡漬了。」

不是那個女孩，是阿芙羅黛蒂。而且不知道為什麼她看起來心情特別好。也許是她剛幫哪個攝影師口交吧？儘管他很努力地克制，但是他的臉還是垮了下來。

「怎麼啦？你在期待某人嗎？」阿芙羅黛蒂說。

「是的。嗯，也不完全是啦！我只是在想，某個觀眾也許會……」

「我只是想說，該接你回去的時候了。所有人都走了。」

「所有人？」

「是啊！所有人。他們不喜歡在這裡逗留，畢竟這樣也不太禮貌。這就像是在高速公路上看到車禍，故意放慢速度，好看清楚死者的遺體一樣。」

「你確定真的沒人……」

阿芙羅黛蒂露出微笑——不是那種令人無法抗拒的微笑，而是得意的笑。

「走吧！該回家了。」

8

《阿波羅的神諭》預定在錄製後一週播出，而阿波羅也花了整整一週的時間找出那個坐在前排的天使。他使出渾身解數，誘惑櫃台的售票小姐，總算從她手中拿到一份觀眾名單。他照著名單，走遍倫敦的各個角落，挨家挨戶地去找她。一開始他還會為自己的唐突造訪編些藉口，但是到後來挫折感越來越深。他逐漸了解，找到她的機率幾乎是微乎其微。到最後，只要看到開門的不是她，他就垂頭喪氣地轉身掉頭就走，連話都懶得說。那天早上，他按照名單上最後一個名字，來到「林蔭大門區」一個看起來挺破敗的平房，結果還被一個怪老頭纏住；他四次抓住他的手臂，苦苦哀求阿波羅去他家喝杯雪莉酒。他想盡辦法甩掉他，但是總是被斯提克斯從地底傳來的力量給制約——他感到一陣頭暈噁心，因此無法施展神力傷害那老頭。最後，他屈服了，乖乖的跟那老頭回家，進門時還刻意半眯著眼，以免被他家客廳色彩如萬花筒般的地毯給傷了眼睛。不僅如此，他還被迫花了整整一個半小時陪這位名叫比爾．卡文的老頭，一起回顧他從一九六五年起收藏的鯉魚照片。

現在，他即將面對更大的羞辱。阿芙羅黛蒂已經透過各種方式昭告所有親戚，那天的演出不但徹底失敗，而且還很有看頭。因此，這些平常很難得聚在一起的眾神，在節目播出的當天，居然全都到齊，聚集客廳的電視機前等著看笑話。為了今天的活動，赫斐斯托斯甚至還特地修補了幾件傢俱。荷米斯、愛羅斯、赫斐斯托斯和阿芙羅黛蒂全都擠在沙發上，還有些人坐在扶手椅或地上。狄奧尼索斯忙著把每個人的酒杯斟滿，而且他今天準備的是最烈的酒。空氣中充滿著一股看好戲的歡樂氣氛。赫拉和宙斯當然都沒出席，其他那些不住在附近的也沒來——冥王黑帝斯[16]和冥后波瑟芬[17]住在地底下，波賽登[18]住在海邊那充滿魚腥味的簡陋小屋。但毫無疑問地，他們都已聽到消息，而且鐵定會準時守在電視機前收看。對眾神來說，很少有比看另一個神出糗更有趣的事了。

「你們對我的演出這麼感興趣，真是令人感動。」阿波羅在電視機前走來走去，「但是大家真的不用客氣。我保證你們一定會覺得很無聊的。我真的不想浪費大家的時間。」

「他真是太謙虛了。大家千萬別相信他。我有親眼看到他的表演。我相信大家都會讚不絕口的。」阿芙羅黛蒂說。

---

16 黑帝斯（Hades）：古希臘神話中的冥神，也是宙斯的哥哥。希臘神話的死亡觀不存在帶善惡判斷的天堂與地獄，而是認為冥界是所有死者唯一的去處，因此黑帝斯的神話形象雖冷酷但並無大多宗教神話中的惡神色彩。

17 波瑟芬（Persephone）：希臘神話中冥界的王后，她是狄蜜特（Demeter）的女兒，被黑帝斯綁架到冥界與他結婚，成為冥后。

18 波賽登（Posiden）：希臘神話當中的海神（亦是馬匹的神，在神話中為人類帶來馬匹），宙斯的哥哥。其象徵物為三叉戟。

「阿芙羅黛蒂說得對。」赫斐斯托斯在一旁搭腔。

阿特蜜絲說：「阿波羅，你可別想施法把電視弄壞。我們可是期待了很久。你要是敢這麼做，你就死定了。」

「我才沒必要這麼做。不是我不想讓你們欣賞我的演出。我當然希望你們看啊！我只是為你們還有你們寶貴的時間著想嘛！」

「時間，」阿瑞斯說：「是我們最不需要珍惜的東西。」

「只有你才是這樣。」荷米斯接道，他是眾神之中最忙的一個。

「打開電視吧！」阿特蜜絲說：「我可不想錯過開頭。」

狄奧尼索斯連忙回到座位上，邊將手中的酒瓶大口地往嘴裡灌。

「我想你們一定都有更重要的事情要做……」阿波羅努力做最後嘗試。

「打開電視！」所有的人都在叫。

阿波羅敵不過眾人，只好打開電視，從購物台、約會頻道、色情頻道、寶萊塢[19]頻道一直轉，好不容易轉到最後面的心靈頻道，然後退回到客廳的角落。他有想過不要待在這裡，也許他應該回房間去或是去外頭喝一杯。但是沒有親耳聽到他們在他背後說什麼，可能會比留在這裡給他們羞辱來得糟。

19 寶萊塢（Bollywood）：印度電影頻道。

結果，事情沒像他想得這麼糟，而是更糟！錄影那天，錄了差不多一個多小時，但是節目時間只有三十分鐘，所以必然要剪接。但是，很明顯地，有人是在匆忙之中，以大刀闊斧的方式剪成這段影片，而且顯然那人對阿波羅很有意見。那天在他注意到那個女孩而喪失專注力之前，他明明就表現得還不錯。但是除了節目一開始的介紹之外，那部份完全沒有被採用。從攝影、燈光到剪輯，這部影片都給人一種粗製濫造的感覺。這部片簡直就是由所有阿波羅出糗、忘詞、失神的畫面，搭配女預言師近乎全裸的特寫鏡頭，加上台下觀眾要死不活的臉孔所組成。

但這還不是最糟的。最糟的是他家人的反應。除了愛羅斯（他正在禱告，祈求上帝給予阿波羅渡過此刻難關所需要的勇氣）以外，他們全部開始放聲大笑，但又刻意壓低音量，不敢笑得過份大聲，好聽清楚電視的聲音。幾分鐘後，眾人的笑聲逐漸平息，頓時一片安靜。客廳裡只聽得到阿波羅的聲音，從廉價的電視機喇叭傳出來。螢光幕上，他正在告訴某位女士，她將能在她夏天用的包包裡找到遺失的耳環，但是他也可能會變成和卡珊布拉[20]一樣，預言神準但是沒人聽信，誰叫他以前可以恣意地詛咒人類時，對她下這樣惡毒的詛咒。

螢光幕前，他的弱點無所遁形，全被攤在陽光下，一切都是那麼的陰暗、平凡、赤裸裸地揭露而無從迴避。眾神從他身上看到自己的未來，而這絕對不是他們想看到的。

---

20 卡珊布拉（Cassandra）：希臘神話中的女預言家，特洛伊國王普里阿摩斯的女兒。身為神殿女巫，她獲得了阿波羅賦予的預知命運的能力，但阿波羅要求與她發生肉體關係作回報，她拒絕了，阿波羅一怒下向她施以詛咒：凡她說出口的預言將百發百中，然而誰也不信以為真。

這時，不同於其他人，阿芙羅黛蒂絲毫沒有被眼前殘酷的屠殺場面給嚇到。她悄悄地靠向坐在旁邊的荷米斯。她將性感的朱唇貼在他的耳朵上，享受著他因為她的碰觸而產生的悸動。

「你是巧合之神，可不是？」她低聲說道，邊將手指滑向他的大腿內側。

「我只是負責做其他眾神不想做的事。」

「那很好，」她的手停在他的大腿底側。

她等了幾秒，直到愛羅斯向她比暗號，告訴她電視上出現那個阿波羅將永遠無法獲得的女孩（但事實上，愛羅斯沒有告訴她，那個女孩也不是絕對不可能愛上阿波羅）。她觀察到阿波羅的臉部肌肉抽搐了一下，這讓她很滿意。她轉過頭去，對荷米斯下了指令。

「我不管你用什麼方式，我要你把那個女孩帶來這裡。」說完，她將舌頭伸進他的耳朵裡，做了一個高難度的舔吻動作。

荷米斯深怕發出任何聲音，只好直點頭。阿芙羅黛蒂露出微笑。的確，很少有人能對她說「不」。

9

尼爾待在樓上那個他稱之為洞穴的房間。他手邊正同時進行好幾件事。有人說同時做好幾件事是不可能的；但事實上，他們都錯了。他們只是缺乏適當的設備和器材。尼爾正在線上和一個同事聊天，為愛麗絲燒一片CD，還有看電視上正在播出的《阿波羅的神諭》。

上一個屋主把這間小房間當作育嬰室。現在，尼爾把這間房間裡的東西當成他的孩子一樣寶貝。從地板到天花板，他架起了層層的書架，架上放的都是他最寶貝的收藏。最下層是他的漫畫：從孩童時期蒐集的《Beanos》，到中學時期的《亞力》、《丁丁》，最後是他到現在還會看的雜誌版漫畫《超時空戰警》。還有一些零散的日本漫畫。那是他之前好奇所買的，但是後來他覺得，日本漫畫的口味太重了。所有的漫畫書都按照書名及年代歸類排好，最珍貴的書甚至還包上塑膠封套。

再往上一層是他的書。事實上，房子到處都堆滿了書，他覺得房間沒有書就像人沒穿衣服一樣。他的書多到一個房間不夠放，不過堆在洞穴的書都是他的最愛，包括經典科幻小說、奇幻小說（他只收藏最頂級的）。還有一大堆非文學類的書，包括大部分和戰爭有關的史學專著。有些書他也還沒看完。總之，所有的書都按照文類和字母順序排列。

最上層是他的影音收藏，包括錄影帶和DVD。他對於電視影集的收藏最為驕傲。他的收藏期間超過三十年。每一捲影帶上都有貼上標籤，清楚地標明錄影時間。如何分類這些堆積如山的影帶確實曾經讓他傷透腦筋，究竟是要依據格式、種類、自拍或商店購買還是其他方式來分類呢？苦思許久後，最後他決定按時間順序排列。如此一來，可以清楚顯示這些年來他個人喜好的變化，而電視史的興衰也在一整排的手寫標籤中一覽無遺。

即使只是看電視畫面；即使尼爾已經回到他安全的洞穴，阿波羅看起來還是非常的討人厭。尼爾無法忽視那天阿波羅注視愛麗絲的眼神。那絕不只是單純的欣賞。如果只是欣賞，至少還可以理解。詭異的是，他看到的是一種具有掠奪企圖的眼神。他可以肯定，阿波羅對愛麗絲絕對不只是單純情感上的仰慕，或是外表上的吸引。他的表情像是在坦尚尼亞的塞倫蓋堤國家公園中，野生動物在午餐時間所露出的神情。他知道愛麗絲一定會收看這個節目，而且下次見面時還會問他有沒有看。要不是不想讓愛麗絲失望，其實他才不想看這個爛節目哩！

「喂！這傢伙超自戀的。」德瑞克說。

德瑞克是他工作上的同事。兩人在同一辦公室共事一年之後，有一次在聖誕節派對上聊到電視影集《吸血鬼獵人巴菲》[21]之後，逐漸發現兩人有許多共同的興趣。在尼爾的要求下，德瑞克也正在家裡看《阿波羅的神諭》。

「那些怪人全都一個樣，就是這樣才有趣。」德瑞克接著說。

21　一九九七年首播的《吸血鬼獵人巴菲》是一九九〇年代後期的經典劇集之一。講述具有特異功能的少女巴菲（Buffy），同來自地獄的各種吸血鬼及靈異惡魔戰鬥，完成天賦使命的故事。

「有趣個頭啦！你看他那副娘娘腔的死樣子，好像自以為是上帝賜給人類的珍寶一樣。他八成以為太陽是為了他而發光。」

「那愛麗絲覺得他怎麼樣？」

「我怎麼知道。」就是這點讓他感到難受。

不知愛麗絲有沒有注意到他的英俊？那天看完錄影後，他一直沒有機會問她的感想，因為她一直問他喜不喜歡她為他安排的這一切。

「你後來有約她出去嗎？」

「別耍白癡了。我們只是朋友。」

「哦……只是朋友！」

「你給我閉上嘴巴，專心看電視。」

正當他在等德瑞克的回應時，電話突然響起。

「嘿！有事先閃囉！」他邊打字邊用另一隻手接起電話，右手還在按輸入鍵。

「喂？」

「喂？妳還好吧？媽？是你嗎？」

話筒的另一端傳來哭泣聲。

「不……」話筒另一端傳來可憐兮兮的聲音，「是我。愛麗絲。」

「愛麗絲，怎麼了？發生什麼事了？妳不是在看我們倆上電視嗎？」

「是的。我剛剛的確是在看電視。」

「發生什麼事了？到底是怎麼了？妳沒在電視上看到妳嗎？妳在電視上看起來好美。」

「我的確有看到我自己。然後……」

「愛麗絲，妳別擔心。不論發生什麼事，我相信一切都會沒事的。」

「誰說沒事？這下事情嚴重了。」愛麗絲拉高聲音。尼爾從來沒聽過她這麼大聲說話。

「就在我的臉出現在電視上後，電話響了。是公司老闆打來的。」

尼爾頓時力氣盡失。他知道接下來要發生什麼事。

「他說……」愛麗絲回到她正常的音量，「他接到攝影棚負責人的電話。他說他在電視上看到我，而且他還跟我老闆說，我違反了公司規定。如果清潔公司不開除我，他們就要另外找外包廠商。尼爾，公司已經決定要把我開除。」

「這全是我的錯，我真的很抱歉。我一開始就不應該讓妳這麼做的。」

「你沒有要求我做任何事，是我自己要這麼做的，這不是你的錯。我打給你不是要責怪你，我只是不知道該打給誰。尼爾……我該怎麼辦？我失業了。我該怎麼辦？」

10

節目播出後約一週的某天清晨，阿特蜜絲正準備出門遛狗時，驚訝地聽到客廳裡傳來說話的聲音。這間屋子裡從來沒有人早起。即使是作息比較正常的雅典娜，早上通常也都是待在床上閱讀。通往客廳的門微微開著，阿特蜜絲從門縫中偷窺，看是誰在說話。

阿波羅坐在地上，魂不守舍地靠在一張裂開的扶手椅上，精神委靡地彈著吉他。平常很注重造型的他，頭髮整個塌下來，臉色蒼白，眼睛充滿血絲，把吉他當成愛人一般，柔情萬分地不斷唱著：「女孩，我多麼思念妳。我思念妳，女孩。我好想妳。」

另一方面，阿芙羅黛蒂看起來神清氣爽，正隨性地躺在一張褪色的絨沙發上（這張沙發以前是藍色的嗎？），修長的美腿正大剌剌地跨在看起來搖搖欲墜的扶手上。她盯著阿波羅的眼神令人費解。她的耳朵上掛著藍芽耳機，而她正以輕柔的聲音呻吟著：「再用力點，寶貝。嗯……好舒服哦！哦……哦……」

看著眼前詭異的景象，阿特蜜絲只猶豫了一秒，最後還是決定打斷他們。

「妳們倆今天怎麼會這麼早起？」她走進客廳。

阿波羅抬起頭來，以毫無情感的聲音說：「我整夜沒睡，我必須完成這首歌。我想妳。哦！我好想妳。女孩，我好想妳……」

「發生什麼事了？你喝了狄奧尼索斯的酒嗎？」

「只喝了一點。」阿特蜜絲看到他身後的空酒瓶，瓶身一大半都藏在背後那張快垮掉的扶手椅。

「怪不得你看起來這麼慘。」阿特蜜絲說。

「我相信我的內心絕對比我現在的外表慘上幾百倍。」

「那倒不太可能。」說完，她轉過頭去對她的姑姑說：「那妳呢？妳通常不到中午是不會起床的。」

「哦……耶……就是這裡。用力！寶貝。」

「我不知道她為什麼不去睡覺。」阿波羅說：「她在這裡講電話講了一整夜。我猜她開始接深夜時段的客人了吧。那個時段最好賺。」

阿特蜜絲說：「如果是這樣的話，也許她該多存點錢在她的小貓撲滿裡。這間房子需要防潮和去除壁癌的工程。她不能老是把錢花在買內衣上。」

阿芙羅黛蒂原本已經開始呻吟和急促地呼吸，一副準備好高潮的樣子。但是她呻吟到一半，連停頓都沒有，突然啪地一聲闔上手機，恢復她平常的聲音說：「我只是想陪你好不好。自從上次錄完節目以後，你就一直怪怪的。」

阿特蜜絲暗想：即使她聲音中有一絲絲的同情，也是非常難以察覺。阿芙羅黛蒂倏地坐起身來，拿掉耳機，「現代的男人真是一點耐力也沒有。我根本還沒有拿到他們的信用卡號碼，他們就控制不住射精了。我早就說過我們應該讓豬來統治這個世界。」

阿特蜜絲開始做暖身操。僵硬對她來說是過去沒有的感覺，而且是她一點也不想擁有的感覺。

「你知道嗎？他們砍掉你的樹了。」她對阿波羅說，邊抬起右膝開始暖身。

「我的樹？」

「那個女孩，凱蒂。」

阿波羅一臉茫然。

「就是那個澳洲女孩。那個你把她變成尤加利樹的女孩。她被砍掉了。有人來進行每年例行的樹木修剪工程。」

「我早已忘了她。」阿波羅撥起弦來，急切地想回到他的創作上。

「心中有別的女孩了，對吧？」阿芙羅黛蒂說。

「這不關你的事。」

「我就當你承認囉！」她回道。

「妳知道妳的問題吧！妳常常情緒不穩，而且老是動不動就發作。每次都是……」阿特蜜絲放低聲音說：「性愛，性愛，性愛。」

即使是說一次那個字眼，阿特蜜絲就會皺起鼻子，更何況是說三次，尤其還要一邊練習戰鬥姿勢。

阿芙羅黛蒂嗆回去：「起碼我不會因為慾求不滿，每天花時間去跑步。」

阿特蜜絲拒絕回應，她轉身去伸展手臂。

「嘿！阿波羅。告訴我們她是誰？長什麼樣子？」阿芙羅黛蒂繼續追問。

「妳怎麼知道是個『她』？」阿波羅懶懶地回答。

「隨便猜的。那到底是發生了什麼事了？她拒絕你嗎？」

「如果她真這麼做的話，現在大概已經變成一個盆栽了吧！」阿特蜜絲說。

「我現在再也不能那麼做了。妳們還記得吧！不！她沒有拒絕我。我連被她拒絕，甚至和她交談的機會都沒有。我想我再也看不到她了。」

說完，阿波羅彈了幾個哀傷的和絃，重重地嘆了口氣。

「哦！別沮喪嘛！這樣一點也不像你。我相信她一定會出現的。」阿芙羅黛蒂試圖鼓勵他。

「我到處去找她，可是我根本不知道她在哪裡。」

「你連話都沒跟她說過？她就能把你搞成這樣？」阿特蜜絲提高聲音說：「我真不敢相信！你是個成年的神耶，拜託你成熟點好不好！為一個素未謀面的凡人在這裡傷心難過，還把自己灌得不省人事！唱這種白痴的情歌。拜託你想想你的尊嚴、你的責任。你簡直就是奧林帕斯山之恥！難怪我比較喜歡和獸類作伴。哦！別想歪，我不是那個意思。」她看見阿芙羅黛蒂的嘴巴打開，淫蕩的話語正從她那柔軟的粉紅色舌頭上彈出。

「我才不管什麼奧林帕斯山哩！我什麼都不管！我連太陽明天是不是會升起都不想管了！」

「振作點！她不過是個凡人，活不了幾十年就死了。」阿特蜜絲說。

「別理他！難道妳看不出來他已經深陷愛河，不可自拔了嗎？」阿芙羅黛蒂露出個不太自然的笑容。

阿特蜜絲不想浪費時間跟這兩個人囉唆。她轉身離開客廳，拿起放在玄關的鑰匙，打開前門，很驚訝地看到門口居然站著一個嬌小的凡人，身高約五呎，金髮，矮胖，戴眼鏡。那個女人唯一值得阿特蜜絲注意的是她居然站在他們家的門口。很顯然某人的惡作劇還沒有在人類世界中傳開。

「妳迷路了嗎？」阿特蜜絲問。

那個凡人看著阿特蜜絲，又低下頭去看著自己手上的東西。阿特蜜絲順著她的目光，看到她手上抓著一疊傳單。她再次抬起頭來看著阿特蜜絲，然後決定還是低下頭去。

「呃，沒有……」那女人開始喃喃自語，聲音低到幾乎聽不見：「我是個清潔工。正在……正在……發傳單。」

阿特蜜絲立刻抓起她手中的一張傳單，連看都沒看就說：「好了，我拿了。妳可以走了。」

「門口站的是誰啊？」她身後傳來阿芙羅黛蒂的聲音。

阿特蜜絲轉過身去。阿芙羅黛蒂從客廳走出來，關上客廳的門，嫵媚地斜靠在門廊的牆邊，挑起一邊的眉毛，盯著門口那名女子。

「她是個清潔工人。」

「我們不需要清潔工人，她可以走了。」

「妳聽到她說的了。」阿特蜜絲轉身對那個凡人說。

「阿特蜜絲包辦家中所有的清潔工作。」阿芙羅黛蒂接著說。

「妳說什麼？」阿特蜜絲說。

「她其實也沒有其他事好做，她那些所謂的『技能』已經被時代所淘汰。」

「喂！我才沒有做所有的清潔工作哩！」阿特蜜絲抗議。

「如果妳們雇用一個清潔工人的話，家中就不會再出現爭吵。」

阿特蜜絲幾乎已經忘了那個凡人還站在這。不過從她臉上的表情來看，她比阿特蜜絲還驚訝自己剛剛居然說出那些話。

「我百分之百跟妳保證，我們不需要清潔工人。」

那個小妮子可沒那麼輕易被打敗。

「對一個忙碌的現代人來說，一個稱職的清潔工人絕對是一項值得且必要的投資。」她清清喉嚨，稍稍提高音量，繼續說：「在今天的社會，時間是您最寶貴的資產。為什麼要把時間浪費在無趣又討厭的家事雜務呢？」

「我們其實不缺時間。」阿特蜜絲回道。

阿芙羅黛蒂連頭都沒低，手伸到後面的地上，抓起一隻看起來十分驚訝的老鼠，可憐的牠，差一點點就可以順利爬上樓梯了。

「嘿！阿特蜜絲，」她抓著那隻侷促不安的老鼠的尾巴：「接好。」

阿芙羅黛蒂把老鼠扔向前門，門口的女子閃了一下，老鼠安全降落在門口的階梯上，背部著地。牠連忙跳起，夾著尾巴逃跑。

「阿特蜜絲確實是個撲滅害蟲的專家。」阿芙羅黛蒂坦承。

「我打獵是為了興趣，不是工作。」

那名女子開始後退，一副打算落跑的樣子。

「告訴我，妳對老鼠有什麼看法？」阿特蜜絲轉向那個清潔工人，故意問她。

她停止後退，用力吞了口口水，「一個髒亂的家是害蟲的天堂。雇用一個稱職的清潔工人是打造無害蟲環境的第一步。」

「那妳有任何經驗嗎？」阿特蜜絲問。

「這簡直就是浪費時間。」阿芙羅黛蒂打了個呵欠：「清潔工人？我們家有妳就夠了，親愛的姪女。」

「我曾經在倫敦好幾間數一數二的大型的企業擔任清潔工人。現在您有機會讓我為您的家提供最專業的清潔服務。」那個凡人說。

「別鬧了！阿特蜜絲，妳過不了宙斯和赫拉那關的。妳不想惹上麻煩吧？」阿芙羅黛蒂提醒她，然後，她又對那女子說：「阿特蜜絲向來最乖，最聽話了。」

「宙斯和赫拉又不會知道，」阿特蜜絲回嘴道：「只要她守規則就沒問題。妳會守規則吧？」

「妳將會發現我效率超高，服從而且安靜。」

「我相信妳，」阿特蜜絲打斷她：「那妳的薪水怎麼算？」

那個凡人給了個數字。

「妳可以為我們處理掉屋子裡所有的害蟲，來個地毯式的大掃除嗎？」

她臉上堅定的表情回答了阿特蜜絲的問題。

「那部份我們按小時計酬，妳可以接受嗎？只有一些老鼠和其他一些害蟲，像是蟑螂和蒼蠅之類的。我想我們沒有松鼠需要處理。」

「我……」

「從明天起，妳每天都來上班。」阿特蜜絲根本沒等她回答。

「我們負擔不起的。」阿芙羅黛蒂再次提醒她。

「我們當然負擔得起，只要我們不浪費錢買食物就行。」

「但是我喜歡食物啊！」阿芙羅黛蒂不滿地撒嬌。

「那我不管。我們不需要食物，但是我們需要清潔工。」

阿特蜜絲轉過身去，對那女子說：「妳必須遵守某些規則。明天我再跟妳一一說明。」

那名女子看起來好像有點頭暈，阿特蜜絲希望她不會當場在這裡倒下去。

「我……」

「不用跟我道謝。」

「我希望妳知道自己在做什麼。」阿芙羅黛蒂說：「居然要把一個凡……呃，我是說清潔工弄到家裡面來。」

「謝謝妳的意見。我可以向妳保證，我知道自己在做什麼。妳，明天十一點上工。好了，我得去遛狗了。再見。」

她走下台階，大步朝街道方向走去，那個女子還站在原地，一臉茫然。

11

愛麗絲不確定自己有沒有答應接下這份工作，但是她已經開始了。她一點都不喜歡老鼠，更遑論殺死牠們：這麼說雖然好像不太合邏輯，但總之事實就是如此。她的人生就是一連串矛盾（paradox）的組合（Paradox 真是個適合拼字遊戲的好字！），而一切事情的發生似乎都沒有經過她的同意。沒錯，她現在賺的錢比以前多得多，但其實她一度想辭職。然而，有一股神奇的力量，每天早上把她拉下床，強迫她盥洗、吃早餐、然後準時出現在這戶看起來凋敝、殘破且門口台階長滿霉菌的房子前。最妙的是，她不可以按門鈴，只能站在門口等裡面的人幫她開門，這是規定之一。她每天站在門口等時都忍不住好奇，為什麼會有這麼奇怪的規定？她對這整件事情的感覺就像下西洋棋，它的感覺對賽局來說毫無關聯。但是這不是她的決定嗎？

第一天事情發生的過程就已經很古怪了，而打從那天起，後續發展變得更加古怪。一開始她對自己獲得這份工作感到很興奮。她不但找到了工作，而且薪水還比以前清潔公司付給她的多很多。這一切都要感謝尼爾；是尼爾建議她自立門戶的。他對她的舊東家非常不滿，還說愛麗絲沒必要將辛苦賺來的血汗錢分給別人。她自己就可以找到工作。但是她跟他說，她不敢主動跟別人說話，更別提誇耀自己的技能。因此，尼爾幫她上了一連串的溝通技巧課程，並幫她設計出一套推銷自己的說詞。他真是個好人。她知道他下班後還有其他許多事要做，不需要浪費時間幫她。但是他堅持這麼做。他甚至說他對她被開除感到十分愧疚，他怎麼會說出這樣的傻話呢？

打從她第一天站在這棟房子前，就有一種不自在的感覺（用「幸運」來描述好像也不太對）。當她正要抓起門環，準備敲門時，門突然打開了。

是阿特蜜絲開的門，她說：「千萬不要敲門或是按門鈴！」

前一天的頭兩分鐘，阿特蜜絲是愛麗絲見過最美麗的女人。但是阿芙羅黛蒂出現之後，相形之下，阿特蜜絲顯得很平凡。

「那我要怎麼進去？妳會給我一把備用鑰匙嗎？」

「不。任何情況下，我都不會給妳鑰匙。妳只要準時出現在門口，就會有人幫妳開門。」

「那妳不在家時我該怎麼辦？」

「我們不會離開。妳知道嗎？我要告訴妳的其中一條規則正好是『不准問問題，除非有人跟妳說話，不然不准說話。』趕快進來吧。」

愛麗絲跟著阿特蜜絲跨過門檻，走進房子。

「第一條規則，永遠不准到頂樓。第二、我說的永遠是對的。」

愛麗絲低低咕咕地發出好像是同意的聲音，但是其實她正被眼前的景象給嚇得說不出話來。這裡還真不是普通的髒。愛麗絲雖然心中早就預期會見到這番景象，但是親眼看到還是很難不被嚇到，沒想到有房子可以噁心成這樣。所有的東西都積滿了陳年污垢。所有東西，毫無例外：地毯（這是地毯沒錯吧？其外觀和質感都讓人無法辨識在萬年污垢下的到底是什麼東西。）、牆壁、窗戶（窗上的污垢厚得和寒冬的積雪沒有兩樣，光線幾乎透不進來。）所有的東西都蓋滿厚厚好幾層的塵垢，愛麗絲有股想請考古學家來這裡挖古物的衝動，但是如此一來，她必須得開口說話，而這是她和阿特蜜絲兩個人都反對的行為。對了，還有一條規定是：「不准提出任何建議。」

走在又黏又髒的地毯上，愛麗絲跟著阿特蜜絲參觀各個房間。每間房間的家具都是又破又爛，天花板結滿了蜘蛛網，牆壁也是坑坑疤疤的。對蜘蛛、老鼠還有蟑螂來說，這還真是個溫暖舒適的家啊！正當她陷入自己的思緒之中，阿特蜜絲正忙著宣讀那長達三頁的注意事項。

「二十九、在任何情況下，絕對不允許任何人進入這間房子。三十、你的穿著必須非常保守，這是為了保護妳自己。」愛麗絲只能乖乖地不斷點頭，儘管阿特蜜絲根本沒有回頭去確認她是否同意這些規則，或是看愛麗絲是否還跟在她身後，還是早就已經兩步併一步地逃離這個地方。愛麗絲逐漸了解到，阿特蜜絲是個天生的命令者，她從不懷疑別人是否願意執行她的命令。愛麗絲也知道，通常別人都會乖乖服從這種人所下的指令，所以他們從不需要懷疑這種完美的循環，但愛麗絲絕對不是這種人。

一走進廚房，愛麗絲差點沒吐出來。讓她驚訝的是，阿特蜜絲的臉上居然出現一絲絲羞愧的表情。

「沒錯，我同意。鼠輩橫行的問題應該是出自這裡。我相信等妳把大部分的腐敗食物清理掉之後，這裡看起來應該就不會這麼可怕了。我們上樓去吧！」阿特蜜絲自顧自地說。事實上，愛麗絲除了那不由自主的噁心反胃以外，並沒有發表任何意見。

愛麗絲應該要轉身掉頭就走的，但是她沒有。對她來說，試著理解原因是沒有用的，因為這就好像試圖盯著一個根本不在那裡的東西。

她是在正式上工的第三天下午遇見阿波羅的。她忙著把最恐怖、最噁心的垃圾集中放到無數個黑色大型垃圾袋中，然後由環保衛生單位特別派來的垃圾車運走（向外尋求協助的確是違反規定的，但她是在自己家裡打的電話，而且清潔隊員沒有跨過房子的門檻，所以這可說是個可接受而且必要的冒險）。她在每一個看起來像是格魯耶爾乾酪的牆角破洞口，都放了捕鼠陷阱和毒藥。這大大小小的許多洞穴，正是構成老鼠樂園的主要出入口。有些洞穴她得清除好幾次黏上面的東西。現在，她正站在客廳，手裡拿著掃帚，試圖將天花板上的蜘蛛網捲在掃帚上，她的動作看起來很像是在製作一個超大型的棉花糖。就在此時，阿波羅打開客廳的門，拖著一把吉他走進來。

她一眼就認出他是電視上的那個阿波羅，但是她想起阿特蜜絲的規定，所以即便她很想說話，但還是決定不動聲色。阿波羅的反應則是怪異（Bizarre）到不行（Bizarre：另一個適合拼字遊戲的好字！）他直直地瞪著她，手中的吉他掉落在地。他用力地捏了自己的手臂一下。愛麗絲不想看著他，但是又覺得把臉轉開很沒禮貌。她只能在心中默默祈禱地上突然裂個大洞，讓她掉進去。但是這畢竟只是幻想。在他的注視下，她的臉不斷漲紅。她想起表演那天他盯著她看的眼神。也許是他的眼睛天生有問題吧！

「妳在這裡做什麼？」阿波羅終於開口。

「是阿特蜜絲雇用我的。」愛麗絲重複她每次被問到時的制式回答：「我是清潔工。如果妳有任何問題的話，請找阿特蜜絲。你可以把我開除，但是你得先發誓從今天起，你會負責家裡所有的清潔工作。」

阿波羅的反應是一副終於有人證實地球是由牛奶凍所做成的樣子。

「妳說阿特蜜絲雇用妳？阿特蜜絲？怎麼可能？她怎麼會認識妳？這間房子裡只有我認識妳！她以前就認識妳嗎？」

「不是的，是我自己上門應徵的。」

「我還是不懂。妳怎麼找到我的？」

「我沒有試圖找妳，我根本不知道你住在這。」

聽到這話，阿波羅的頭垂了下來，下巴抵著胸口。

「我知道了！是緣份！雖然我們常常看彼此不順眼，但是最終他們還是不得不臣服在我天生卓越的特質之下。妳叫什麼名字？」

這是這個房子裡第一次有人問起她的名字。

「愛麗絲。」

「愛麗絲。」阿波羅重述了一遍，彷彿細細地在嘴裡咀嚼、品嚐這三個字。

「愛麗絲（Alice），真是個詩情畫意的名字。甜美卻又充滿力量。這真是個美麗的名字啊！尤其是裡面包含虱子（lice）這個字！」

「謝謝你。」

「妳說妳是清潔工？」

「是的。」

「這真是份偉大的職業。他們都說清潔的重要性，僅次於虔誠拜神。妳應該也希望他們說的是真的吧？」

愛麗絲感覺到她的脖子直冒汗，領口緊貼在脖子上，好不難受。她好想用手把領子掀開。事實上，她真正想做的是推開他，然後用最快地速度衝出這個房間，但是她發現自己完全動不了。

「我不懂你的意思。」

「你當然不懂。妳是個善良又正直的女孩，不是嗎？我看得出來。妳既善良又正直……」那一瞬間，他有如墜入夢中，然後又回到現實，「妳在做什麼？把那東西放下，快坐下。」

「我不能坐下。阿特蜜絲說……」

「叫她吃屎去！千萬別聽那老巫婆胡說。她才不能指使我，也不能指使任何人，當然也包括妳。求妳放下那隻掃帚，然後坐下。妳給我坐下！」

在他的堅持下，她只好怯生生地放下掃帚，坐在一張木製扶手椅的邊緣。那張椅子積滿的陳年油污，看起來像是鞋油。阿波羅在她面前的地板上坐下來，兩人的距離近得讓她覺得很不自在，於是她把腳縮到椅子底下。

「告訴我，妳覺得我那天的表演怎麼樣？」

這個問題讓她很為難。在這個世界上，她最討厭的兩件事就是說謊和傷害別人的感覺。現在她卻被迫在這兩者之中擇一。

「你的助理很漂亮。」她想了好一會兒後說。

「她們沒有妳漂亮。」阿波羅真心地說。

愛麗絲想盡辦法向後退，直到她的背部完全貼在椅背上。她幾乎可以感受到她的脊椎正努力地試圖爬過椅背。

「我希望妳不會因為這棟房子而對我下定論。以前的情況和現在完全不同。我們以前……我們一度在希臘是很有名的。在羅馬……嗯，我是說在義大利也是。那時候，每個人都認識我們。那時候的人類和現在完全不同。他們有信仰。他們對我們極其奉承，我們當時的名氣，還有眾人對我們的景仰……簡單來說，那是一種崇拜。我們住在皇宮裡。愛麗絲，我真希望妳能親眼看看我以前所住的地方。那裡有華麗的噴水池、草木扶疏的花園、森林間處處可見玩耍的仙女。哦！我可從來沒正眼瞧她們一眼。那時候，我們擁有一切。一切的一切！妳可以想像嗎，愛麗絲？」

說完，他期待著看著她，等待她的回應。

「聽起來很棒。」愛麗絲硬擠出這個答案。

聽到這句話，阿波羅很滿意。然後他的聲音一沈，深沈的像是一棵深色的木材：「漸漸的，一切都變了。曾幾何時，我們成了落伍的象徵。我們不再備受尊崇。我不能跟妳細說這一切轉變的過程，雖然對我來說，這些往事還是歷歷在目。總之，這是一段很漫長的過程。愛麗絲，我其實是很痛苦的。妳現在所看到的這一切凋敝的景象，真實地反映出我們內心的痛苦。那場演出對我來說，其實尋求慰藉的意義大過一切。我只是試圖找回我以為我再也找不回來的東西。愛麗絲，妳能了解我嗎？」

「呃……不是很懂。」愛麗絲還是和平常一樣，不會撒謊。

「這我當然可以理解。我怎麼能奢求妳理解？妳不過是個單純的孩子。妳幾歲？」

「三十二。」

「三十二！妳簡直就是個剛出生的嬰兒！愛麗絲，我可以向妳吐露心聲嗎？雖然我們才剛見面，但是我早已深深地被妳吸引。剛剛的那段話……其實我沒有預期會向妳說這麼多，但是我感覺得出來，我們的靈魂是一體的。妳也有和我相同的感受嗎，愛麗絲？」

阿波羅把手放在她的膝蓋上。愛麗絲嚇得從椅子上跳起來，緊緊抓住掃帚。有那一瞬間，他們倆都以為她會拿掃帚打他，而且兩個人都被這個想法嚇了一大跳，但是她畢竟沒有這麼做。她只是把沾滿蜘蛛網的那一端對著他，大叫：「啊！蜘蛛！我差點忘了！我必須把這些髒東西拿到外面去。然後我就得回家了。」

阿波羅看起來被嚇得不輕。愛麗絲以為他會哭出來，然後她突然想到他一定是喝醉了，或甚至剛瞌藥。電影明星不是都會做這些事。這個念頭頓時讓她安心不少。她試圖說服自己，剛剛發生的這一切都和她無關。等藥效過了之後，他就會忘記剛剛發生的一切。

「妳還會來嗎？」

「會啊！我當然還會再來。我明天就會來。事實上，我每天都會來。」

阿波羅臉上浮起笑容，像是黑暗過後的日出。

「那我們就可以慢慢來了。」

不知為何，愛麗絲又開始感到一陣緊張。

12

阿特蜜絲星期天不用遛狗，但是她還是會去公園跑步。沒有那些狗拖慢她的速度，她可以跑得更快、更遠。這就是力量：她四肢的力量、每個踏在草地上的輕盈腳步。她需要這種感覺。那天早上，經過一個書報攤時，她聽到收音機傳來新聞報導，保育人士（那些白癡，這些人還真不少）正想盡辦法遊說政府實行全面禁止打獵的禁令。她對這個世界所能掌控的越來越少了，但是她不能喪失最起碼的，也就是對自己的掌控。

自從上次她的雙胞胎哥哥堅持在那恐怖的劇碼中參一腳，到後來全家人一起看節目播出到現在，眾神已經逐漸淡忘這件事。他在大家面前出糗也不是什麼新鮮事。神總是想辦法讓其他神出糗。如果他們不這麼做的話，這個世界大概會因此而停止轉動。因為他們將會無聊到沒力讓地球繼續轉動。但是這次阿波羅是在大庭廣眾面前出糗，而且是在人類面前出糗（如果有任何人注意到的話）。此外，就她所知，這件事不是出於誰的陰謀，而且很明顯地，他也無法阻止這件蠢事的發生。阿特蜜絲不禁好奇起來，不知道阿波羅究竟什麼時候開始有預言的能力。以前根本不可能叫他閉嘴，要他不要到處宣揚他的預言。不過可以確定的是那些女預言師還保有這項能力，而她們根本不是神！

阿特蜜絲通過一片碧綠如茵的草地，想得出神的她差點被一株植物給絆倒。在更早之前，曾經有一段時間，這些希臘眾神都還不是神。那時的世界由泰坦族掌控，但是後來他們逐漸式微，奧林帕斯的眾神則利用這個機會壯大。思緒如脫韁野馬的阿特蜜絲忍不住開始想像由女預言師掌控的世界會是什麼樣子；一定會比現在的世界更加粉紅吧！

她甩甩頭，試圖甩掉那影像。陽光越來越強，她開始流汗。春天又快到了，這代表春神波瑟芬也快回來了。想到這，她的臉不禁沈下來。她希望今年他們不會答應讓波瑟芬暫住在他們家。她得和雅典娜談談，叫她在房間裡堆更多的書，這樣地上就沒有足夠的空間可以塞得下另一張床墊。對他們來說，這間房子根本就太小了。幸好最近波瑟芬到人間拜訪的時間越來越短了。很久很久以前，宙斯將她流放到陰間，每年冬天她都得在陰間渡過。那時候宙斯只有規定她每年至少有一段時間必須待在陰間，當時似乎沒有設定最大限期的必要。到後來，波瑟芬就善加利用這個漏洞。阿特蜜絲懷疑她只有在和黑帝斯吵架時才會回來。她在想，會有一天，波瑟芬再也不會回來。

慢跑結束後，阿特蜜絲朝那個她痛恨萬分的家前進，邊走邊做舒展操。她看到愛羅斯在門口徘徊。他穿著西裝，頭髮梳得整齊服貼。她向他揮揮手，他也朝她揮手。自從他發現遵從道德規範的重要性後，她和愛羅斯的關係比從前好多了。她一直認為遵守道德規範是她的兄弟姊妹們最該加強的部份。

「你站在那做什麼？」她邊走邊喊。

「我剛從教會回來。今天的禮拜好棒喔！我好喜歡齋戒期的莊嚴肅穆。」

阿特蜜絲點點頭表示同意。她有時候會想，不知道自己有沒有可能成為一個虔誠的基督徒。

事實上，她不可能去搞那些裝模作樣的崇拜，對她來說，崇拜上帝和崇拜蛞蝓沒什麼差別。

「你忘了帶鑰匙嗎？」她走到門口時說。

「不是的。我只是不想進去。妳想不想一起去散個步？我還不想進屋去，不想浪費今天的好天氣。」

「今天天氣確實不錯，」她同意：「反正我也沒別的事，走吧！」

愛羅斯走下門階。開始朝商店街的方向踱步前進，兩人都有鬆一口氣的感覺。輕柔的微風伴隨著耀眼的陽光反射在建築物的玻璃上。阿特蜜絲很高興看到阿波羅起碼做對了一件事。

「你覺得我新聘的清潔工怎麼樣？」

愛羅斯把手插在口袋裡，把頭撇過去，開始吹口哨。

「她是很棒的小女孩，不是嗎？是我決定雇用她的。事實上，那個骯髒的家，我可是一秒都待不下去了。雖然進展有限，不過……」

她看到愛羅斯的眼神，顯示他寧願聽她的真心話，而非她將要說出的違心之言，於是她改口：「這些進展都只是表面。房子確實是比以前乾淨，但是如果我們都還是住在這裡，那又有什麼差別？」

「妳說得沒錯。她已經盡力了，但是這不只是清除灰塵污垢這麼簡單。不過我認為，她已經比我想像得有毅力多了。」

「這話什麼意思？」

「呃，沒什麼。只是……沒什麼。」

他通過馬路，阿特蜜絲快步跟上他。兩人走到馬路的另一端，她加快腳步，配合他的速度。他們沈默地並肩走了一會兒。路旁有一些拴有鏈子的狗。阿特蜜絲試著捕捉牠們的眼神，期盼能從牠們眼裡看到那種狼眼般銳利的火花，證明牠們還記得自己的祖先是誰。但是牠們全都一樣：又肥又懶、無精打采。她的努力全是白費。畢竟一隻真正的狗是不會讓人類把繩子套在牠脖子上的。

「我真希望當時我抓住機會，能與祂見上一面。」愛羅斯說。

「誰？」

「耶穌。」

「這就是你剛剛在想的嗎？」

「那妳剛剛在想什麼？」

「狗。」

愛羅斯笑了出來：「你想你的，我想我的。」

「是『妳』想『妳』的。」

「是是是。妳說得沒錯。『妳』想『妳』的。我只是在想……祂究竟是個什麼樣子的神？是像後人在聖經裡描述的那樣嗎？或是那是編造的？我的意思是說……當然祂不可能死而復活，幾乎沒有人能死而復活。就算有的話，我們也一定會知道……」

「除非我們之中有人幫助他逃回陽間。」

「或是他自己找到路回來。」

「不。這樣的話，他就跟其他的鬼沒什麼兩樣。」

「如果他不是死而復生的話，那其他的部份也是捏造的嗎？我真希望我認識祂，當時我真應該把握機會的。那時候，我們就在離祂不遠的羅馬，成天縱慾狂歡。」

「不是所有人都在縱慾狂歡好嗎？」

「那時候祂就在那，過著祂那傳奇的一生⋯」

「這一切可能都是假的。」

「祂的一生對全世界的影響是如此之大，連我們都深受祂的影響，而我們當時居然毫無所知。」

「祂現在應該在陰間吧！和其他的鬼在一起。想想那些對祂極度不滿的客戶，我想祂應該很低調吧！」

「這又不是祂的錯。祂從來就不想當神啊！也許這就是為什麼祂做得比我們做得都好的緣故！」

不知不覺，他們已經走到商店街。自從聖誕節過後，大概就是今天人潮最多了。人類看起來還是很崇拜太陽，不然不會有這麼多人趁著天氣好，到戶外透透氣。有些人只是漫無目的地閒逛，邊走邊向身旁的親友或是對著手機講話。冬天的時候，他們都頭低低的，一副奮力對抗風雨似的。每間店的生意都很好，店門大開，迎接著客人。而人們則開心地進進出出，忙著崇拜另一項物品——金錢。難怪荷米斯總是忙著工作。曾經有一段時間，掌管金錢的神職是個不太重要的缺。但是最近他可是搶手得很。

「我錯過的不只是耶穌，想想看所有人類產生的廢物……真正的偉人真是少之又少，而我居然錯過了好多個。妳知道嗎？其實我根本沒見過卡薩諾瓦[22]。」

「你說那些全都是他自己創作的？」阿特蜜絲有些驚訝。

「他是個天才。還有拜倫[23]。阿波羅之前一直要把他介紹給我認識，但是我一直抽不出時間。後來他就過世了，他們都活得太短了。我到現在還是不能習慣這個事實。他們總是一眨眼就消失了。我總以為他們還在人世，但他們在人間的停留是如此的短暫，一下就走了。」

「你還是可以去拜訪他們啊！你可以問問波瑟芬，我相信她可以帶你去一趟陰間。」

「妳去過嗎？」

「我？沒有。」突然她覺得一陣陰涼。

「你呢？」

「我也沒有。」他搖搖頭，「不知道死亡是什麼感覺……」

阿特蜜絲停下腳步，她突然覺得胸口有一種從未體驗過的感受：有點悶、有點緊，伴隨心臟不規則地跳動，胃裡一陣翻攪，雙手突來一陣刺痛。她感到有些頭暈。後來，她了解到這是

22 賈科莫．卡薩諾瓦（Giocomo Casanova, 1725-1798）：極富傳奇色彩的義大利冒險家、作家，及「追尋女色的風流才子」。他是十八世紀享譽歐洲的大情聖，最重要的作品當屬其窮盡晚年精力的創作《我的一生》（Histoire de ma vie）。

23 喬治．戈登．拜倫（George Gordon Byron, 1788-1824）：著名英國詩人與作家。

驚慌的初期反應。

「你從來沒有想過嗎？」愛羅斯問。

「沒有。想這個幹嘛？」

「但是這不是不可能。」

「才不會。」

「會。」

愛羅斯帶她走到一間商店的門口，櫥窗裡站著一個纖瘦的模特兒。她的四肢既堅硬又光滑，骨頭則在太陽照射下更形乾枯。她尖尖的屁股高高地翹起，像個飛彈。下半身穿著一件兩吋不到的超級迷你開衩短裙，搭配鐵藍色的網襪，上半身則是套著一件超透明的短衫，上面幾個釦子沒扣，故意露出裡面閃亮硬挺的胸罩。對此，他根本懶得批評。

「我希望不會。」

「那萬一妳放棄『希望』呢？會發生什麼事？」

「對你應該沒差吧，」阿特蜜絲離他越來越遠，開始往下走，「反正人類還是會繼續戀愛，所以你還是有活下去的理由。」

「這我可不確定，」愛羅斯追上她，接著說：「我不覺得現在的人類像過去一樣勇於追求愛情。我指的是真愛，是那種複雜難懂的情感。現代人追求的是短暫而膚淺的激情和性，一旦他們在另一半身上發現這兩者均已消失時，就不想承擔任何責任，於是選擇分手。」

「那你的意思是？」

「我的意思是他們不再需要我們了。他們不想要我們了，他們已經快忘記我們了。」

「這些我都知道。」

「同時，我們的力量又在逐漸消失。」

「我需要坐一下。」阿特蜜絲說。

「哦！抱歉，坐這裡可以嗎？這樣可以聞到那輛鬆餅車傳來的香味。」他指著一張長椅。

愛羅斯扶著她的手臂坐下。阿特蜜絲做了好幾次深呼吸。過一會兒，她開始享受熱騰騰的奶油和糖霜融化的香味。她開始幻想那些食物嚐起來會是什麼味道，又從她嘴裡滑下喉嚨是什麼感覺？如果她真的吃了人類的食物會怎樣？

「也許，」愛羅斯說「情況沒有那麼糟。」

「你說吃東西？」

「我是說死亡。」

「我不想再談這個話題了。」

「聽著，想像一下，死亡可以帶來平靜，可以帶妳到另一個地方，逃離這一切。不用再負任何責任。」

「但是你總是刻意承擔額外的責任，雖然我知道這是你的興趣。」

「但這不表示我不會厭倦啊！」

「老實說，我無法想像自己不需要負任何責任，不掌控任何事物。畢竟這是我做了一輩子的事，也是你做了一輩子的事。別告訴我你覺得死亡會比較好。」

愛羅斯瞇著眼望向遠方，沈默了一會兒後，說：「如果妳知道妳只剩幾百年可以活，妳會用剩餘的時間做什麼？」

就在此時，就在她們眼前，一輛車倒車撞上另一輛車，兩車的駕駛下車爭論，爆發口角，後面的車子則用力地按喇叭。天知道這麼做毫無用處，只是讓所有陷在車陣中的人感到更難受而已。

「我會搬出去。」

13

愛麗絲開始上班兩週後，尼爾約她去喝茶，慶祝她找到新工作。他刻意選了一間舒適溫暖的小咖啡館，希望她會喜歡。這間店很小，天花板很低，水壺冒出的蒸汽將窗戶玻璃弄得霧濛濛的。除了溫馨之外，他選擇這間店還有一個原因，這裡夠安靜，太吵雜的環境可能會讓她不自在，但這裡又不是全然的死寂，否則她會擔心隔壁桌的顧客會不小心聽到他們的對話。他刻意提早到，選了一個靠裡面的位子，這樣愛麗絲就不會被街上往來的行人盯著看。他點了咖啡，開始專注在《每日電訊報》上面的拼字遊戲來打發時間。

他全神貫注地思考一個難度很高的空格，沒有注意到底時間到底過了多久，直到聽見她甜美的聲音說了聲「嗨！」讓他的心漏跳了一拍。他猛地站起來，想跟她打招呼，卻差點把桌上的咖啡打翻。他湊過去，在離她臉頰五公厘的地方親吻了一下空氣。

「妳還好嗎？這裡不會很遠吧？」

「哦！一點都不會。」她在他對面坐下，順手脫掉毛帽。

「甲殼類。」

「妳說什麼？」

「一種稀有的鮪魚，答案是甲殼類。」她指著他一直解不出來的空格。

「哦！對！」

「反著看也許比較容易想出答案。」

「妳想喝什麼？要不要點一塊蛋糕？」

「嗯……我想想，你呢？你要吃嗎？」

「我們可以點一塊，一起吃。」

「哦！」她今天綁了個俏麗的馬尾。尼爾注意到她的臉頰泛紅，從脖子一路紅到耳朵，「好啊！我沒意見。」

他向女侍者點了一杯紅茶，一塊起士蛋糕，要了兩隻湯匙。

「新工作還好吧？」

「還好。」

「住在那裡的人怎麼樣？他們對妳客氣嗎？」

愛麗絲遲疑了一下，「我不知道。」

「什麼叫妳不知道？」

「這很難說。我想他們人都很好，只是方式比較奇特罷了。」

「什麼意思？」尼爾問。

「嗯……有些人很明顯的對人很好，就像你，尼爾。你永遠都是這麼親切。你總是替別人著想，會特別注意別人的喜好，而且盡量配合。我只是說……我不希望你以為……嗯……我的意思是說，這是你給我的感覺。」愛麗絲突然猛盯著桌布上的一個燒焦的痕跡，不願意正眼看他。

「那他們呢？」他追問。

「嗯！我不確定他們的意圖，但是比起一般人，他們的確比較不會注意到他人的存在。所以當他們對別人好的時候，多半是在他們根本沒有注意到的情況下。」

「聽起來不太妙。」

「哦！不……他們人真的還不錯。我不想隨便批評別人。」

這時，女侍者送上茶和蛋糕，愛麗絲說到一半，也停了下來。等女侍者走了之後，她又繼續：「我想他們已經盡力了。」她下了結論。

「妳還是沒有告訴我任何細節。住在那裡的是些什麼人？他們是一家人嗎？還是室友？」

愛麗絲又遲疑了一陣，「我不應該透露這些事。」

「為什麼？」

「我不能說。」

「為什麼？」

「我不知道。我只知道，我不能透露我不應該說的事。」

「妳什麼都不能說嗎？」

「沒錯！我什麼都不能說。」

「又沒有人會知道。」

「我不想惹上麻煩。」愛麗絲把頭轉開。

「我很抱歉。妳不需要告訴我任何事。畢竟這些都和我無關。我想一定也沒什麼有趣的。」

愛麗絲沒有回應。

「我不是說妳很無趣。我不是這個意思，我只是……我知道這不關我的事。」

她還是沒有回應。尼爾真希望他沒有提起這個話題。他現在只希望她不會起身離開。

「真抱歉，我不該問的。換個話題吧！我們來玩拼字遊戲好不好。我有帶我那台PDA。我們可以繼續玩上次去看表演的那局遊戲。我有存檔哦！」

令他氣餒的是，這項提議似乎讓愛麗絲心情更差。她頓時臉色漲紅，顯得坐立不安。他真笨。他不應該提起那天的，他害她失業的那天。

「對不起——」

「阿波羅住在那。」愛麗絲突然說。

「什麼？阿波羅？電視上的那個阿波羅？哪裡？」

他瞇起眼，望向街道，突然希望看到阿波羅出現在街上。他的長相和身材是如此的完美，還有他那見鬼的頭髮也是。

「他住在那棟房子裡，」愛麗絲繼續說：「就是我工作的那棟房子。我不應該告訴你的，但是我總覺得沒有告訴你，就等於是說謊。」

「妳打掃阿波羅的房子？妳為他工作？」

「有好幾個人住在那，他只是其中之一。」

「妳為阿波羅工作。」尼爾重複了一遍。

「怎麼了？」

「我總覺得他不是個很……很誠實的人。」

「他只是做他的工作。」

「即便如此，他的工作多少也反映他的為人。」

「我以為你喜歡那種表演。我是說，那個節目。」

「我是喜歡啊！我只是覺得，和我看過的所有藝人來說，他給我很不誠實的感覺。他讓人覺得城府很深，而且很傲慢。我只是希望妳不是為這種人工作。」

「尼爾，謝謝你這麼關心我，但是其實沒什麼好擔心的。我可以保證，他人非常好，而且他對我很好。」

「我以為你說住在那裡的沒有一個是好人。」

「他是其中最好的。」

「妳太容易相信別人了。愛麗絲，妳不能只看表面。」

「我想他是被誤解了。我相信如果你有機會和他見面的話，你會喜歡他的。」

「我很確定我不會喜歡他。告訴我，還有誰住在那？他的妻子？他的小孩？」

愛麗絲搖搖頭。

「至少告訴我他結婚了沒吧？」

「我不認為他結婚了。很抱歉，我不能透露其他的事。事實上，我什麼都不能說。我們可以玩拼字遊戲了嗎？」

尼爾只好拿出他的ＰＤＡ，設定一局新的遊戲，但是他眼前完全被阿波羅那張驕傲自大的臉給佔滿，耳邊全是愛麗絲的聲音：「他人真的很好。他是當中對我最好的，他只是被誤解了。」他可沒忘記那天在攝影棚，阿波羅盯著愛麗絲的眼神，那件事讓他到現在想起來都還會心情不好。

另一方面，愛麗絲也無法專注在遊戲上。她有好多事想告訴尼爾，但是她又不能說。舉例來說，她不能理解為什麼尼爾不喜歡阿波羅，尼爾在很多方面都比她聰明多了，他知道假裝會通靈是不對的，但是她看不出來讓那些老太太開心有什麼不對，畢竟讓她們堅持活下去的理由所剩無幾。第一次在那詭異的場合見面後，她逐漸發現阿波羅其他不為人知的一面。每次她在打掃房子時，他會像個跟屁蟲似的，跟在她身後，嘰哩呱啦地告訴她他自己的事，或是唱歌給她聽（他唱得還真不錯），而且他是用吉他自彈自唱一些創作歌曲。一開始，這讓她不知所措，不知如何回應。但是她的困窘似乎對他毫無影響，他還是依然故我。他願意這樣陪她，真是非常令人感動。對她來說，他的陪伴有點像是開著收音機一樣。過一陣子之後，她開始懷疑阿波羅這樣一個英俊、天賦異稟又成功的男人，其實內心是很寂寞的，而這讓她不由得心生同情，也想陪著他，即便她從來不知道要和他說什麼。

其實如果可以的話，她很想問問尼爾對阿芙羅黛蒂的看法。對愛麗絲來說，她是個難解的謎。當她在打掃房子時，她喜歡自己一個人工作，同時尊重客戶的隱私。但是這棟房子裡的人似乎沒什麼隱私的概念，所以有時候愛麗絲會看到一些她不該看到的事情，特別是關於阿芙羅黛蒂。她常常赤裸裸地在房子裡遊走，或是對著手機講一些淫穢的語言。開始上班兩週後，她發現，很明顯地，阿芙羅黛蒂和住在這棟房子裡的所有男人都有一腿。當然這是可以理解的，畢竟她的姿色無人能擋。雖然愛麗絲試著不去評論他人的行為，但她還是發現自己難以苟同。

最讓人侷促不安的是，阿芙羅黛蒂第一次看到阿波羅和愛麗絲在聊天時的反應（應該說是阿波羅在說話，而愛麗絲在聆聽）。阿芙羅黛蒂非常安靜地站在那裡觀察，好像她在森林裡發現兩隻稀有而害羞的動物，然後毫無預警地，她突然開始大聲尖叫，亂踢亂打、瘋狂地砸東西。愛麗絲被她突如其來地的舉動給嚇哭了。阿波羅則對阿芙羅黛蒂的瘋狂舉動毫無反應，直到愛麗絲哭了，他才猶如大夢初醒，連忙將手搭在她肩上，想安慰她。但是他的動作只是讓她覺得更糟。她加速逃離現場，把自己鎖在浴室，不肯出來，直到阿特蜜絲出現在門外，告訴她把自己反鎖在浴室是不被允許的，她才勉強走出浴室。奇怪的是，下一次愛麗絲單獨見到阿芙羅黛蒂時，她卻又表現得一副冷靜、和善的樣子，好像那件事從沒發生過一樣。愛麗絲差點以為她那天是在作夢，但是她又從阿芙羅黛蒂看她的眼神中捕捉到一絲怨恨，尤其是當愛麗絲在和阿波羅交談時特別明顯。愛麗絲認為，阿芙羅黛蒂不可能是在吃她的醋，畢竟阿波羅根本不可能對她這種姿色平庸的女人感興趣。一定是阿芙羅黛蒂本身有些情緒問題，所以愛麗絲應該要同情她。但是這並不會讓她在這棟房子裡的工作容易一些。這樣的想法讓她心生罪惡感。總之，她實在很想問問尼爾對這一切有何想法與建議，但是她又不能問。

這間房子裡有阿波羅、阿芙羅黛蒂、阿特蜜絲。對愛麗絲來說，阿特蜜絲是個事必躬親的老闆，還有愛羅斯和荷米斯。這兩個人每次都用一種好奇的眼光盯著她看，讓她覺得很不自在。另外還有阿瑞斯，不知為何，她每次看到他，就會心情很差。至於赫斐斯托斯，他真的是醜到不行。她每次看到他，就不由自主地覺得一陣噁心，而這讓她覺得自己是世上最殘酷、最膚淺的人。所以她每次都會想故意找話和他說，以免被他看穿她的心思。但是她又不能這麼做，因為他從來不會主動和她說話。狄奧尼索斯則讓她很緊張，因為他似乎永遠處在酒醉的狀態。另外還有兩位女性——雅典娜和狄蜜特[24]。基本上，這兩個人完全忽視愛麗絲的存在，好像她們從來沒有注意到有她這個人一樣。這些人都很令人費解，而她卻什麼都不能說。她試著不要評論他們：畢竟他們是希臘人[25]，而且每個家庭都有自己的奇特之處。她相信別人也會覺得她家很詭異：她的父母常常在下午吃玉米穀片，有時候他們會故意一整天都只說法文，然後說這是為了練習。她現在所面對的這個家庭也有一大堆詭異的地方，而她想說卻不能說。這些事情已悄悄地在她心裡築起一道牆，而尼爾被隔絕在圍牆的另一邊。

她看著坐在對面的尼爾，他也正看著她。她看到他眼中出現懷疑。她張開嘴，打算開始告訴他所有的事情。誰甩那些規定！奇妙的是，即便她準備好下週一就遞出辭呈，但那些話到了嘴邊就是說出不口，而她也心裡有數，那家人要她留多久，她就會留多久。

---

24 狄蜜特（Demeter）：希臘神話中的大地和豐收女神。她是宙斯的姐姐，掌管農業的女神，給予大地生機，教授人類耕種，她也是正義女神。

25 原文：They were Greek after all。作者在此一語雙關，一方面指他們是希臘人，一方面指他們的行為複雜難懂。（It's all Greek to me 為英文諺語，表示無法理解某樣事物。）

14

「怎麼樣？」房地產仲介的嘴角向上揚，阿特蜜絲只能假設他是在微笑，雖然她完全看不出來有什麼值得微笑的。

「這間可以吧！」

「當然不行。」

房地產仲介的嘴角猛地一拉，再次上揚，他拉了拉領帶。阿特蜜絲注意到膚色的粉底在他的領口形成一圈污漬。

「這間房間還有浴室，我剛剛不是帶妳看過了？」

「那算是浴室？」

房地產仲介打開正門外用來保護房客的護欄，用力打開大門，在眼前斑駁而刮痕累累的廉價地毯上留下新的刮痕。仲介堅稱這是復古風。隨後，進入眼廉的是一間屋況差到不行的爛房子，裡面有積滿污垢的馬桶和發霉且正在漏水的蓮蓬頭。她不禁懷疑，怎麼會有人能忍受住在這種房子裡？

「妳不妨把它想成是一個開放式的格局。」

阿特蜜絲拉開褪色的花色窗簾，藏在後面的窗戶也是處於嚴重破損的狀態。往下看是個停車場，她看到一群小學生正在欺負一個瘦小的孩子。他蜷縮在地上，用雙手保護頭。她闔上窗簾。

「這間公寓有任何的戶外空間嗎？」

「呃……有社區公共空間。」

看到阿特蜜絲展現出一絲興趣，仲介指指窗戶。

「哦！你說的是那個啊！」她向外面再瞥一眼。其中一個孩子退出打人的行列，正在用手機錄下所有的過程。

「那這裡可以養寵物嗎？我可以養狗嗎？」

仲介環顧四周，在單人床、用幾片夾板糊起來的三角衣櫥、不鏽鋼洗臉台和快被微波爐及小電爐壓垮的架子之間只有一小塊空地。

「這個房子裡不可以養寵物。寵物對房子本身會造成損害，降低房子的價值。不過……」他的聲音出現一絲希望，「你當然可以養幾隻金魚或一隻小鳥。只要你把牠關在籠子裡就沒事。」

「我想找的地方是可以養狗的，而且是一隻大狗。我要的房子要有個花園，讓牠可以在裡面活動。」

仲介的嘴角垮了下來，「這……呃……按照您所開的價碼，除非您願意增加一點預算……否則我會說這是……」

「很困難？」阿特蜜絲接道。

「根本不可能。」仲介說。

當她回到家時，阿特蜜絲幾乎無法面對眼前的這棟房子。她似乎永遠也逃不了住在這裡的宿命。走進花園，她看到狄蜜特。這個掌管大地與生育的女神正在整理花園裡的植物。戴著一頂寬邊帽和園藝專用手套，她手裡拿著鏟子和耙子，正在檢查那一小片草地邊緣的樹叢和花叢。

阿特蜜絲沒和她打招呼，逕自躺在草地上，閉上雙眼。外面實在太冷了，但是這是她現在唯一的去處。草的莖部有如硬刺般戳著她的臉頰。她深吸了口氣，泥土散發出冰冷又帶有金屬的氣味，微弱的陽光無法去除這種味道。不過，青草散發出一種新鮮、潮溼、充滿生氣的味道。大地包裹住她的身體。她想：這裡也不算太糟嘛！她試著說服自己。這時，她聽到房子裡傳來吵架的聲音，是阿芙羅黛蒂和愛羅斯在吵架。最近他們倆越來越常吵架。阿芙羅黛蒂大吼，愛羅斯毫不客氣地跟她對吼。果不其然，接下來就是瓷器摔落在地的聲音。阿特蜜絲很想假裝這一切與她毫無關係，但是她做不到。她的心情頓時盪到谷底，看起來她不可能在不久的將來順利地搬離這個鬼地方。她永遠也擺脫不了這些傢伙。也許她應該搭個帳篷，搬到花園。

此時，阿特蜜絲突然聽到附近傳來尖叫聲。她立刻睜開雙眼，跳了起來。她環顧周圍，尋找是誰被欺負，她好幫忙出氣，或至少加入揍人的行列。結果，她發現是狄蜜特在尖叫。狄蜜特正站在花園後方，身後是一道土黃色的磚牆，分隔他們家和隔壁鄰居的花園。她正背對著阿特蜜絲。尖叫過後，她開始低聲啜泣。她的肩膀不斷地抽蓄，看起來像是一隻正在嘔吐的貓。阿特蜜絲跑過去說：「發生什麼事了？怎麼了？妳……」阿特蜜絲無法把話說完，因為不論是生病還是受傷，都是令她害怕而不願面對的事情。

「它死了，它們全都死了。」狄蜜特邊哭邊說。她伸出雙手——她脫掉園藝工作手套，阿特蜜絲很驚訝地看到她那雙已出現歲月痕跡的手掌中，躺著樹苗的屍體。她手裡捧的是一株藤蔓植物乾枯的屍體。

「這是鐵線蓮。」阿特蜜絲一眼就認出。

「我無法讓它活下去。我救不了它。」

「但是……」

「這是我與生俱來的技能。我能養育萬物，如果我連這都做不到……」

「也許是隔壁的故意把除草劑撒到圍牆的這一端，他本來就看我們不爽。」

「我也開始有白頭髮。」狄蜜特抽抽噎噎地說。

「先進到屋子裡吧！別哭了，進來再說！」

她把那株植物的屍體從狄蜜特手中拿起來，丟在地上。然後把手放在她肩上，把她帶進屋去。

「我快死了，」狄蜜特哭著說：「我快死了。」

聽到她的話，阿特蜜絲竟然感到一絲絲忌妒。

15

尼爾毫不費力地就找到這棟房子。愛麗絲剛找到工作時，曾向他描述過這棟房子的位置，但是後來她就變得越來越神祕了。他順著斜坡往上爬，根本不需要看門牌，他一眼就認出那棟房子，因為愛麗絲有跟他描述過這棟房子殘破不堪的外觀。不過沒想到房子的狀況比想像中的還糟，這棟房子根本就快垮了。如果沒有立刻整修的話，他實在很懷疑它還能再撐幾年。看到一棟豪宅落到這樣不堪的下場，令他感到震驚與氣憤。上個禮拜他看到碧姬．芭杜的照片時，也曾有類似的感覺。他忿忿然地走向房子的正門，踏上那龜裂不平的石階，舉起發亮而沈重的門環——毫無疑問，一定是愛麗絲把它擦得如此光亮——重重地敲了好幾下。門環發出洪亮的聲響，傳遍了整間房子。事實上，他很驚訝門楣居然沒有因為震動而垮下來。

過了幾秒之後，他聽到有人走下樓的聲音。有人把門打開一半。他正準備自我介紹，打算以建築師的身分提供專業房屋維修建議。但是他的大腦和舌頭之間的連結好像突然被切斷，像是有人拿把刀割得一乾二淨。站在他眼前的是他打從娘胎出生以來，所看過最美麗的女人，不只是他這輩子所能看過，根本是他所能想像出最美麗、最性感的女人。他突然想起，很久很久以前，有一天放學，他哭著回家，因為瑪莉莎．麥肯狄克拒絕親他，還說——他記得很清楚，而且還常常想起——即使全世界將因此而滅亡，她也絕對不願意碰一個醜陋、臉上坑坑巴巴、又沒屁股的噁心鬼。回到家後，他媽媽把他擁在懷裡安慰。那次他一定被傷得很重，因為他記得媽媽說：「那女生是個目中無人的自大鬼，她的父母也是。她一定其實偷偷地討厭自己的腳或耳朵或肚子，有一天當地心引力開始對她產生作用，她的丈夫決定甩掉她，投向另一個更年輕、更美麗的女人時，她就會了解美麗不過是表面，而她再也不會說出那種傷人的話。」當時媽媽的話勉強有起一點安慰的作用，那時他還在懷疑媽媽是故意說謊，或是她說的根本就是錯的。然而，現在證據就站在眼前：這個女人簡直就是完美的化身，她不可能會對自己身上任何一處有絲毫的不滿。也許有，就是現在出現在她眼前的景色。從她身上，他看到美麗不只是表面，美麗可以代表一切。

「滾開！」那美麗的幻影開口了。儘管尼爾對這兩個字不陌生，但還是有被刺痛的感覺。

「我——嗨！我……呃。嗨！愛麗絲在？呃……」

「愛麗絲？」她的臉像是一個雕琢完美的寶石。

「我是愛麗絲的朋友。」他好不容易擠出幾個字，「愛麗絲是妳們家的清潔工。」

她細細地打量他，想看出他究竟有幾兩重。

「哪種朋友？」

「很要好的朋友。她是我最好的朋友。」

「你愛上她了嗎？」

「妳說什麼？」

「你愛上她了嗎？」

眼前的美女有種莫名的魔力，讓他吐出連對自己都沒有說過的答案，「是的。」

他的回答像是個神奇的魔咒，像是暴風雨後的太陽。頓時，她露出了一個燦爛的笑容，她的笑容勝過世上一切美好的事物。他不由自主地也露出一個傻笑，他知道自己看起來像個不會說話的白癡，但他完全束手無策。不過她好像完全不介意他的蠢樣，她把門完全打開，很熱情地歡迎他進來。

「請進！請進！我叫阿芙羅黛蒂。很高興認識你。愛麗絲的朋友就是我的朋友。」

尼爾跟在她身後走進屋內，試圖想像愛麗絲和阿芙羅黛蒂是好朋友，但是他實在無法想像。他得承認，阿芙羅黛蒂比較美，不過愛麗絲比較有氣質。

阿芙羅黛蒂在前廳停下腳步，回頭說：「通常我們是不讓陌生人進來的，因為我們很重視隱私。但是你可不是陌生人，你和我們一樣簡直就是一家人。我幫你叫愛麗絲，她大概和阿波羅在屋子裡某個地方。」

尼爾跟著她上樓，試圖不要一直盯著她那兩瓣在他眼前來回晃動的屁股，這讓他聯想到兩個在跳探戈的白煮蛋。這時他才想到，如此唐突的造訪也許不是個好主意。

在他抵達這裡之前，他的推測看起來似乎是錯不了。自從愛麗絲找到新工作後，她就有些不對勁。這實在太明顯了，尤其是他試著專心工作、試著專心看電視、試著專心閱讀、睡覺，甚至和愛麗絲以外的任何人說話，或是試著和愛麗絲說話時，他都可以感受到她的異常。這一切就從她在這裡工作開始。他不清楚究竟發生了什麼事，但是他知道一定發生了某些事情，所以他得親自到這裡來，弄個明白。但是他現在才想到，真正的問題是：一旦他弄清楚事情真相之後，他該怎麼做？這個問題一直到他跟著阿芙羅黛蒂性感的屁股上樓時才浮現腦海。

「你知道嗎？我想他們一定在阿波羅的房間。不過我相信他們不會介意我們打擾的。」阿芙羅黛蒂以誘人的姿勢將一頭秀髮朝他的方向甩去。

「不……我是說，是的。我們當然要打擾他們。」

「他的房間就在……」正當他們走到二樓，阿芙羅黛蒂的手機突然響了。「哦！真抱歉。我必須接這個電話，房間在那。」她指著右手邊的一扇門。

「嗨！甜心，」她對著手機吹氣，「人家已經溼了啦！寶貝。你要對人家做什麼嘛！」

聽到這，尼爾差點沒咬到舌頭。阿芙羅黛蒂對他眨了眨眼，揮揮手指，做出再見的姿勢，轉過身去。

「嗯……寶貝，你的聲音聽起來好性感哦！」她又回到電話上。

尼爾花了點力氣，強迫自己轉過頭去，朝她剛剛指的那扇門走去。他可以聽到兩個人說笑的聲音——一個是男人的聲音，另一個是愛麗絲。這讓他覺得很不安，但是他強迫自己相信，起碼她聽起來很開心，而對他來說，她開心才是最重要的事。但是接下來，他聽到她說：「夠了，求求你。」然後，那個男人說：「再一次就好。」然後，她的聲音突然變得不太開心，而尼爾也想起他來這裡的目的。他用力推開房門，大步走進去，想辦法讓自己看起來更有男子氣概。

他看到愛麗絲站在窗邊，身穿著工作服，手裡拿著雞毛撢子。他一看到她，簡直無法相信自己前一會兒（他不得不承認）還在垂涎（只有一點點）阿芙羅黛蒂。看到他，她臉上還是掛著笑容，這讓他鬆了口氣，但是他也捕捉到她眼裡的焦慮。他知道她剛剛的抗議不是在開玩笑，她剛剛在抗議的對象是阿波羅。這次他沒有穿上次錄影時穿的寬袍。他身穿T恤和牛仔褲，這讓他比尼爾記憶中的阿波羅更帥氣。阿波羅剛剛正在用手機幫愛麗絲拍照。就尼爾所知，愛麗絲向來討厭拍照。

「離他遠一點」尼爾拿出所有的勇氣，大聲喊道。

「尼爾？你怎麼會在這？」愛麗絲問。

「就是說嘛！尼爾，你怎麼會在這？」阿波羅重複她的話。

尼爾很不喜歡阿波羅說「尼爾」這兩個字的語氣。

「你為什麼在幫愛麗絲拍照？」尼爾大聲質問。

「尼爾，沒關係的。是我讓她拍的。」

「她說我可以拍。」阿波羅接道。

愛麗絲從來不讓尼爾幫她拍照。

「尼爾，看到你我很開心，但是……我不應該讓朋友在工作時來拜訪我。」她的聲音逐漸消逝。

「沒錯！她的任何『朋友』都不可以在她工作時來拜訪她，」阿波羅重複。

「妳之前又沒有跟我說不能來這裡。我只是來……」他掰不出來這裡的理由，只好把矛頭轉向阿波羅，「拜託你不要一直重複她的話好嗎？」

「尼爾，看到你我真的很開心。謝謝你來看我。不過，你要不要到外頭等一會兒？我快下班了。我們待會可以一起去喝茶。」

「你聽到了。很高興看到你。現在給我滾！」阿波羅說。

「他只是在開玩笑。」愛麗絲打圓場。

阿波羅對尼爾露出一個一點也不像在開玩笑的微笑。

「很高興你們倆終於有機會見面。尼爾對你的節目很感興趣，這也是我們去欣賞你的演出的主要原因。」

「是嗎？」阿波羅問。

「沒錯，至少我在看到你的演出之前是還蠻有興趣的。」

「在看到你之前，我對人類也還蠻有興趣的。」阿波羅嗆回去。

「我想我們該走了。我今天早上提前到，所以我想阿特蜜絲不會介意我早點下班。」

「哦！不！請留步。你才剛到，不是嗎，『尼爾』？再待一會兒嘛！我想介紹我弟弟給你認識，我去叫他。你先請坐。」

阿波羅快步走出房間，關上門。

尼爾不願意坐下，「我們該走了，妳不覺得他要我和他弟弟見面很怪嗎？」

「我想這是他表達善意的方式。他有一點……呃……另類，但是他內心其實是很善良的。既然他叫我們再待一會，我們也不好意思現在就走。我們還是等他回來。他一回來，我們就走。」

「好吧！他一回來我們就走。」

尼爾覺得很不安，他環顧四周，很難不懷疑這間房間沒有裝竊聽器或是什麼整人機關。看得出來這間房有兩個人住。雖然沒有明確地畫界線，但是看得出來房間從中間分一半，兩邊各有一張搖搖欲墜的單人床和衣櫥。他所站的這一半牆角有幾株小樹盆栽，還有好幾件精緻的樂器放在架上——各種類型的吉他、豎琴。其中好幾件看起來很像古董。這半邊房間的牆上掛了好幾幅文藝復興時期畫作的複製品——或者，至少他認為應該是複製品。大部分描繪是希臘神話故事和眾神的作品。這也沒什麼好令人訝異的。畢竟，他是傲慢的阿波羅。

房間的另一半則完全不同。他腳邊的床凌亂不堪，但是另一張床的卡其色床單拉得直挺挺的，一點皺褶都沒有。牆上掛滿了某人對戰爭紀念品的完整收藏，從軍人制服、旗幟、獎牌、勳章、武器的複製品——他希望那些是複製品——還有地圖及史上重大軍事行動的圖表。

「阿波羅是住哪一邊？」

「他住這一邊。」

「所以那些槍是他弟弟的囉？」

「是的，是阿瑞斯的。」

「我想我們該走了，以免待會被射殺。」

「哦！尼爾，你真幽默。」

此時，房間的門再次被打開。阿波羅和一個高高瘦瘦，肌肉結實、鬍子刮得很乾淨，整張臉看起來像一顆子彈的男子一起走進來。

「尼爾，這是我弟弟，阿瑞斯。」

「你幹嘛要我見他？」阿瑞斯問阿波羅，「你明知道我很忙。現在東南亞有個小衝突，我要想辦法把它擴大成一場戰爭。」

「只花你幾分鐘而已。如果你留下來的話，我答應接下來十年幫你擦你那些獎牌和勳章。」

「真的嗎？那好。你要我做什麼？」

「啥都不用做，待在這就好。」

「嗨！很高興認識你。你們兩位真的是太客氣了，但是我們真的得走了。」

「為什麼？你說走就走？」愛麗絲突然說。

「我以為妳想離開。」

「我才沒有，那是你以為。」

阿波羅對阿瑞斯露出微笑，阿瑞斯轉了轉眼珠說：「我知道你在打什麼算盤了。」

阿瑞斯先是無精打采地斜靠在牆邊的窗戶。接著，他換了個姿勢，蹲下來，從腰間的皮帶上抽出一把刀，開始挑指甲裡的污垢。阿波羅坐在阿瑞斯的床沿，手放在膝蓋上，衝著尼爾微笑。

「你看什麼看？」尼爾說。

「不要用這種語氣跟他說話。你在人家家作客，應該對主人有起碼的尊重。」愛麗絲說。

「尊重？你在開玩笑吧？我幹嘛尊重這傢伙？」

「每個人都應該受人尊重。事實上，我不奢望你能了解這點，畢竟你是我見過最不願意信任別人的人。」

「我寧願不輕易相信別人，也不願意相信任何人告訴我的每件事。天下最蠢的事就是為了裝好人，結果被騙。」

「你說這話是什麼意思？」愛麗絲質問。

尼爾也不知道他這麼說是什麼意思。他只知道當下他突然有種衝動，故意說一些讓愛麗絲感到渺小的話。

「我一點也不意外，妳選擇站在他那邊。畢竟，他喜歡操弄哪些軟弱又不堪一擊的人。」

「你說誰不堪一擊？我想你連這個字都不會拼。」

「哦！不要因為妳會玩那些白癡遊戲，就以為妳可以攻擊我的智力。我可是有個高尚的工作，不像某人成天只會拿著吸塵器清理地板，還和男人打情罵俏。」

「打情罵俏？我才沒有打情罵俏！我從來不會打情罵俏！」

「妳剛剛明明就和他打情罵俏。」尼爾指著阿波羅。

「我才沒有！」

「妳有！別否認！看看妳，臉都紅了。」

的確，那股紅潮又從愛麗絲的脖子一路爬到臉上。她看起來真醜，活像隻火雞，尼爾心想。

「這不關你的事！你在這裡幹嘛？你怎麼可以擅自跑到我工作的地方，還侮辱我的客戶！你以為你是誰啊？」

愛麗絲的聲音越來越大，根本是用吼的。尼爾從來沒有聽過她用吼的。從來沒有。當然，他也不期待聽她吼叫。

「事實上，我想你會慢慢發現，那個娘娘腔的自大鬼是妳的老闆，而不是妳的客戶。」尼爾搖著頭說。

「那不是重點。重點是，我絕對不會擅自跑到你工作的地方，侮辱你公司的任何人，不管是你的同事還是老闆。」愛麗絲猛搖頭。她的動作讓尼爾覺得很不爽。

「哈！那是因為你根本就進不來。別忘了，你離開我公司的時候，他們就收回你的識別證了。」

愛麗絲向後縮了一下，像是被人打了一巴掌。

「所以從頭到尾你就是這樣想的？」

「什麼意思？」尼爾問。

「你因為我的工作而瞧不起我。難怪你從來不願意讓我去你工作的地方。你也不願意為我冒險。」

「才不是這樣！」

「事實就是這樣！你打從心底看不起我。」愛麗絲的聲音聽起來難過大於憤怒。

「我絕對沒有看不起妳，」尼爾放柔聲音。

「你明明就有！你認為你的工作比我的重要得多，因為你是個聰明絕頂的建築師，而我只是個清潔工！」

「不要這麼說，愛麗絲。請妳千萬不要有這種想法。我非常尊重妳，還有妳的工作。妳的工作，我是絕對做不來的。」

愛麗絲露出半個微笑。阿波羅對阿瑞斯露出絕望的神情。阿瑞斯點點頭，稍微移動腳步。

「不過，」尼爾突然覺得憤怒又回到他身上，「我說我做不來的意思當然不是我不會做，而是我不願意去做這麼低賤的工作。但是我們都知道，妳不能做我的工作，因為我的工作需要多年的專業訓練。但是刷馬桶需要什麼訓練？」

愛麗絲頓時說不出話來，而尼爾更乘勝追擊，再次狠狠地刺傷她：「我知道妳沒受過教育，但是這不代表妳得靠和這種傢伙打情罵俏來增加自信。」

聽到他的話，愛麗絲的下巴差點沒掉下來。看到她的表情，尼爾感到一股強烈的成就感。幹得好！

「謝謝你的指教。」愛麗絲聲音中的難過顯然已由憤怒所取代，「不過我要告訴你。我不但有受過教育，而且我還有大學學位。我可是以全班前幾名的成績拿到語言學學士的學位。我選擇當清潔工那是因為我喜歡打掃，打掃讓我有時間思考，而這正是你大部分時間都不願意做的事。」

尼爾感到胃一陣痛苦的翻攪，他知道自己輸了這場爭辯。

「我想你該走了。」愛麗絲說。

「我不想離開。」

「那真不巧，因為我希望你立即消失。還有，不要再打電話給我。我『也許』會打給你。」

尼爾發現愛麗絲、阿波羅和阿瑞斯三人正盯著他看。愛麗絲的表情是憤怒、阿波羅是開心，而阿瑞斯則是奇怪的心滿意足。

「好！我走！很高興認識各位。」

「再見！」愛麗絲堅定地說。

這將會是他最後一次和她見面。斷得乾淨也好。他不知道他一開始怎麼會被她吸引。

這種感覺跟隨著他一路到房門外，下樓梯，走出大門。他用力的甩上身後的大門時，他突然發現自己獨自站在冰冷、僵硬的人行道上。頓時，他哭了出來，想知道自己剛剛到底為什麼會說出那些話。

16

在阿波羅房間裡的三人聽到樓下大門「碰」的一聲關上，房間裡天花板也掉下一小塊剝落的油漆。

「呃……兩位不介意的話，我要先閃了。」阿瑞斯站起來，向房門口走去。阿波羅尾隨他的腳步。

「謝啦！」

「其實還蠻好玩的。」

「哦！對了，我剛說的是騙你的。」

「什麼？」

「我沒有要幫你擦獎牌，誰叫你剛剛沒叫我以斯提克斯的名義發誓。待會見！」

「你這個機車的傢伙！」阿瑞斯邊說邊悠閒地晃下樓去。看得出來，他並沒有很介意。

阿波羅回到房間。他很高興看到愛麗絲坐在床沿，正在哭泣。阿波羅在她旁邊坐下，將手放在她的肩膀上。這次她沒有驚慌地衝到浴室。但是阿波羅知道他得算好時間，不可操之過急。他強迫快勃起的陰莖再等一下。

「乖！寶貝，別哭了。那種人不值得妳哭。」

「我不懂！我真的想不透。剛剛到底發生了什麼事？那兩個吵架的人是誰？那不是尼爾。那也不是我，我從來不和人吵架的。」

阿波羅被她眼中流出的淚水所迷住。只有人類會流眼淚，神哭的時候是沒有眼淚的。他伸出手指，接住一顆順著她臉頰滑下的淚珠。愛麗絲瑟縮了一下。

「抱歉。」阿波羅說。慢慢來，他告訴自己

「我去幫妳拿面紙。」他看看四周，「不過我們家好像沒有面紙。」

「我的包包裡有，在樓下。」愛麗絲說。

「我去拿。」

「謝謝。你人真好。」

儘管阿波羅一點也不想離開她，但是他還是衝下樓去，很快就找到愛麗絲的手提包，還有她的外套。他抓起她的外套，包住臉，用力地吸一口氣，渴望著愛麗絲的氣味。他把包包隨手甩到肩上，正準備往樓上跑。但念頭一轉，他跑進廚房。

愛麗絲坐在阿波羅的床上，用手背擦拭眼淚，深深地吸了一口氣，發現自己還是有些顫抖，她告訴自己不准再哭了。她試圖拼湊剛剛事件發生的過程，但是她發現沒有一點是合理的。她一開始心情很好，一切都很正常。阿波羅剛買了新手機，興奮地在她旁邊玩，她也不想破壞他的玩興。也許這一切都是她的錯。她捫心自問：「我們剛剛有打情罵俏嗎？」沒有，她知道她沒有。然後尼爾突然出現，她很高興看到他。她每次看到他都很高興，儘管她剛剛有意識到自己正穿著髒兮兮的工作服，身上都是漂白水的味道。她這副樣子正是她最不希望給他看到的，以免他看不起她。當然，她知道這樣的想法很傻。因為他們認識的時候，她就是在他的公司擔任清潔工，所以他怎麼會因此而瞧不起她呢？不過剛剛的爭辯到後來證明的又是什麼？

通往浴室的門被打開，阿波羅走進來，拿著她的包包，還有兩杯葡萄酒。他把包包放在地上，在她身邊坐下。

「來，拿著。」他遞給她一杯酒，「我想妳可能需要來杯酒。」

「哦！不！不用了。我不喝酒的，況且現在喝酒也太早了點。」

「喝一點嘛！相信我，喝了會覺得舒服一點。況且，狄奧尼索斯要是知道妳拒絕喝的話，他會很生氣的。這些酒可都是他自己釀造的。」

「真的？我以為他只是個玩音樂的ＤＪ。」

「他是ＤＪ、釀酒葡萄栽培師、酒吧老闆……」

阿波羅再次把酒杯拿給她，這次她沒有拒絕。她啜飲了一小口。

「哦！這酒好烈。」

「會嗎？我不覺得。我們平常都是喝這種酒。」

「我想我不太適應這麼烈的酒。」她又喝了一小口。

阿波羅打開他腳邊的包包，拿出面紙，交給愛麗絲。

「諾，拿去。」

愛麗絲接過面紙，抽了一張，擤了擤鼻涕，聲音大得令人尷尬。

「真抱歉！」她說。

「沒關係，繼續啊！把鼻子擤乾淨。」

愛麗絲照他說的做，然後把用過的面紙摺好，小心地藏在袖子裡。

「感覺好點了嗎？」

「嗯！」她又喝了一小口手中的酒。酒精好像已經開始發揮作用，但也有可能是剛剛的哭泣讓她有些頭暈。

「我對我的行為說聲抱歉。」她說。

「妳不需要道歉，妳又沒有做錯什麼。」

「哦！我當然有錯。我平常不是那樣的。可憐的尼爾，我希望我沒有傷害他的感情。」一想到這，愛麗絲又想哭了。她喝了點酒，穩定自己的情緒。

「就算妳傷害了他，那也是他活該。」

「請不要這樣說。他真的是個很好的人，他真的很關心我。」

「他聽起來一點也不像是個好人，我也看不出他哪裡關心妳。」

「剛剛的狀況確實是如此，但是剛剛真的很不對勁，我真希望他沒事。」

「妳太關心別人了，妳應該多關心妳自己。」

「才沒有呢！」她的話讓她感到困窘，她不安地動了一下。她的膝蓋不小心碰到阿波羅的膝蓋，這讓她嚇了一跳，不過那是種讓人愉悅的悸動。她又喝了一口酒，這酒還真好喝，她從來不知道狄奧尼索斯這麼厲害。

「我們認識很久了，我想是因為我讓他心生懷疑。他平常不是這樣的，他從來不會對我說這種話，從來不會。除了……」

她突然打住，看起來一副很困惑的樣子。

「除了什麼？」阿波羅問，順手把他的手放在她的手上。

「上次我們見面時，他就有點怪怪的，不太像平常的他。他一直追問有關這房子裡所有事情，可是我不能告訴他。然後他就有點……」

「有點怎樣？」

「有點怪怪的。」

「我不認為他剛才那樣是怪怪的。」

「哦！不！他平常真的不是這樣的。」

愛麗絲感覺頭越來越重，她搖搖頭，試圖讓自己清醒。

「哦！我真是的。瞧！妳的杯子空了。來，我這杯給妳。」

阿波羅把自己手上那杯遞給愛麗絲，順手接過她的空酒杯。此時，他們的手指互碰，愛麗絲輕顫了一下。這一切都不太對勁。她眨眨眼，又喝了一口。她試圖回想剛剛爭吵的幾個片段，在她腦中重播。最後，她決定還是不要回想比較好。

「哦！對了！對於他剛剛對你說的話，我真的感到非常、非常抱歉。那些話真是太侮辱人了。很抱歉，他對你說出那些不禮貌的話。」

「妳不需要跟我道歉。他不是我們家的一員，他也不是妳的男朋友。」

「不……」

「那就對了。他說的話和妳一點關係都沒有，也不會影響我對妳的感覺。事實上！我才應該要謝謝妳，剛剛為我挺身而出。」

「別這麼說。我剛剛哪有幫你說話……我剛剛應該要更主動保護你的。你又沒有做錯什麼。他剛剛……指控我們打情罵俏，好像真有那回事似的。我們才沒有呢……我們有嗎？」

愛麗絲抬頭看他。就在此時，她發現手中的酒杯被拿走，有人把嘴唇貼在她的嘴唇上。

「哦！」阿波羅把嘴唇從她的嘴唇移開，貼在她的脖子上，「我想我們確實有。」她說。

愛麗絲不是完全沒有性經驗。她在大學時代有個男朋友，他是個話超多的科學家，而且總是自以為愛麗絲希望他為兩人做所有的決定。在交往的三年中，他似乎沒有問過她一個問題。後來，他在美國找到工作後，自以為她會跟他一起過去。一直到她雙手空空地到了機場，他才知道情況不妙。她告訴他，她連機票都沒買，然後在登機門揮手向他告別。自那以後，她再也沒有他的消息。

她似乎沒有理由不和阿波羅發生關係。她是個獨立的單身女性，沒有感情的羈絆。無可否認的，他是個魅力十足的男人，而且他的手正順著她牛仔褲邊緣向大腿內側方向游移，感覺很好。她躺下來，打開雙腿，毫不抵抗地讓他解開工作服前排的釦子。他的手繞到她身後，解開胸罩的釦子（純棉、白色，沒有鋼圈，是平價的 Next 品牌）。但是當他低下頭，開始使用舌頭挑逗她的雙峰時，尼爾的臉突然浮現在她腦海。於是她跳起來，她的膝蓋狠狠地撞到阿波羅的下巴。

「對不起！」她叫道，雙手緊抓著工作服，「阿波羅，你沒事吧？我不是故意的。對不起！但是我不能這麼做。我得走了。」

「妳不能走！」他坐起身，摸摸他的下巴。他的褲子拉鍊呈拉開的狀態，「我愛妳！」

「哦！天哪！對不起！你愛我？真的非常、非常抱歉，但是……我不愛你。」

「妳當然愛我，妳一定要愛我。妳沒聽到我說的嗎？我愛妳啊！」

「我聽到了。但是相愛是兩個人的事。抱歉，我真的得走了。」

愛麗絲迅速地扣上鬆開的胸罩，還有工作服的釦子。她伸手要去拿她的包包。沒想到阿波羅搶先一步，緊抓著她的包包不放。

「阿波羅，請把包包還我。」

「不要！」

「求求你，我需要包包才能回家。」

「不！妳不可以回家！」

「不！我要回家了。很抱歉。如果你不還我包包，我還是要回家。但是我還是希望你能還給我。」

「我不還妳！」

「好吧！再見，阿波羅！我真的感到非常抱歉，但是我相信你日後回想時會知道這樣做是不對的。」

她走向房門口，但是阿波羅跳起來，衝過去，從後面抱住她的腰。

「你不可以走！我不准妳走。」

「請放手。」

阿波羅抱得更緊。

「你弄痛我了！」

突然，阿波羅的手自動鬆開，好像被她電擊一樣。他重心不穩地向後跨了一步，然後舉起一隻手，仔細端詳，好像他從來沒看過這隻手一樣。

「你還好吧？」愛麗絲問。

「抱歉，我不是故意要弄痛妳的。」他放下手，不太確定地看著她。

「再見。」愛麗絲再次朝門口走去。

「不！求求妳！妳不能走！我已經愛上妳了。」

「事實是……我已經愛上某人了。」

阿波羅向前跨一大步，擋在愛麗絲和門的中間說：「我就是不讓妳走。」

「對不起，但是你不能阻止我。」

阿波羅拒絕移動腳步，愛麗絲只好用力把他從門旁邊拉開，但是她嬌小的身體根本敵不過他高大寬厚的身軀。她使勁吃奶的力氣，但他還是一動也不動。阿波羅抓住她的肩膀，但是奇怪的事再次發生，他的手好像被針刺到一樣，從她身上自動彈開。

「見鬼了！」阿波羅叫道。

「請讓我過去。」

「我可以問妳一件事嗎？」

「請說。」

「強暴會構成傷害嗎？」

愛麗絲的臉頓失血色，她害怕得差點癱下去。

「會嗎？」他重複。

「你說什麼？」她好不容易擠出幾個字。她環顧四周，試著找出逃生的路。這扇門是唯一的通道，而窗戶離地面太高了，跳下去鐵定會把腿摔斷。

「我想強暴妳，但是這會對妳造成傷害嗎？」阿波羅看起來是真的想知道答案。

「是的。」她擠出答案。

她以意志力企圖讓雙腳移動，她不想死在這裡。

「這就是他們把強暴列為違法行為的原因嗎？」

「是的。」

「那妳不打算同意和我發生性行為？」

「不！」這次愛麗絲的語氣更為堅定。

「那妳可以走了。」

「我可以走了？」

「別忘了妳的包包。」

電話響起時，尼爾正在他的洞穴打電動，是那種對外星人猥褻的性暴力遊戲。他快輸了。

「幹嘛？」他大吼。

「是我，」話筒的另一端傳來顫抖的聲音，「我是愛麗絲。對不起，你可以原諒我嗎？」

「哦！愛麗絲。我當然可以原諒你。事實上，我也應該要道歉。妳知道我很愧疚，請妳別生我的氣。」電腦螢幕上，外星人正準備發動最後攻擊，但是尼爾完全沒注意。

「我不是……呃……我……」

「怎麼了？發生什麼事了？」

「我不能說。我現在可以去你那嗎？我不敢自己一個人回家，我好害怕。」

「好害怕？發生什麼事了？」

「可以請你不要問嗎？這全都是我的錯，我現在可以過去嗎？我沒有其他地方可以去，今晚我不敢一個人待在家。」

「當然可以，妳根本不需要問，我這裡隨時都歡迎妳來，妳知道的。」

「謝謝……妳不該對我這麼好的……謝謝你。」

他讓她稍微冷靜下來後，掛上電話，趕快去換床單，在沙發上為自己鋪了一張臨時的床。不太願意承認心中掙扎的情緒。愛麗絲心情不好，他也心情不好。愛麗絲嚇壞了，他也嚇壞了。愛麗絲向他求救，而這是他目前所獲得最好的消息。

17

另一方面，阿波羅決定，回應愛麗絲殘酷拒絕的最佳方式就是把自己灌得酩酊大醉。他一開始在房間喝酒；他用愛麗絲用過的杯子，灌下一杯又一杯狄奧尼索斯釀的酒，同時品嚐愛麗絲的味道。但後來阿瑞斯跑來問他後來情況如何，阿波羅不想在別人面前表現出軟弱的樣子，特別是在好戰的阿瑞斯面前。尤其阿瑞斯一開始又有幫他整尼爾，所以他給了個似是而非的答案後就決定下樓。

沒想到下樓後情況更糟。他一進客廳，就看到雅典娜正對著一排排的空椅子，練習做簡報。在他開溜之前，她迅速地抓住他的手臂，問他能否「準時出席明天的家庭聚會？」她說：「你的出席對我們來說，至為關鍵。」

「會啦！會啦！」阿波羅邊說邊急著把手抽開。他走向廚房，心中祈禱那裡沒人。

不幸地，阿芙羅黛蒂正坐在桌子旁邊，一邊嗅著一個培根三明治，一邊講色情電話。她一看到阿波羅，立刻叫話筒上那個倒楣的傢伙稍等一下，以一種她全都知道的表情看著他。

「那個清潔工走得很匆忙，」她說，無辜的大眼閃著光芒，「沒事吧？」

「沒。」

「我覺得那個尼爾人超和善的，你不覺得嗎？」

「我要出去了。」

她的笑聲跟著他一路下樓到前廳，連到大街上還餘音不絕。

狄奧尼索斯的酒吧「狂飲」，在一條幽暗巷弄旁的地下室，頗受妓女和毒蟲的歡迎。位置大概是介於國王十字站和尤斯頓站之間。這裡骯髒破爛，擁擠不堪、空氣中混合著汗臭、菸味和酒發酸的味道，牆壁漆的是不討喜的紫色，地上到處都是菸屁股。這間酒吧能生存到現在只有兩個原因，一是狄奧尼索斯獨家釀造的烈酒，這等好酒在那些波希米亞酒鬼間可是相當出名；另一個就是每晚在舞池後方那個鏡面舞台上，有藝人的表演。事實上，這兩者讓酒吧每晚人潮絡繹不絕。在房租極為便宜的情況下，這間店應該是很賺錢才對。但是光賄賂警方就得花不少錢，而且當這招失靈時，就要花更多錢去打官司，重新申請營業執照。所以在這樣的情況下，狄奧尼索斯的酒吧其實賺不了什麼錢。

阿波羅到的時候還很早，天色尚未全暗，但是店門口已經開始出現排隊的人潮。阿波羅穿著大衣，頭低低的，雙手插在口袋，根本懶得抬頭看那些各型各色的顧客——沃荷時期（波普藝術）的紐約妓女、身穿名牌西裝還畫眼線的美型男。這些人以各種性別組合，三三兩兩地聚在一起。阿波羅完全忽略這些人，直接朝店門口走去。店門口站著兩個女祭司，她們倆跟隨狄奧尼索斯的時間已不可考了。兩個人身上只有幾片葡萄藤葉和一點點皮草，手裡拿著顧客名單，逐一清點，將沒錢的嬉皮客趕出隊伍。

「他在嗎？」

「誰？」

「少裝了，不然我就把妳的嘴給封起來，讓妳永遠不能說話。妳不是人類，所以我絕對可以對妳下手。」

那個女祭司露出只有常和阿波羅上床才會流露出的厭惡神情。她低下頭去，一副咬牙切齒地的模樣。

另一個女祭司說：「他在吧台區。進去吧！」她解開那條破爛的紫色天鵝絨材質的繩子，讓阿波羅溜進去，然後快速地拴上繩子，看都不看後面那些鬼吼鬼叫，堅持他們是和阿波羅一道的客人。

阿波羅走下幽暗狹窄的樓梯，經過售票口。坐在那的是個身上都是刺青的陰陽人。如果其他藝人請假時，就會由她代班。走進酒吧，他看到台上有三個正在表演軟骨功的侏儒。阿特蜜絲要是看到他們正在做的動作，一定會很生氣。那三個侏儒前面則是幾個跳豔舞的女孩，其中兩個是現在最夯的香水品牌的代言人，另一個則是好萊塢的明日之星。她們的肢體語言既煽情又做作。台下有些觀眾正在觀賞他們的表演，有些人聚在吧台，有些則坐在舞池邊那幾張搖搖欲墜的桌子邊。阿波羅一眼就認出一個八卦報的編輯，一個高級酒店的老闆和四個未成年的女神。

阿波羅走向吧台，地板上的陳年污垢讓他每走一步，鞋底就被黏一次。

「嗨！」

狄奧尼索斯轉過身來。

「嗨！阿波羅！你看來跟狗屎沒兩樣！」

不等他問，阿波羅打開一瓶酒，倒進一只高腳杯。

「今晚很安靜。」
「等會人會更多。你還要什麼？」
「我想要讓我的臉看起來更像大便，然後跟別人亂搞。最好是跟好幾個。」
「這麼說，跟平常一樣囉！」
「我多希望跟平常一樣。」
狄奧尼索斯仔細盯著阿波羅瞧，心想他又得忍受他的長篇大論和無止盡的抱怨他的人生有多不公平。不過，在阿波羅開始之前，他需要酒精的幫忙。思考幾秒後，狄奧尼索斯決定放棄酒杯，開始在吧台上排起好幾個酒瓶。
「這次是個女孩。」阿波羅說，這時他才剛開始喝第二瓶。
「女孩？」他有點驚訝。阿波羅通常不會為了任何凡人而有情緒。
「她是全世界最美麗、最神奇、最棒的女孩。」
「嗯。」狄奧尼索斯應聲。
「她媽的賤女人。」
「嗯。」狄奧尼索斯應聲。
阿波羅一口氣痛飲四分之一瓶店裡最烈的酒，喃喃自語地不知道說些什麼。狄奧尼索斯看到舞台上，一個身材姣好、閃閃發亮的黑人裸男，正把自己的大拇指放到鼻孔裡。
「她叫愛麗絲，這是世上最美的名字，你不覺得嗎？愛麗絲。喂！你有在聽我說話嗎？」
狄奧尼索斯連忙收回目光，「有啊！愛麗絲。好美的名字。」

「我以為就是她了。你知道嗎？我以為我終於可以安定下來……至少是接下來幾十年，直到她死去。我還以為她也愛我。但是我到現在才了解，我只是她眼中的傻瓜。」

「凡人女子的確會這樣。」狄奧尼索斯應道，暗自希望他不會講很久。

「你應該說，我不是傻瓜。」

「哦！抱歉。你當然不是傻瓜，」但你實在是無趣到爆，他在心中悄悄補上這句。

「賤貨！全都是賤貨！」阿波羅不斷重複。

「我會為了這句話乾一杯。」狄奧尼索斯又開了一瓶酒。

「愛麗絲……」狄奧尼索斯陷入沈思，「我好像認識一個叫愛麗絲的人……」

「是的，她是我們家的清潔工。」

「哦！對！那你是在哪遇到你的愛麗絲？」

「不！就是她！」

「就是她？就是那個愛麗絲？那個清潔工？」

狄奧尼索斯突然看起來很高興的樣子，畢竟事情總算開始變得有趣。

「你愛上那個清潔工了嗎？」

「少在那瞧不起人。別忘了，你也有一半是凡人。你根本沒資格做這種社會價值的評斷。」

「隨便你怎麼說。到底發生什麼事了？別告訴我你被她拒絕了。」

阿波羅低下頭去，看著酒瓶。

「她的確拒絕了我。」最後，他終於說。

狄奧尼索斯強忍住笑,「你說那個清潔工拒絕你?」

「我剛剛是這樣說的沒錯。」

「然後呢?」

「那是今天下午的事。今晚本來應該是我生命中最美好的夜晚。我終於找到她了。就是她,即將改變一切的女孩,賦予我生命意義的女孩,我願意為她做任何事。狄奧,你知道嗎?我願意讓地球為她而轉。但是她居然在給我希望後……那個賤貨。她給我希望後,又把我當作石頭般,重重地摔在地上。不!她不是把我當作石頭,她是把我當成一條臭魚。別錯,她就是把我當成一條臭魚,迫不及待地把我甩開。」

「你說那個清潔工拒絕了你?」狄奧尼索斯再次確認。

「而我居然不能殺了她,」阿波羅抱怨道。

「你想這麼做,是吧?殺了她?」

愛的定義還真有趣,不過他知道他現在最好別哪壺不開提哪壺。

「她讓我丟盡了臉。」

狄奧尼索斯努力擠出同意的表情。

「而她竟然是為了那個東西……」

「那個東西?你是說某種畸形的生物?」

「差不多,那個叫尼爾的傢伙,看起來單薄得像片葉脈一樣。」

「那是她男友?」

「不完全是，但也差不多是。」他嘆了口氣，「那個邪惡、玩弄人於股掌之間的……女巫。這世上沒有比她更壞的人了。」

他神情哀戚地拿起剛開的酒，已經不知道第幾瓶。他狠狠地灌了一大口。

「那你為什麼不能殺了她？」

「因為我之前以斯提克斯的名義發了個很蠢的誓。」

「哦！這樣的話，的確就不容易了。」

「又是可惡的阿特蜜絲故意找我麻煩。」

「她常幹這種事。」

阿波羅身後的舞台開始上演一些庸俗的表演，客人很快就會不省人事。該是結束對話的時候了。

「別想太多了。」他以鼓勵的語氣對阿波羅說，暗示對話該結束了，「也許下次運氣會更好。」

「怎麼可能？」

「也許她還是會死啊！」

狄奧尼索斯拾起空酒瓶，轉過身去。阿波羅開始認真思考，該把他的話當成無意義的對白，還是當成一則有用的建議。

18

阿波羅醒來時，發現自己躺在人去樓空的酒吧地板上。沒想到他睡了這麼久，這可不是個好兆頭。接下來，他覺得好像有人在他頭上重用力踩，而且還是穿著帶釘的靴子。對他來說，痛苦是一種不受歡迎的全新感受。除了明顯的身體不適之外，附帶的一項矛盾讓他更加難受：他可以運用力量去除痛苦，但是如果他這麼做的話，就會削弱神力，未來也將更容易受痛苦的折磨。他勉強起身，拿掉蓋在臉上的傳單，拍掉衣服上的菸屁股。他的衣服皺得跟鹹菜乾一樣，上面還有酒漬。他決定向痛苦妥協，不再和它對抗。然後，他在地上找到一些零錢，夠讓他搭公車回家。從過去的經驗，他知道狄奧尼索斯早就把收銀機裡的錢都清乾淨了，所以去那裡搜也沒用。

他到了公車站牌，看到很多人在等公車——媽媽帶小孩、老人拖著格子呢布的菜籃車，還有一些穿著西裝的上班族，那些上班族看起來自以為比其他人優越許多。所有的人看到阿波羅走來，都刻意和他保持距離。阿波羅縮成一團，刻意忽略他們臉上的厭惡，逕自走向站牌的底端，心想：「我動動手指，就可以把你們全部殺死。我可以把你們變成野草、蚯蚓或是昨天的報紙。我可以活剝你們的皮，把你們的眼珠煮熟，甚至調換體內器官的位置，把腸子放在嘴裡，這樣你們的大便就會從嘴裡出來。至少在阿特蜜絲整我之前，我是可以這麼做的。」

公車進站後，人們魚貫上車，但是那個擺張死人臉、看起來半睡半醒司機居然有辦法在阿波羅上車前，碰地將車門關上，迅速開走。阿波羅不願意再次受到相同的屈辱，於是他把零錢放回口袋，開始朝回家的路出發，一邊告訴自己，他也不願意跟一群蠢蛋一起被關在一個噹噹作響的紅色鐵皮製的鳥箱子裡。

那天清晨的倫敦，天空是灰濛濛的煤煙色，寒風刺骨。到處都是人類，大多安安靜靜地朝相同方向前進，面無表情、毫無特色，像是一股油膩的浪潮席捲而來。阿波羅穿過他們，不時碰到他們肩膀或公事包。沒有人願意讓路給他。阿波羅心想：「如果他們知道我是誰，知道我是阿波羅，我掌管每天在他們頭頂上照耀大地的太陽，他們會關心嗎？」老實說，他很懷疑。這麼長時間以來，人類唯一不變的就是他們永遠都相信自己是長生不老的。其實，他還蠻欣賞人類這點的。那種自傲、樂觀的態度，跟他很像。不過不是今天。

他希望可以在被任何人發現之前，偷偷溜回房間。不幸的是，當他拖著腳步走到家門口時，他聽到身後傳來輕快的腳步聲。轉過去一看，不是別人，正是阿特蜜絲。她穿著運動服，手裡拿著好幾條狗鍊。

「別擋路！」他吼道。

「是你在我前面耶！你不會要以這身髒衣服出席待會的會議吧？」

「什麼鬼會議？」

「你知道的，就是雅典娜的會議啊！」阿特蜜絲擠過身去，把鑰匙插在門上。

「幹！我忘了這件事。喂！妳可以幫我掰個藉口嗎？我不想參加，我覺得自己快掛了。反正那個操他媽的會議只是浪費大家的時間而已。」

阿特蜜絲停下開門的動作，轉過去看著他。阿波羅看到她眼裡又出現那種正義使者的不屑眼神。這次，他決定跟她槓上了。

「第一，我希望你不要再在我面前使用那個字。」

「你是說『幹』嗎？」

阿特蜜絲的臉抽蓄了一下：「我認為這個字非常不雅。」

阿波羅轉了轉眼珠。

「第二，你應該要認真負起你對這個地球的責任。」

「什麼責任？」

「看看你自己！」

她湊過去，把黏在他衣服上那張菸盒的包裝紙撕下來。

「你昨晚上去哪了？排水溝嗎？你這是什麼榜樣？你這樣如何叫世人尊敬你？」

「你可能沒注意到，大部分的『世人』通常不會尊敬任何人。如果有的話，也是尊敬那些睡在排水溝旁或是去酒吧瘋整晚的人，而不是清早就去慢跑，而且從來沒有性生活的人。」

「隨便你怎麼說，但即便是你也不能否認我們家族現在正面臨一個前所未有的危機，而眼前能幫我們的可能只有雅典娜，前提是如果她能清楚表達她想說的話……」

「你憑什麼認為我該關心這個家族？」

「我知道你只關心你自己，但我也知道你想重新恢復力量。」

「如果不是妳奪走我的能力的話，我不需要奪回它。」

「那可是眾神以民主方式所做出的決定。你當時沒考慮到後果……」

「哦！拜託你閉嘴！」

「你可能會害到我們……」

「幹！妳給我閉嘴！閉上你的臭嘴！妳這愚蠢、不喝酒、不抽菸、不上床、與享樂完全脫節、假裝聖潔的老處女！幹！幹！幹！幹！幹！我受夠啦！我才不要參加那他媽的鬼會議！我才不管這個家族發生他媽的什麼鳥事！只要妳給我滾開，不要讓我看到妳他媽的屎臉，隨便妳怎麼跟雅典娜說什麼都行。給我滾！」

阿波羅抓住鑰匙，轉開鎖，打開門，把鑰匙丟出去後，把門在他和他的雙胞胎妹妹之間用力地甩上。

「妳也給我閉上妳他媽的臭嘴！」阿波羅經過客廳時，對著已經在排練她那冗長無用的垃圾會議的雅典娜低聲咕噥。

阿特蜜絲決定不理會阿波羅的侮辱，畢竟你只會被你尊敬的人所說的話給刺傷。她拾起鑰匙，開門進去。她不能否認他說得對——當然不是指他描述她的部份，她是指雅典娜的會議根本不可能有什麼具體成果。其實也不是雅典娜不知道自己在說什麼。她的確很有智慧，而且善於謀略，但是她的問題在於她無法和其他家族成員溝通。雅典娜也許是智慧女神沒錯，但是智慧和表達能力是兩件事。阿特蜜絲邊想邊走進客廳，也許這次會和以往不一樣。她會清楚地表達她的看法。畢竟她總不能一直這樣下去吧！

雖然所有的椅子都還是空的，阿特蜜絲還是選了張廚房拿出來的硬圓凳，在客廳的後方坐下。她想要提醒其他人，這個家至少還有人是無私的，而且願意犧牲自己。她看著雅典娜把釘好的講義一份份地放在一張張空椅子上，實在很懷疑其他人究竟是否會出席。雅典娜之前就大肆宣傳今天的會議，而且花了很多時間規劃客廳的座位排列。她堅持排與排之間一定要有相同的空間，這樣每個人才能清楚看到她。阿特蜜絲看著她，效率十足、穿著保守、那副多餘的眼鏡穩穩地掛在她那堅挺而嚴肅的鼻樑上。阿特蜜絲不只一次自問：這個世界真的需要智慧女神嗎？她認為自己就毫不費力地就可以勝任雅典娜的工作，不但可以做得跟她一樣好，還可以有剩餘時間去打獵。當然，雅典娜總是喜歡相信她是所有的神當中最重要的一個，而且阿特蜜絲可以打包票，雅典娜一定自以為她是宙斯的繼承者。但是這是不可能的事。對於這點，阿特蜜絲非常確定。

下一個出現的是荷米斯。他修長、堅實的身軀外穿的是特別訂做的高級西裝，還有那有翅膀的頭盔和靴子。

「會拖很久嗎？」他問。

「這是你每次踏入一個房間的第一句話嗎？」

「那是因為我和你們不一樣，我可有正事要做。」

「別告訴我，時間就是金錢。」

「很難得聽到妳這麼說。沒錯，時間就是金錢。」他無法隱藏聲音中的沮喪。

他是家裡排行最小的，因此總是有很深的自卑感。他這輩子總是被迫幫別人傳遞訊息，或是做其他的神不想做的事。

雅典娜湊過來說：「我當然會以簡明扼要而又適當、貼切的方式來表達我想傳遞的訊息，但是這是一個極為複雜且影響甚鉅的問題，所以我希望你們能以嚴肅的態度面對這次的會議。椅子上有講義。」

「我可以念完就走嗎？」

「不行。」

阿特蜜絲看到荷米斯選中最大、狀況最佳的扶手椅坐下時，她並不訝異。荷米斯邊用他那帶有翅膀的靴子踢著椅腳，邊漫不經心地翻著其中一張「狀況分析說明」的講義。阿特蜜絲看到他試圖隱藏困惑的表情。她意識到她剛剛念到同一張講義時，也試圖隱藏臉上相同困惑的表情。這不是個好兆頭。

其他人陸陸續續按照椅子的舒適程度挑選好位子坐下。阿特蜜絲注意到阿芙羅黛蒂今天看起來心情特別好，這讓她有些憂心，不知道哪個傢伙又要倒楣了。鐵定不是愛羅斯，他坐在離阿芙羅黛蒂隔兩張椅子的位子上，不知道為什麼，他也看起來一副很輕鬆的樣子。阿瑞斯則是直接走向最後一排的位子坐下，瞄了一眼講義就把它丟在一旁，全神貫注地翻閱放在他膝上那本厚厚的資料夾，一邊振筆疾書。狄奧尼索斯一進門就給阿芙羅黛蒂斟了滿滿的一杯酒，所以要倒大楣的絕對不可能是他。赫斐斯托斯和他老婆擠在一張沙發椅上，在她耳邊說悄悄話，兩個人不時親密地摟摟抱抱。狄蜜特臉色蒼白、衣衫不整地瑟縮在角落。不過她自從那天在花園裡看見鐵線蓮死了之後，就一直是這副鬼樣子，所以應該也不是她。那應該只剩下阿波羅了，難怪他早上一副像吃了炸藥一樣。不知道阿芙羅黛蒂究竟對他做了什麼，事情究竟有多嚴重？

不過阿特蜜絲實在對阿波羅很不爽，所以她決定暫時不去想這件事。雅典娜站在屋子前面，清清喉嚨暗示會議要開始了。只見大家不情願地放下手邊正在做的事，抬頭看著她。

「所有代表都到齊了嗎？」她問。

「阿波羅沒到。」阿特蜜絲回答。

「請問有人可以提供他之所以缺席的相關訊息嗎？」

「他昨天晚上去我的酒吧！他至少喝了一加侖我釀的烈酒，最後被人發現倒在吧台高腳凳旁的地上呼呼大睡。我想他今天不太可能會出席。」狄奧尼索斯回答。

阿特蜜絲沒有說什麼。

「這我可以理解。畢竟我是昨天才告訴他，將會在今天的聚會宣佈重要訊息。也許我們該延後舉行……」

她的聲音立刻被淹沒在眾神的呻吟和抱怨聲中，尤其是荷米斯，因為他知道他又得替雅典娜安排所有人都有空出席的時間。

「好吧！荷米斯，請問妳能確保我們缺席的家族成員，能獲得今天會議所有的重要資訊嗎？」

「沒問題！」

「太好了。首先，請各位翻開手中那一疊文字資料中最上面的概要說明書：『有鑑於實有必要增加真神與女神（奧林帕斯山之眾神）之能力，以及針對在地球人口爆炸與宗教多元的情境下，提出如何落實宗教組織解決方案之補充建議……』」

儘管十分不情願，但是阿特蜜絲得承認這次阿波羅是對的。

阿波羅在房間裡來回踱步，煩躁不安。一旦確定所有人都去參加雅典娜那場勢必得開好幾個小時的會議後，他離開房間往二樓走去。不論接下來發生什麼事，全都是阿特蜜絲的錯，一切都是她自找的。要不是她今早在門口階梯，自以為是地教訓他一頓，他就可以直接上樓回房睡覺，甩掉令他頭痛難忍的宿醉。

或者，情況也可能會完全不同，他現在可是全然的清醒，而阿特蜜絲以及所有人，都得為她的自私行為付出代價。他走到二樓走廊底端，眼前出現一扇通往樓上的門。不論是進來還是出去，已經很多年沒有人打開這扇門了。他說服自己，剛剛胃裡的一陣抽筋不是害怕，並強迫自己打開那扇門。轉動把手確實讓他費了點勁，不過門根本沒鎖。他用力一推，門嘎的一聲打開。一個陰暗、佈滿蜘蛛網和積滿厚厚一層塵埃的樓梯出現在眼前，陳腐的空氣中凝結著一種窒悶感。階梯上有一隻肥肥胖胖的老鼠正盯著他瞧，牆壁上則有一對正在交配的巨型蟑螂。這讓他想起在愛麗絲來到這裡之前，這個家的衛生狀況。努力壓下這個想法，他將身後的門關上，爬上樓梯，走入眼前的一片黑暗。他順著迴旋梯頂端一絲微微的光線往上走，腳下嘎嘎作響的階梯帶他到一向被視為禁地的頂樓。

樓梯終點是一個空曠的平台，只有一扇小小的窗戶和一扇未上漆的破門。門前面有一張同樣不起眼的椅子，上頭坐的是阿波羅好多年沒見的女神——他的繼母，赫拉，同時也是宙斯的姊姊和妻子。

他們倆人對看了一會兒，兩個人都沒眨眼。就他所知，她一動也不動地獨自坐在那起碼有二十年了，她的腳邊躺著一對孔雀。她有一頭烏黑的長髮，直挺挺的背部和斷頭台的背板不相上下。看到阿波羅時，即使感到一絲絲訝異，她那張足以讓船沈下去的臉，也不屑露出一絲表情。

「赫拉，我想我不會說：『很高興見到妳』。」

赫拉沒有反應，她的嘴唇形成薄薄一條冷漠的線。

「我們應該不需要浪費時間客套了。」阿波羅說。

「我完全不想跟任何人說話，但很明顯地，你不給我選擇的餘地。」

「我有消息要告訴妳，我想妳會對這個消息……」

「說重點！」赫拉打斷他。

「好吧！」阿波羅吞了口口水，「是這樣的，這棟房子裡有人正設計陰謀要陷害妳。」

「你的話讓我震驚，我一直以為我很受歡迎。」

「現在，」阿波羅繼續說：「那些密謀者正聚在……呃……客廳……（他真希望有個比「客廳」更戲劇化的字眼，不過用「起居室」可能會更糟）商量如何謀害妳。」

「所以呢？」

她的雙眼凝視前方。阿波羅低下頭來，盯著那一對孔雀。牠們對他剛剛說的話絲毫不感興趣，開始用嘴互推地上的一粒灰塵，完全不想理阿波羅。他抬起頭來看著他的繼母。

「他們計畫要殺了妳。」

赫拉聳聳肩，一副不置可否的樣子：「他們不可能成功的。你來就是要告訴我這件事嗎？

那你可以離開了。」

「還有宙斯。」

「你說什麼？」赫拉那張毫無表情的臉第一次出現一絲抽動。

「他們計畫把宙斯也一併做掉。」

「你們才沒這個膽。」她說，聲音中透露著一絲緊張。

「誰說的！宙斯不就是靠把別人做掉才得到這份工作的。他殺了他爸爸。他爸爸殺了他爸爸的爸爸……」

「宙斯比你想像的強壯的多。要殺他可沒那麼容易。」

「妳看起來好像很擔心。」

「我才不擔心。」

「妳聽起來很憂慮。」

「我才不憂慮。」

阿波羅靜默了一會。赫拉熠熠發光的目光投向樓梯。阿波羅再給她一點時間。

「我怎麼知道你說的是實話？」赫拉說。

「我為什麼要說謊？」

「你為什麼要說實話？」

阿波羅認真思考了一下。

「因為我想要讓我的兄弟姊妹們死得很難看。」

換赫拉認真思考了一下。

「我得承認，這符合你的個性。」她說，但是她並沒有對此多作解釋，也沒有移動。

「如果妳以為我這麼做，只是為了把妳支開，好把宙斯給做掉……」

赫拉臉上出現一絲不自主的抽動，證實她的懷疑。

「別擔心，我不會這麼做的。我可以發誓。」

赫拉還是一動也不動。

「我以斯提克斯的名義發誓。」阿波羅說。

「好好好。我以斯提克斯的名義發誓，我不是來傷害或是殺害宙斯的。」

赫拉站起身來。只有這一對孔雀知道她在這裡坐了多久，不過她站起來時看起來毫不費力，關節也沒發出咯吱咯吱的聲響。

「你留在這，看好他。還有……」

「請說。」

「如果你對他還有一絲絲敬愛及忠誠，你絕對不會打開這扇門。」

「別擔心，我不想看到他那副樣子。」

赫拉朝他走去，用力給他一巴掌。

「這一下是因為你不尊敬你的父親。」

阿波羅點點頭。失去這點尊嚴是值得的，不過僅此一次。他可以日後再向她報仇。赫拉對孔雀招招手，示意牠們跟上。她旋風般地下樓，打開通往主房的門時，阿波羅聞到一絲新鮮的空氣。

「我很快就回來。不論如何，你絕對不可以讓他出來。」

新鮮的空氣立刻被她擋在門外。頓時，只剩他一人，窒悶的空氣嗆得他說不出話來。

「好個一石二鳥之計！這也未免太簡單了吧！」阿波羅心想。他繞過赫拉的椅子，打開門，進入宙斯的房間。

19

客廳裡，阿特蜜絲正努力地集中精神。雅典娜向她所屬的大學借了一台投影機，正在解釋一張看起來非常複雜的投影片。就阿特蜜絲的了解，這應該是目前現有的宗教信仰和——她剛說什麼來著？——最佳利用與成長的重要策略？由於她把這項重要的策略計畫投影在斑駁的花色壁紙上，使得她的簡報看起來一點也不像是某種商務簡報，比較像是某種叢林野戰遊戲的戰後技巧分析。阿特蜜絲心想，那起碼比這有趣多了。

她環顧四周。阿芙羅黛蒂和赫斐斯托斯正熱烈地擁吻，阿特蜜絲立刻把頭轉開，但還是不小心瞥到赫斐斯托斯那毛茸茸的手正不安分地鑽進阿芙羅黛蒂的裙底；愛羅斯和荷米斯正在玩圈圈叉叉；阿瑞斯則正埋首於他的檔案夾中；看起來有在聽簡報的只有狄蜜特和狄奧尼索斯，但是外人根本無法得知狄蜜特是否能聽到自己哀怨的喃喃自語以外的任何聲音；至於狄奧尼索斯，只要你靠近一點就會發現他耳朵上其實掛著一副小巧的耳機，連接到口袋裡的音樂撥放器，完全沈浸在自己的世界裡。同時，雅典娜在房間的前端仍然滔滔不絕地講個不停。她正試圖把對她來說顯而易見的資訊，以一種別人難以理解方式向大家說明。只有阿特蜜絲注意到她舉手投足中所呈現的絕望，以及隱藏在語調中的歇斯底里。這根本是行不通的。阿特蜜絲終於決定投降，開始隨意放逐自己的思緒。

她幻想自己死後，恣意在冥界的伊利西恩樂園[26]中奔跑；她幻想家族成員將會有多想念她。他們將會了解到，過去他們是如何地將她的貢獻視為理所當然，以及有她掌管狩獵、貞潔與月亮是多麼的重要。他們甚至可能會來地底世界拜訪她，謙卑地告訴她，他們對於過去對她忽視的態度表示歉意。屆時，人類的世界將會是一片混亂，但是這一切都已與她無關。

就在此時，突然傳來碰的一聲，客廳的門整扇被撞飛出去，在空中爆炸，裂成碎片。頓時，碎片化成灰塵在他們頭上緩緩落下。同時，房間四方不知從哪射出團團火球。阿特蜜絲立刻縱身跳起，擺好戰鬥姿勢，抓起屁股底下的圓凳，像是馴獅者手中的椅子。出現在門口的是赫拉。只見她頭髮一甩，掌心朝上，冒出熊熊火焰。

赫拉？她在這裡幹嘛？她已經很久沒有出現在眾人眼前了。根據最新版本的謠言，宙斯終於找到方法，把她變成石頭。

赫拉走向雅典娜，每走一步就發射一次火球：「妳這忘恩負義的叛徒！妳這下賤無恥的爛女人！」

雅典娜一隻手舉起神盾，阻擋赫拉的攻擊，另一隻手將眼鏡上的霧氣拭去。她這副樣子看起來一點也不像赫拉口中「下賤無恥的爛女人」。赫拉的火球碰到雅典娜的神盾後，轉向撞到牆壁上去，反彈回來，發散出零星火花。阿特蜜絲不禁想到，這對於改善屋子長久以來的壁癌及

26　希臘神話中，伊利西恩樂園（Elysian Field）為冥界中英雄與善良正直的靈魂的最終安養之地，亦有天堂樂園之意。

潮溼問題，多少有點幫助。

「赫拉！」雅典娜躲在盾牌後面叫道：「看起來妳似乎正在將妳個人內心的沮喪與怒氣，轉化為一種外在攻擊式的發洩行為。我建議我們以一種平等互惠、相互尊重的方式來處理妳的問題。相信這是較為妥適的做法。」

赫拉的眉毛往上一挑，將雅典娜整個人倒過來，倒吊在天花板上。

「好好好！我知道妳的意思了。」雅典娜叫道。

現在似乎不是個告訴赫拉她已經浪費好多神力的適當時機，所以阿特蜜絲決定放下圓凳，坐下來欣賞這場表演。她衷心地希望她們會持續對峙下去。畢竟她好久沒看到這麼大規模的戰鬥了。大部分的時候，其他神都會在雅典娜的勸說下放棄與她對峙，因為謀略天才雅典娜總是有辦法贏得最終勝利。另一方面，赫拉在樓上獨自坐了這麼久，一定累積了很多怒氣，而她現在正在盡情發洩。也許發洩怒氣正是她下樓的原因；也許她只是在上面太過無聊罷了。阿特蜜絲邊想邊躲過一張著火的腳凳，凳子上留下一絲火燒白蟻的痕跡。

阿特蜜絲露出一抹微笑。她感受到一絲溫暖的光輝，不只是因為那些猛攻牆壁的火球。事實上，她還蠻想念赫拉的。沒有人發怒時能像她這麼有爆發力，即使是阿芙羅黛蒂心情極差時也沒這等功力。看赫拉發怒就像是穿著最舒服的舊睡衣，懶洋洋地窩在沙發上，手裡捧著一碗香噴噴的爆米花，看著她最喜歡的電影——「泰坦族之戰」。這樣懷舊的感覺濃郁到她幾乎可以立即感受。在這麼多年小心翼翼地使用神力之後，她幾乎已經忘了完全展現力量的感覺。對她來說，在過去幾十年不敢任意使用神力後，如果最終能來上這樣一場表演，似乎一切都是值得的。

另一方面，她認為在赫拉燒了整間房子之前，應該會有人出面阻止才對。不是因為她會想念這棟老房子，而是因為他們沒有任何的保險。奇怪，阿瑞斯應該要出面才對。正當她想到這裡，她聽到阿瑞斯在她身後發出聲音。阿瑞斯拿起地圖和圓規走向赫拉和雅典娜，臉上露出一抹期待的笑容。

「女士們，」他說：「我很也不願意打斷妳們的對話……不過，不知我是否有這份榮幸，邀請兩位參與亞洲一場小型的地面戰爭嗎？贏家可以獲得所有的利益。」

赫拉停下來思考了一會兒。接著雅典娜的身體停止旋轉，火焰開始消退，赫拉的臉上出現的是她最稀有的表情：一抹微笑。

正當雅典娜、赫拉和阿瑞斯正準備決定兩個原本和平共處、名不見經傳的前蘇聯共和國的命運時，阿波羅站在宙斯的房門口，瞇起眼來窺視房裡的狀況。

除了赫拉以外，沒有其他的神可以進入宙斯的房間。阿波羅不知道出現在他眼前的將會什麼樣的情況，他甚至不知道宙斯究竟有沒有住在裡面。他有時候會懷疑，赫拉想盡辦法不讓外人接近這間房間，是為了守住宙斯已死的祕密。

他沒死，除非死人最近也開始看電視。另一方面，宙斯（或是說那個阿波羅認為應該是宙斯的形體）完全沒有意識到有人走進房間。那坐在床邊的也許只是一個沒有生命的空殼。電視螢光幕的閃爍光線傾瀉在那個人身上，購物頻道的主持人不斷重複地告訴觀眾趕快拿起電話訂購商品。

房間裡除了一張單人床外沒有其他傢俱。那張金屬框架的單人床上堆了好幾床發霉褪色的毛毯。床邊有一個木製的箱子，上面放著電視。除此之外，房間裡空無一物，沒有圖畫、沒有書，只有懸浮在靜滯空氣中的塵埃。唯一的聲音來自電視上那個做作的年輕女子，不斷地告訴觀眾，重新佈置浴室時一定要鄭重考慮她們家經濟又實惠的印花壁紙。

阿波羅朝他父親走去，腳底下的木板吱吱作響，坐在床邊的那個人把頭轉過來看著他。

「是你嗎？」那個人發出顫抖的聲音。

阿波羅沒有回應。他走到房間的另一側，那裡本來有個窗戶，不過已經被木條給封起來了。

「你終於來看我了嗎？」宙斯說道。

阿波羅不喜歡看到陽光被阻擋在外，於是他用力撬開釘在窗戶上的木條。腐爛的木條應聲斷裂，陽光灑進房內。阿波羅轉頭面對他的父親。

「你是誰？」突來的光線使得宙斯睜不開眼。

「爸，是我。你的兒子，阿波羅。」

一陣安靜。

「你是來謀殺我的嗎？」宙斯問。

「不是的，我不是來殺你的。」

「我看不到你。」

阿波羅走到床邊坐下。他父親唯一清晰可見的部份只剩下臉龐。他佈滿皺紋的臉因長年靠在枕頭上而顯得蠟黃，多年未剪的花白長髮又油又髒，僵硬地糾結在一起，毫無生命地垂掛在臉頰兩側。但是他的眼神卻仍然銳利與兇猛，像是兩顆可以切割成任何東西的藍寶石。

「爸，我在這裡。」

宙斯從毯子中伸出一隻枯瘦、顫抖的手，放在阿波羅的手上。他的皮膚蒼白到幾近灰色，瘦到表層的青筋看起來隨時都會爆裂。

「哦！我的兒子，你終於來看我了。」

「是的，父親。」

「我的兒子，」宙斯重複道，「你是哪一個兒子？」

「阿波羅。」

「哦！是的。阿波羅，我的兒子，太陽神。」宙斯發出一種不知道是笑還是咳嗽的聲音，「你是來確認我死了沒嗎？」

「不是的，父親。」

「你再說一次你是誰？」

「阿波羅。」

「哦！阿波羅，太陽神。我那掌管太陽的兒子。」

「是的。」

「你說你不是要來殺我的？」

「是的。」

「你媽是哪一個？」

「我媽？莉塔。」

「莉塔？哦！我想起來了。她是個好人，很善良。她很愛我。」

「是的，她很愛你。」

「阿波羅，我的兒子。」

接下來是一陣靜默。

「我們剛聊到哪了？」

「我們沒有特別在聊什麼。我才剛到，」阿波羅回答。

「哦！我不想見你。她在哪裡？」

「你說什麼？」

「她在哪裡？她要來看我嗎？她在哪裡？」宙斯問。

「誰在哪裡？」

宙斯用力握住阿波羅的手，力道出人意料地強，然後放開。

「我不知道。」宙斯說。

宙斯抓起毛毯，作勢掀開，露出他的上半身，他孱弱的身軀幾乎什麼也不剩。他的肌肉都不見了，只剩下鬆鬆的老皮垂在骨頭上面。

「幫我，我想起身。」

阿波羅靠過去，幫忙把毯子移開。宙斯一絲不掛。他那軟趴趴地的生殖器毫無作用地下垂。

阿波羅想起那數以千計、曾經被宙斯「臨幸」的女性；當宙斯將他那如今死氣沈沈的陰莖狠狠地刺穿她們的下體時，她們放蕩的大笑、大哭，或是因為高潮而瀕臨垂死的邊緣。她們的尖叫聲在地球的各角落之間迴盪，新生命也在她們的肚子裡爆發開來。

「來，靠在我身上。」阿波羅幫忙宙斯坐起身來。

兩人同心協力地將宙斯那枯瘦如柴的雙腿移至床下，阿波羅用力將宙斯撐起，讓他雙腳著地，宙斯顫抖地站起身來。阿波羅將宙斯的手臂環繞在自己的肩膀上，再次用力把他撐起來。

「我可以站起來了！」宙斯說。話畢，他就真的站起來了。

「帶我到窗戶旁邊。」

看到宙斯居然能走路，阿波羅感到很驚訝。每走一步，他似乎就恢復了一點體力。慢慢地，他的背部挺直，也不再將整個重心都靠在阿波羅的肩膀上。但是他還是會顫抖，阿波羅還是可以感受到他的脆弱。就算阿波羅只是個凡人，他也可以毫不費力地用一隻手把宙斯舉起。

「你看看。」宙斯說。

阿波羅望向窗外，沒看到什麼特別值得引起注意的事物。

「看看樹木、天空、雲朵。這些都屬於我，這些全都是我的。」

「是的。」阿波羅應道。

「我好久好久沒有出去了，她不讓我出去。」

「這真是太離譜了。你擁有這一切，你當然應該可以去看看這屬於你的萬物。」

阿波羅用力扯下釘在窗戶上另一個木條。現在，窗戶上的空間大到能讓一個瘦子——或者說一個蒼老、消瘦而衰弱的神，擠身鑽出去。

「這裡是英格蘭，你知道吧！」宙斯凝視著窗外。

「我知道。」

「我在這裡……住得不算久，只有幾世紀而已。對神來說，只是一眨眼的時間。你是神嗎？」

「是的，我是。」

「她說我不是神，但是我知道她說謊。」

「你當然是神。」阿波羅說。

「她說我瘋了，說我得在床上躺很長一段時間；她還說如果我擅自跑出去的話，我會傷害我自己，或者有人想要傷害我；她說我的孩子們想謀殺我。你是來這裡謀殺我的嗎？」

「不是的。」阿波羅回答，心想：「這次不是。」

「所以我只好在這裡等，等到我的病好了，她就會放我出去。」

「那你這段時間都一直躺在床上？」

「還有看電視。」

「我有上電視哦！」阿波羅說。

「真的嗎？你有上『超時空奇俠[27]』嗎？」

---

27 超時空奇俠（Doctor WHO）是由英國BBC電視公司所製播的科幻影集，這部影集從一九六三年開始播出，欲罷不能持續到一九八九年才告一段落，其超過二十六年的播映時間，堪稱史上最長壽的電視影集之一。

「沒有。」

「我很喜歡超時空奇俠，他也是個神。」

「我不認為他是神。」

一瞬間，阿波羅發現自己像顆球一樣，彈跳到房間的另一端。

「不，他是。他是神。」

「當然，」阿波羅倒在地上說：「他是神。抱歉，我把他跟另外一個人弄混了。」

阿波羅站起來，拍拍緊緊衣服上的灰塵，心想：今天對他的衣服來說，還真是倒楣的一天。

「父親。」他說。

「我是你父親？」宙斯以訝異的語氣問道。

「有件事我必須告訴你。這件事很重要。事關你的安全——當然也就事關所有人的安全。」

話畢，阿波羅走向宙斯，將一隻手放在他的手臂上。宙斯的手臂雖然很細，但很結實。

「什麼事？」

「這個家裡有個凡人。」

「什麼？這時什麼時候的事？現在嗎？」宙斯慌亂地環顧四周，好像人類就要從腳下地板間的縫隙蹦出來般。

「不！我已經把她給趕出去了。」阿波羅哀傷地凝視窗外。

「但是……」阿波羅又開口，「我想她已經知道太多事情了。」

「是誰讓她進來的？」

「是阿特蜜絲，」阿波羅轉過身去，背向他的父親，「她當然要因此而被處罰。至於那個凡人……」

「她叫什麼名字？」

「愛麗絲，你要看她的照片嗎？」

阿波羅從口袋中拿出手機，找出之前他幫愛麗絲拍的照片。他特別挑了一張臉部拍得最清楚的照片給宙斯看。確定宙斯看清楚後，他才把手機收回來。

「當然，該怎麼做完全由你決定。我不敢奢想我能以任何方式影響你的決定。」

20

之後，氣象主播不得已出來向大眾道歉，並承認他們不知道這次的暴風雨從何而來。氣象局堅稱衛星雲圖上沒有出現任何可能出現暴風雨的預兆。那是三月的某天上午，氣象預報是晴天，但是當天一日的降雨量卻達到全年的總和。反對黨領袖要求相關單位對氣象局的作業疏失展開調查，而有幾家報紙也持續追蹤這條新聞。但是不久之後，這件事很快就被淡忘。佔據新聞頭條的消息變成兩個在俄國南方的小國，意外地對彼此宣戰，由於牽涉石油利益，因此美國也想插一腳。

那天晚上，尼爾整夜沒睡。他在愛麗絲睡的房間外的走廊枯坐了一夜。他多想走進房間，輕擁著她。他不是想跟她發生關係，只是想擁著她，就像一個果殼環繞著堅果一樣。

昨晚她來到他的住處時，她的臉色慘白，看起來近乎精神崩潰。她從來沒來過他家，而這一直是他長久以來的夢想：每間房間都會因為她的到來而蓬蓽生輝，而她則會像個公主巡查戰艦般的巡視各個房間，並一一給予評價。在那樣的白日夢裡，他早已把家裡打掃得一塵不染。在那樣的白日夢裡，他對於她的到來興奮不已。但事實上，在她抵達之前，他只有時間把那些堆在髒地毯上的髒衣服蒐集起來，丟到洗衣機。然後，門鈴就響了。她鬼魅的身影緩緩飄進來。

愛麗絲當然是一進門就再三地道歉，但尼爾不太確定她道歉是為哪樁。自此之後，不論尼爾怎麼問，她就再也不說話了。他把她帶到廚房，泡了杯茶給她喝，但是她一口也沒喝。他把她帶到客廳，打開電視給她看，但是她也不看。他端了一碗湯給她喝，她也不喝。但是她一直悶悶不樂地盯著那碗湯，後來尼爾終於了解，對愛麗絲來說，拒絕他的好意讓她感到十分愧疚與不安，所以尼爾趕緊把那碗湯端走。

隨後，他帶她到臥室。當然，這也是他白日夢中的精華片段。但是實際情況卻和那甜美的夢境相去甚遠。他給她一件T恤和短褲後，就退出房間，安靜地把門帶上，在門外擺張椅子，坐下來靜靜等待。他靠在走道一側冰冷的牆壁上，傾聽著四周的寂靜。他想要保護她，他想要找出究竟是哪個混蛋把愛麗絲搞成這樣，然後把他給海扁一頓。（他確定絕對是個「他」，而且他知道是哪個「他」。）但是他自從畢業後就沒有打過架了。而且，他所稱的「打架」事實上是指他蜷縮在操場的角落，直到另一個更高壯的男孩把他拎起來，痛扁他一頓後把他扔進置物櫃裡。和把愛麗絲帶回家一樣，他扮演英雄的角色，而且還打贏眾人的想法都只存在於白日夢中。一不小心，這種白日夢就可能會出錯。

隔天上午九點，臥房裡還是沒有任何聲響。他不想吵醒愛麗絲，但是他知道她不會想上班遲到，所以他悄悄地打開房門，探看房裡的情況。門一打開，就傳來愛麗絲的聲音說：「我今天不去上班。」

「哦！我知道了。」

「我今天可以待在這裡嗎？」

「當然可以。」

「你會留在這裡陪我嗎？」

「愛麗絲，究竟發生什麼事了？」

「求求你今天留下來陪我。」

尼爾看著她。愛麗絲還是躺在床上，臉色依然慘白，她看起來像具屍體。

「沒問題，我去打給電話跟公司請假。」

尼爾轉身離開。

「尼爾？」

「怎麼了？」

「請不要關門。」

尼爾走進廚房，先迅速地打到公司留言，再泡兩杯茶，端到臥室。愛麗絲終於睡著了，於是他把其中一杯茶放在床邊的桌上，然後躡步離開。

他坐在廚房的桌子邊，試圖開始工作。他攤開幾張工程規劃圖、正視圖、側視圖、平面配置圖，他盯著圖瞧了老半天，心思卻飄向遠處。

也許是因為那場爭吵？他想起自己對她說的話，他真的好後悔，也難怪她那麼生氣。但是如果是因為那場爭吵的話，她怎麼會跑來他家？所以一定是有其他原因。一定是後來又發生了什麼事，而且鐵定是更糟的事。

他盯著平面配置圖看了一會，拿起鉛筆想做些註記，但是鉛筆不利，於是他起身去削鉛筆，然後把鉛筆屑倒在水槽。

要是她願意告訴他究竟發生了什麼事就好了。

他打開水龍頭，讓水把鉛筆屑沖走。回到桌子旁，他凝視著正視圖，他剛剛是想做什麼註記？不管了，等一下就會想起來。他再看了一眼側視圖，然後是平面配置圖。好像有點不對勁。在他眼前的是熟悉不過的線條與數字的組合，但現在它們卻不願意與他對話，好像故意和他玩躲貓貓似的，又彷彿這些文字是用另一種他完全不懂的語言寫的一樣。

她說她很害怕，而不是受傷或是憤怒：是害怕。會是什麼事讓她感到害怕？等她準備好了應該就會告訴他吧？

他再次把焦點放在草圖上。現在他知道是哪裡不對勁了：這是去年就完成的工程案。「白癡！」他暗罵一聲，「你怎麼連件事都做不好？去拿包包裡的草圖。開始做些正事吧！」但是他沒有站起來，沒有把舊的圖拿開。他只是呆呆地坐在那，傻傻地盯著工程圖，手放在紙上，握著鉛筆，卻什麼也沒寫。

快中午時，他聽到房裡傳來愛麗絲下床去沖澡的聲音。一會兒後，她走到廚房來，頭髮溼漉漉地披在憔悴的臉頰兩側。她穿著昨天的牛仔褲，和尼爾昨晚給她的T恤。

「對不起——」她說。

「不要再說對不起，妳沒什麼需要道歉的。」

「謝謝你的茶，還有謝謝你收留我。你是個好人。我不值得有你這個好的人做朋友。」

「請妳不要這麼說。妳當然值得……妳值得所有事物。妳值得擁有世上一切美好的事物。」

「不，我沒有你說的這麼好。」愛麗絲搖搖頭。

「愛麗絲——」

「不。你不知道，所以……」

「那就告訴我。」

「我做不到，你會看不起我。」

「我怎麼可能會看不起妳，愛麗絲。」

愛麗絲還是猛搖頭。

「妳看，今天天氣這麼好。我們何不出去散散步？就到附近那個小公園。這可能會讓妳心情好一點，而且總比在家裡枯坐一整天來得好。」

「和你一起去散步？」

「當然是和我一起去啊！」

「你不需要這麼做。我已經夠打擾你了。我知道你在工作——」

「別傻了。不過就是工作。那一點也不急。來嘛！我們出去走走。」

天氣確實是很好。太陽暖洋洋地照著大地，暖到尼爾只需要在T恤外面加一件牛仔外套，而愛麗絲也沒有穿她昨晚穿的那件大衣，只穿了一件他的套頭毛衣。一路上，他們沒有多聊。事實上，他們從來沒有多聊，而兩人向來習慣於這樣的沈默。儘管尼爾很想伸出手去，挽住愛麗絲的手臂，但是他猜想愛麗絲現在還太脆弱，無法承受，所以他沒有這麼做。但是他很享受跟她一起散步的感覺，儘管往公園一路上的景色實在是乏善可陳：街道兩側是單調的住家，再來是單調平凡的國宅社區，然後是商店街，街上有好幾間印度烤肉串餐廳、十元商店和房地產仲介，而且是那種會讓你認為搬來這裡不是個好主意的仲介。路上還有其他行人，其中一些是情侶。尼爾忍不住開始幻想，有一天愛麗絲和他是否有可能成為情侶。他對自己現在居然在想這些有的沒的感到愧疚，但是他還是忍不住幻想。他好想牽她的手。為了忍住衝動，他把雙手用力地插進口袋。

走到公園入口，愛麗絲停下腳步，直直地看著他的雙眼。她看起來很緊張，他突然想到愛麗絲從來沒有正眼直視他，她通常是對著他肩膀上方的空氣說話。

「怎麼了？」

「我必須和你談一談，」她說：「我必須告訴你昨天發生的事情。」

「我洗耳恭聽。」

愛麗絲將手放在公園的欄杆上，好像靠著欄杆撐住她的身子一樣。

「不是什麼好事。」

「沒關係，妳說。」

「這是我的錯，這全是我的錯。」

「我確定這絕對不是——」

「是我的錯。」愛麗絲堅持。

尼爾點點頭。

「整件事分成兩部份。第一部份……第一部份很糟，我實在不想告訴你第一部份，但是我一定得說。因為不說第一部份就沒有辦法說第二部份，而我必須要……」愛麗絲說著說著突然嗆到。

「聽著，愛麗絲。沒有人逼妳一定要做什麼。」尼爾說。

「不，我一定得說。因為我一定要告訴某個人，而你是我唯一可以說的人。第一部份就是，我親了阿波羅。」

尼爾早就預期她會這樣說，但是早就預期會被揍並不表示真正被揍時會比較不痛。他突然覺得一陣暈眩，他以為自己病了，但是他張開嘴，卻吐不出來。

「沒有關係。這不重要。」

「不，這很重要。」愛麗絲說。

她抓著欄杆的手突然放開。他以為她是要抓他的手，或是摸他的臉，但是突然之間，天空出現一道光，還有一陣不知哪裡冒出來的強風。他們兩人被高高捲起，然後被重重摔在兩個不同的地方。

「發生了什麼……？」愛麗絲抬起頭來。

尼爾抬起頭來看著天空，天空中陰霾密佈，烏雲滾滾，好像某種可怕的漩渦即將吞沒一切。然後他看到雲中浮現一張臉，那是一張老人的臉，那是一張因為憤怒而過分膨脹的臉，然後雷聲大作，空中傳來轟然巨響，他這輩子沒聽過比這還大的聲音。接著一道閃光像是一柄利劍般朝他們直衝而來。奇怪的是，那道閃電像是接受某種指令，純粹針對他們倆人而來。

21

愛麗絲睜開雙眼，她很驚訝自己居然是躺在公園外面的水泥地上，被超大豪雨給團團圍住。耳裡聽到的盡是刺耳的汽車警鈴，彷彿附近所有的人都急著離開。她不確定剛剛究竟發生了什麼事，但是她覺得自己好像沒事。這樣的說法也不全然精準，因為她根本沒有任何感覺。她當下立刻判斷：這是受到過度驚嚇的緣故。至於是因為什麼而受到驚嚇，她則不太確定。她想起剛剛好像有一道閃電向她直衝而來。

她看到很多隻腳朝她這裡跑來，人們看起來非常慌亂。她怕自己被踩到，於是強迫自己站起來。她看看四周，試圖尋找尼爾的身影，但是她看不到他。頓時，她感到一陣驚慌，深怕尼爾慘遭不測。接著，她看到遠方有個人躺在地上，她立刻衝過去，推開擋在她前面的人牆。在她可以清楚看到那個人之前，她就已經知道那是尼爾。

尼爾面朝上，雙眼張開盯著上面看。愛麗絲立刻跪在她腳邊，她一度以為他已經死了。他動了一下，雖然只是手微微動了一下，但是對愛麗絲來說，這就夠了。

「尼爾？你還好吧？說話啊！求求你！」

「我沒事，」尼爾說：「我沒事。」聲音有點過大。

「感謝老天爺，我好擔心你。你知道發生什麼事了嗎？」

尼爾坐起身來，但是他沒有回答她。他甚至連看都沒看愛麗絲一眼。他的眼神越過她，望向剛剛他們兩人所在的位置，許多人從那裡跑開。

「哦！你想會是有人受傷了嗎？」

尼爾沒有回應。他站起來，看看四周。他看起來一臉茫然。

愛麗絲也站了起來。

「尼爾，你怎麼了？你聽不見我說話嗎？你看得到嗎？」她伸出手去摸他，但是他越過她，獨自往前走去，跟著其他人跑到愛麗絲剛剛跌落在地的位置，那裡已經圍起一道人牆。愛麗絲聽到一個女人的哭聲，還有救護車的鳴笛聲。一定是有人受重傷；也許是好幾個人也說不定。當然，熱心的尼爾一定是去幫忙的。

她趕緊轉過身去，試圖追上他。他踉踉蹌蹌地跑上前去，其他人看到他，立刻自動讓開一條路，但是在她通過之前，他們又圍起一道牆擋在她前面。她站在那群人後面，什麼也看不到。一開始什麼事也沒有。然後她聽到有人說：「她停止呼吸了。」

愛麗絲感到很難過，但另一方面又鬆一口氣，暗自慶幸出事的不是尼爾，而是別人。「我會急救，」她大叫：「有什麼我可以幫忙的嗎？」但是沒有人理她，事實上，根本沒人轉過頭去看她。接著，她聽到尼爾的聲音。

「她叫愛麗絲，她是跟我一道的。」

「但是我在這裡啊！」愛麗絲大叫。不管誰聽得到，只要尼爾有聽到就好了，「尼爾！我沒事！」

「她會沒事吧？」他問道。

「我沒事！」愛麗絲在後面大叫：「尼爾，我在這裡！我沒事！」

沒半個人回頭。

「我已經盡力了，但是我想她已經沒救了。」她聽到另一個陌生人的聲音，喘著氣說。

「讓我過去！」愛麗絲大叫。

沒人理她。

於是她用力往前推擠，儘管她很討厭推擠。她抓住站在她前面的那個男人的手，儘管她很討厭抓人家的手。神奇的是，她並沒有抓住他，她的手穿過那人的手臂。

尼爾醒過來了。他睜開雙眼，發現自己躺在人行道上，完全不知道剛剛發生什麼事。然後他意識到正在下大雨，雨下得超大的，而且油膩膩的。人們向他跑來，於是他對他們說：「我沒事。」但他發現他們其實不是向他跑來。他立刻坐起身來，尋找愛麗絲，但是他找不到她。在公園欄杆旁邊，也就是他剛剛站的地方，現在聚集了一群人。他聽到一個女人在哭，然後他聽到救護車的嗚笛聲從遠處傳來，越來越近。他立刻起身走向人群，但是他看不見愛麗絲。他溼透的衣服黏在身上，頭髮黏在前額。他覺得好冷。他聽到有人說：「她停止呼吸了。」

他異常的冷靜。他在心中告訴自己：「他們說的是愛麗絲。如果我穿越人群，我就會看到她躺在地上。」所以當他看到她躺在地上時，彷彿一切都很自然。

「她叫愛麗絲。」他說。

有人把手放在他的肩上，試圖安慰他。他突然覺得可以感覺到自己的肩膀是件很奇怪的事。有人跨坐在愛麗絲身上，朝她嘴裡猛灌氣，同時用手按壓她的胸部。那人的動作看起來好猥褻、好暴力，他想把那個男人給推開。在那畜生底下的愛麗絲看來完美無暇，她看起來好端端的。她怎麼會有事呢？

「她會沒事吧？」他問。

愛麗絲穿越過人群。她並不想穿過人群，但是尼爾在人群的另一端，所以她得穿過人群。但是她對周遭的一切毫無感覺。身邊彷彿沒有人，只有空氣。

她先看到尼爾，才看到她自己。他站在人群的最前端，旁邊有個女人伸手扶住他的肩膀。他正低著頭看著躺在人行道上的一個人。那是她！她看到有人正在幫她做心肺復甦術。她明明就站在這裡，怎麼可能會有人在幫她做心肺復甦術？她盯著自己的身體，看著那名男子按壓她的胸骨。這怎麼可能！她怎麼會盯著自己的身體。她看著尼爾，他正在顫抖。

她走向尼爾，用雙手抱住尼爾，這是她一直想做而不敢做的。

「我在這裡，我愛你。」她說。

尼爾向後退一步，退出她的懷抱，他蹲下身去檢視她的身體。愛麗絲哭了出來，但是她流不出眼淚。

接下來的幾分鐘，還是幾小時？一切像是錄影帶的放慢與快轉同時發生。救護車到了；人群向後退；醫護人員拉起愛麗絲身上穿的套頭毛衣和T恤（那是尼爾的套頭毛衣和T恤），然後對她施以電擊。但是沒用。醫護人員給她更多的心肺復甦術，但也沒用。他們低聲交談，其中一人將尼爾帶到旁邊，其他人將愛麗絲的臉以白布蓋上。

大家開始意識到究竟發生了什麼事；今天，他們親眼目睹某人的死亡。人們逐漸意識到這項事實。隨後，人潮逐漸散去，好盡快啟動遺忘的程序。

「你是她的家人嗎？」醫護人員問。

「不是。」

「你是她男朋友嗎？」

「不是。」

「你知道我們應該打電話給誰嗎？」

「我，她有事時總是打給我。」

他們準備將她的遺體帶走。他們將她的遺體運到救護車上，然後帶走。愛麗絲感到一陣恐慌。她試圖爬到救護車上，但是她無法進入車內；她的人無法進入車內，而她的靈魂卻直接穿過車門。

然後，醫護人員要尼爾也上車。

「我還有好多話還沒跟她說。」尼爾說。

「你還是可以說啊！我在這裡！尼爾！我在這裡！」

但是他身後的車門碰地關上，救護車就這樣開走了，帶走一切對她來說重要的東西，她孤零零一人站在人行道上。

愛麗絲聽到身後有人叫她的名字。

22

「愛麗絲・喬伊・慕禾倫」

愛麗絲轉過身去。

「荷米斯？」

「是的，你怎麼知道我的名字？」

他斜靠在公園欄杆上，穿著高級西裝，戴著他那頂造型奇特的翅膀帽子，穿著那雙同樣怪異的翅膀靴子。他看起很驚訝，儘管他驚訝的程度不可能超過愛麗絲。

「我不懂。你是什麼意思？我怎麼知道？你知道我的名字。你剛叫了我的名字，不是嗎？」

「這跟那沒有關係，我知道每個人的名字。」荷米斯說。

「但是你認識我啊！我打掃你們家。」

這下荷米斯懂了，「哦！對！抱歉！是我一時錯亂。」他扮了個鬼臉。

「但是……你看得見我。」愛麗絲說。

「我當然看得見妳，妳不就站在我眼前。」

「不，但是——」愛麗絲停住，「抱歉，我不是故意否定你的話，但是我……」

「怎麼了？」荷米斯和顏悅色地問。

「哦！我的老天！我一定是撞到頭了。我剛剛經歷這輩子最奇怪的——幻覺？我想我是……抱歉！精神錯亂的應該是我。」

「妳的確有撞到頭，但是這不是妳死亡的主因。」荷米斯證實。

「什麼？」

「妳是死於被閃電擊斃。」

「你是說，」愛麗絲說：「你是說我死了？」

荷米斯點點頭。

「是的，不過我們最好還是確認一下。」他把手伸進愛麗絲體內，拿出她的心臟，「妳看，沒有在跳吧！」。然後又把它放回去。

愛麗絲開始放聲尖叫，她一直叫一直叫、一直叫一直叫、一直叫一直叫、一直叫一直叫、一直叫一直叫……最後，她發現尖叫完全不會累、不會讓她覺得好一點，甚至不會讓她的喉嚨沙啞。基本上，尖叫對她毫無作用。

她終於決定停止尖叫。

「叫完了嗎？」荷米斯自始至終都站在那不動，盯著她看。

「是的。」愛麗絲說。

「那就好。」荷米斯拿下耳塞。

「尖叫對我來說算是一種職業傷害。」他解釋道：「跟我走，我的摩托車就停在街的轉角。」

荷米斯轉身就走，愛麗絲只好快步跟上。

「我不懂。」愛麗絲說。

「妳不懂的可多了。」

「如果我已經死了，你怎麼看得見我？」

「我想這個答案應該是顯而易見。」

「不，我真的不知道。」

「因為我是神。你以前有坐過摩托車嗎？」

他們停在一輛閃閃發亮的紅色摩托車前。之前愛麗絲在他們家打掃時，常看到這輛車停在房子外的街道上。

「我……不，你是——我還沒……神？」

「我根本不需要擔心。就算妳從車上摔下來，妳也不會受傷。」

「你是神？」

「我剛剛確實是這麼說的。上車吧！」荷米斯跨坐在機車上，看著愛麗絲。

「快上車吧！我沒太多時間跟妳耗。嗯！技術上來說，我是有時間，不過我想我最好還是不要跟妳扯太多細節。」

「我們要去哪裡？」

「去地底世界。」

「但是我不想去地底世界。」

「如果妳留在這的話，妳會變成孤魂野鬼。妳唯一能溝通的對象只剩下電視裡的人。相信我，地底世界比這裡來得好。」

愛麗絲還是不願意上車。

「妳大概還沒搞懂我的意思。妳只有兩種選擇：跟我走或是獨自留在這裡。妳自己好好想想。」

她想了一會兒，決定上車。

「這才對嘛！」

確定愛麗絲坐穩之後，荷米斯發動車子，車子開始平穩地向前滑行。愛麗絲完全感覺不到風阻，她甚至感覺不到車子在前進。

「身處死亡時空的好處是，你不需要汽油。你不需要消耗任何能源，因為事實上，我們哪兒也沒去。」

「我不——」愛麗絲正要說。

「別跟我說妳不懂。妳才剛死五分鐘。妳有好幾個世紀的時間可以慢慢摸索，妳慢慢就會懂了。就順其自然吧！」

愛麗絲沒有回應，於是荷米斯回過頭去看她。

「如果我講話過於直率，我在此向妳道歉。但是這是我的工作，我每天要重複好幾千次同樣的動作。大部分的人都跟妳一樣，對於死亡的事實感到難以接受。除此之外，我的工作還包括讓地球順利運轉。雖然有些事情從不如我們所願，因為你們這些人類總是愛亂插手。抱歉，從我身上妳可以看到人的優點在死後只會維持一小段時間。不過我得說，妳真的把我們家打掃得很乾淨。我想我們很難再找到像妳這麼棒的清潔工。」

愛麗絲將視線從路上的行人和摩托車上收回，她看著荷米斯。他則一直盯著她看，完全不需要看路。

「哦！不！你真是個好人。其實你不需要向我道歉，我在意的不是這個。」

「那是什麼？」

「我只是正要和尼爾——我的朋友，尼爾，他是個很棒的人——我正要告訴他……」

「告訴他什麼？」

突然之間，她想起什麼，心中一驚，「如果你是神……這表示其他人也是神囉？」

「其他人？妳說家裡的其他人嗎？那當然囉！妳的反應還算蠻慢的嘛！」

「那……阿波羅——他也是神囉？」

「他是掌管太陽的神。實際上，這表示他根本什麼都不用做。日出日落，這誰不會啊？還需要他嗎？」

「我……他……我……」

「妳跟他上床了嗎？我可是一點也不會感到驚訝。畢竟他跟太多女人亂搞了，連我都跟他搞過。那是因為曾經有一段時間，天地宇宙無聊到爆。哦！我差點忘記轉彎。」

荷米斯把機車停在一棟房子的轉角，愛麗絲可以看到貼著碎花壁紙的客廳裡有一對老夫妻正在看電視。

「如果我要的話，我是可以直接穿過這棟房子。」荷米斯沈思了一會兒後說：「不過我已經是個大人了，所以我想還是走馬路好了。」

「沒有。我沒有跟他上床，但是我們有接吻。」

「接吻？那什麼好大驚小怪的。阿波羅到處跟人家接吻。這樣說吧！跟他接吻就像是跟一個正常人握手一樣。那你們為什麼僅止於接吻呢？可以告訴我嗎？反正你也只有我可以傾訴。」

他的話讓愛麗絲想哭，但是跟剛剛一樣，她流不出眼淚。

荷米斯好像會讀心術一樣，他說：「你再也不會流眼淚了，眼淚是人類才有的東西。再過一段時間後，你會發現你想念的東西還真不少，包括你所有的生理反應。妳不會再有任何人類的基本需求，像是吃飯、睡覺、做愛。不能接吻，沒錯！連跟神都不行。這絕對是死亡的缺點。但另一方面，妳再也不會受傷，生病、肚子餓或疲倦。要是我是妳的話，我會盡力去想這些好處。總而言之，妳和阿波羅到底發生了什麼事？」

「抱歉，你剛剛說什麼？」

「我問妳接吻之後發生了什麼事。」

「我不能告訴你。」

「為什麼？他強暴妳嗎？如果真是這樣，我也不會感到意外。他總是到處強暴別人。」

「他沒有。」

「那到底是怎麼了嘛？妳要知道，這是妳最後一次可以跟某個認識阿波羅的人討論這件事。妳將再也看不到我囉！」

「他試圖強暴我。」愛麗絲坦承。

「只是試圖？我猜他一定超喜歡妳的，或者他不夠喜歡妳。」

他陷入一陣沈思，機車正緩緩穿過一大群正在過馬路的小學生。

「然後宙斯就把妳給殺了，這倒有趣。」

「宙斯殺了我？誰是宙斯？」

「我們的父親，眾神之神。他住在頂樓，閃電是他的招牌手法。」

「我從來沒見過他。」愛麗絲說。

「但我跟妳保證他一定見過妳。我們到囉！」

「什麼？」

荷米斯將機車停在路邊。一輛公車停在他們的正上方，許多乘客紛紛下車。

「我們到了！」

「我們到了？」

「沒錯。」

「但這不是地底世界啊！這裡是上層街。」

「沒錯。妳喜歡我的小小惡作劇嗎？『上層』街，很妙吧！」

「『上層』街就是地底世界？」

「當然不是。不然我不會將這裡取名為『上層』街。我沒有要陪妳一路到地底世界，我只負責送妳到入口而已。這裡就是了。」

「我不了——」愛麗絲一時傻住。

「就在這裡。」荷米斯指著一個地方。

「地鐵天使站？」

「就是這裡！妳只要走進去，順著電扶梯下到底層，繞到底端的那道牆後方，妳就會看到遠遠的另一端有一個月台，所有的往生者都在那裡等車。妳會認出他們的，因為他們都看得到妳，而且有些人死亡時死狀很慘，或是身上帶有很恐怖的傷，所以妳絕對一眼就可以認出他們。那裡會有一輛特別的列車一路帶妳地底世界。總之，妳上車就對了。」

「但是，」愛麗絲說：「我還沒準備好。」

「所有的往生者都沒有準備好。」

「我還有好多問題想問你。」

「那你應該死在離伊斯林頓[28]再遠一點的地方。聽著，我很想幫妳，但是我不能浪費時間在這裡。妳的人類朋友每分每秒都有人死亡。我相信妳可以找到某人回答妳所有的問題。」

「我有個請求，請你一定要幫忙，」愛麗絲懇求，「尼爾——就是我剛剛跟你說的那個人——阿芙羅黛蒂知道他是誰，阿瑞斯也知道，還有阿波羅，但是……」

「我真不敢相信妳居然沒有察覺我們都是神。我們的名字不就說明了一切嗎？我可沒有故意

28 伊斯林頓（London Borough of Islington）為大倫敦地區偏北的一個自治市，屬於北倫敦和內倫敦的一部份。

玩雙關語的意思哦[29]——」

「求求你找到他，告訴他……告訴他我愛他。求求你。還有，請你跟他說我真的很抱歉……還有——」

荷米斯搖搖頭說：「我幫不了妳。愛麗絲，我知道妳很驚慌，而且很難過。妳沒有機會跟他說聲再見，但是相信我，妳不是第一個。我每天都要載好幾千個往生者到這裡來，每個人都有話想對他們的親友說，而且太多人比你死得還慘——死於戰爭、瘟疫、飢荒、地震、火山爆發、火災、洪水、死刑、虐待、脅持、謀殺、刺殺、槍殺、爆炸、藥物濫用等等。很抱歉，我不能給妳特殊待遇。我幫不了妳，愛麗絲。我幫不了你們任何一個人。」

愛麗絲低頭看著地上說：「我很抱歉。」

「我也很抱歉，」荷米斯停頓了一會兒後說：「正因為這個原因，有時候我真討厭這份工作。其實妳要求的方式已經比很多人都有禮貌、有尊嚴得多了。不知道我這樣說會不會讓妳感覺好一點。有時候，有些往生者乞求的方式真是令人……十分尷尬。真的，愛麗絲，我得說妳是個很好的人。」

「謝謝。」

「祝妳一路順風，」荷米斯說：「別擔心，妳會沒事的。」

29 原文：Were the names a dead giveaway?「Dead giveaway」表示顯而易見的事實。又神祇常為死人復活（例如：耶穌），故這裡有雙關之意。

愛麗絲乖乖地下車。

「保重。」說完，荷米斯就騎著機車走了。

愛麗絲看看四周。這裡是上層街，多麼令人熟悉的地方。她以前常在這裡購物、用餐、看電影。雨已經停了，路上一半的路人把傘收起來了。路人匆匆忙忙地進出地鐵站，也就是地底世界的入口。她盯著餐廳擺在門外的招牌，櫥窗玻璃裡的衣服。路人來來往往地經過，或穿過她。沒有人知道有個死人站在人行道上。他們聚集在這，彷彿這裡是機場某航廈的登機門，他們的目的地是……愛麗絲不得而知。

「愛麗絲！」身後傳來一陣聲音。

她轉過身去，荷米斯將機車停在她旁邊。

「你改變心意了嗎？你願意幫我向尼爾傳話了嗎？」

「不是的。抱歉，我只是載尚恩．法蘭西斯到這裡。」

他以手勢告訴後座的老先生該下車了：「我們到了。請跟著這位年輕的小姐，她知道怎麼走（法文）。」

那個老先生乖乖地下車，充滿期待地看著愛麗絲。

「老年人總是很興奮，因為他們早就預期這一天的到來，而且他們通常已經擔心害怕好多年了。除此之外，伴隨死亡的是所有身體疼痛的消失。對他們來說，簡直是太美妙了。哦！對了，我剛剛跟妳聊得太愉快了，忘了把車票交給妳。」

「車票？」

荷米斯遞給她一張看起來再平凡不過的地鐵票。

「認真聽好！我要告訴妳一件非常重要的事。在妳到站之前，千萬不可以把這張票交給駕駛員。他一定會跟妳要，但是妳絕對不能給他，否則他會把妳半路扔下車。妳就會成為被困在地鐵站的孤魂野鬼，永不見天日。儘管平時沒有人會注意到那些孤魂野鬼，但有時候妳可以看得到他們。只是妳要注意觀察，那些沒有呼吸的就是了。」

「謝謝你提醒我。」

「很高興認識妳。很抱歉我不能給妳更多協助。再見！」

「再見！（法文）」荷米斯向老先生說。

他坐上車後還不忘向他們倆揮手道別。

愛麗絲轉向她的同伴，「您好！請往這裡走。（法文）」

她以手勢告訴他跟上，轉身進入天使站入口。

23

阿波羅正在浴室和阿芙羅黛蒂做愛。沒錯，又來了。她斜靠在牆上，一腳跨在馬桶水箱上。從她臉上的表情可以判斷出她正在思考臥房的壁紙該換什麼顏色。是的，還是老樣子。對他來說，此時應該是勝利的一刻，而這應該是慶祝勝利的一役。他終於證明他打敗了那個地位低下的小妮子，而且他成功地讓她從這個無足輕重的星球上消失。同時，他也將她從他極為珍貴的身體與心靈中移除。但奇怪的是，他卻沒有一絲成功的喜悅。

究竟有多少次？阿波羅試圖回想，他在這間浴室，和阿芙羅黛蒂以這個姿勢做過幾次？接下來還要做幾次？「似曾相似的感覺」一詞對他來說完全沒有任何意義，因為每件事情他都已經重複做過無數次，而且他未來還得繼續重複下去。只要地球還是繞著太陽轉，他就得一直做下去。沒一件事是有意義的。他甚至懷疑他所做過每一件的事自始至終都沒有任何意義。他試圖搜尋記憶裡，在這永無止境的重複歷史中，是否曾有一絲絲年輕時的熱忱或是新奇的感覺。他以前一定有過這種感覺的吧！但是他唯一能想起來的例子只有愛麗絲。

「你這是什麼表情？你還沒要高潮吧？」

「還早哩！」

「很好，因為我也還沒。我要轉身囉！」

阿芙羅黛蒂在換姿勢時，阿波羅回想他這一輩子就像是一個不斷重複的夢境，也許說是惡夢更為貼切。不！不夠刺激，不足以稱為惡夢，也不夠有趣，不足以稱為夢境。也許只是個甩不掉的幻覺。

他謀害愛麗絲是多久以前的事了？想到這，他突然感受到斯提克斯的虎視眈眈，不！愛麗絲的死和他一點關係也沒有。他趕緊暗自在心中提醒自己。

是上週還是上個月？離事發當天究竟過多久了？有一年了嗎？他們一家人在這裡住多久了？如果生活永遠一成不變的話，過了多久很重要嗎？

不管是過了一週還是十年，他很想她。儘管他不願意承認，但是這是事實。他的手機裡還留著她的照片。每當他想她的時候就可以拿出來看。但是這一切再也和以前不一樣了，因為他想念的不只是可以看著她的時光，雖然那也是很重要的一部份。他盯著浴缸，腦海裡浮現他站在浴室門邊，假裝等著要用廁所，但實際上是為了看著愛麗絲拿著菜瓜布用力洗刷浴缸污垢的樣子。她常常做家事做到腋下出汗，有時甚至整個背部都溼了。這時，她的髮稍會微微翹起，露出粉紅色的頸背。她完全不同於這些世紀以來，那些環繞在他周圍完美的女人，那些女人現在還是在他周圍，而她的不完美正是她與眾不同之處。

但她的特別也不僅限於她的不完美。他還懷念她的善良與正直。他想念她的謙虛，他想念她的和藹和親切，光是想到她的眼淚就讓他發顫（阿芙羅黛蒂：「不要再抖了！我的興致都被你給抖光了！」）。他還懷念她聽他說話的樣子，家裡沒有一個人願意聽他說話。他懷念在他周圍，有個人不是打從心底怨恨他。他也懷念她為這個家打掃，這是真的。自從她走後，家裡又變回以往骯髒污穢的樣子。他懷念她向強權屈服的樣子；她總是百般不願意破壞那些荒謬至極的規定。他也懷念她膽怯的樣子，多麼地充滿異國風情，總是讓他忍不住想要她。但是，最後她選擇在他要求她屈服時，頑強抵抗。

她的死是她自己造成的，完全不能怪他。但是不論如何，他對她的死感到難過與懊悔。要不是她那麼固執，要是她乖乖聽他的命令……為什麼祂們決定要給人類自由意志呢？

「我在想要重新佈置我的房間，」阿芙羅黛蒂說。

他早已忘了阿芙羅黛蒂的存在。

「妳不是才剛重新佈置過？」

「哪有？我不記得了。嗯，也許有吧！」

他們繼續一直在做的動作，卻陷入各自的茫然中。

阿特蜜絲剛剛和另一個房地產仲介見過面，結果當然又是令人沮喪到不行。她以比烏龜還慢的速度踱步回家。垮下來的雙肩遮掩不了她的失望。有些垃圾——幾張八卦小報的報紙、一個洋芋片的包裝袋、一個還沒喝完的啤酒罐——慢慢從街上飄過來，卡在家門口的石階。她應該要叫愛麗絲把這些垃圾清乾淨。她走上台階，看到門上的銅環被指紋弄得髒兮兮。究竟是誰來敲門？那個人的下場如何？自從宙斯企圖逃跑後，他們家最近對維安越來越神經兮兮。

事發當時，赫拉並不在場。暴風雨開始後，獨自在房間裡自怨自哀的阿波羅是第一個採取行動的。他爬到屋頂上，半哄半騙地將宙斯弄回他的房間，回到他的床上。阿波羅會有這種英雄作為確實是頗不尋常。他居然沒有利用這個絕佳的機會趁機將宙斯推下屋頂，這讓阿特蜜絲非常意外。要是她有機會，她可不敢保證她不會這麼做。也許是她稍早對阿波羅諄諄教誨產生效果？阿特蜜絲搖搖頭，不可能。過去數千年來，她的仗義執言從未感動過他，這次沒道理會有效。

阿特蜜絲關上大門，順手按下玄關燈的開關，但是燈泡壞了，而且屋子裡好悶。滿屋子的霉菌和塵埃讓她不能呼吸。但是她實在沒心情再出門，所以只好到後花園去。經過廚房時，阿特蜜絲被堆滿在櫥櫃和餐桌上的食物給嚇了一跳，而且從這些食物的味道判斷，有些已經發臭了。通往後院門前的台階上，成群結隊的螞蟻雄兵正忙著在廚房和花園之前來回奔波，背著麵包屑展開長途跋涉，回到它們遙遠的宮殿。難道家裡都沒有人注意到廚房已經被螞蟻大軍給入侵了嗎？還有，愛麗絲到底跑到哪裡去了？

「嗨！阿特蜜絲，」她身後傳出聲音，「妳去哪裡啦？」

她轉過身，說話的是荷米斯。他腳上蹬著那雙翅膀靴子，一手晃著那頂翅膀頭盔。很明顯地，他正要去蒐集往生者的靈魂。

「不關你的事。」阿特蜜絲正想找人發洩找不到平價公寓的挫折與憤怒。但是她突然改變語氣，因為她發現自己連和人吵架的力氣都沒有了，「荷米斯，你知道家裡為什麼這麼髒亂嗎？你有看到愛麗絲嗎？」

「有啊！我有看到她。」荷米斯靠在門上說：「幾週前，我才把她送到冥界去。」

「什麼？你為什麼要這麼做？」

「因為她死了啊！」

「死了？怎麼可能？真是的。我太專注於自己的事情了。我早就應該知道如果我沒有小心看好她的話，這種事情很可能會發生，但是她看起來是如此值得信賴。人類果然都是蠢蛋，她到底是怎麼死的？」

「這不是她的錯。是宙斯殺了她。他跑出來的那天，宙斯以電擊把她給殺了。」

「宙斯？他怎麼會知道她的存在？我千交代萬交代她不可以跑到頂樓。」

「她沒有上去。如果妳需要我的意見，我可以告訴妳，這件事和阿波羅有關。」

「什麼？」

「她有出現在他表演的現場。」

「你說什麼？」

「……然後阿芙羅黛蒂叫我去把她找來……」

「阿芙羅黛蒂？她又跟這件事有什麼關係？」

「……然後阿波羅在她在這裡打掃的這段期間，每天跟前跟後的，行為超級詭異。他們接吻，他企圖強暴她……」

「荷米斯，你怎麼知道這些事？」

「因為這和我有關。妳想想：宙斯跑出來時，阿波羅可是第一個爬到屋頂的，而愛麗絲居然死於同一天。妳不覺得這件事巧得有點離譜嗎？」

「謀殺她的人絕對不可能是阿波羅。」

「當然不是他。顯然他是借宙斯的手完成這項任務，他不知道用什麼方法拐騙宙斯……雖然我不知道他為什麼不自己動手……怎麼啦？阿特蜜絲，妳的表情看起來像是有人用力捏了一下妳的屁股。」

「因為他得鑽漏洞。」

「鑽什麼？」

阿特蜜絲環顧四周，在這裡被竊聽的機率很高。

「我想我們最好到外面去說。」

「阿特蜜絲，我很忙，我還有好多事要做……」

「到外面去。」她以沒幾個神敢反抗的堅定聲音說道。

她用力抓著荷米斯手臂，力氣大到可以扭斷一隻雄鹿的脖子。她把他給拖到後花園，順手關上身後的門。

等確定進到安全地帶，其他人聽不到他們的對話後，阿特蜜絲告訴他有關阿波羅發誓的事。

「他不僅是謀殺了一個人類，他謀殺的可是我們的清潔工！」她忿忿地說。

「他真是個混蛋！」荷米斯的語調裡帶有一絲難以察覺的欽佩。

「還有人知道愛麗絲死了嗎？」阿特蜜絲問。

「據我所知，應該沒有。至少我沒有跟任何人提過。不過其他人應該都注意到家裡越來越髒亂了。妳真的應該雇用一個新的清潔工。」

「沒那麼快。如果有人問起……你就說她去渡假了。」

「為什麼？她又不會回來。」

「照我說的做就是了。」

「阿特蜜絲，我搞不懂妳幹嘛硬要管這檔事。不過就是個清潔工嘛！隨便找都一大堆。幹嘛不找個新的就好了？」

「這不是重點！重點是，阿波羅以斯提克斯的名義發誓，但是他違背了他的誓言！而且那個清潔工是我的人！他沒有權利碰她！儘管他是間接殺人，但也是違反誓言的精神。」

「那就讓斯提克斯去處理就好啦！」

「你也知道她不可能會處理。你又不是不知道斯提克斯，她一向奉公守法。阿波羅一定是找到什麼方法繞過她的法眼，否則要嘛就是愛麗絲還活著，不然的話，他現在一定躺在某處，不省人事。」

「那妳就去報仇啊！」

「這個仇當然要報，但是我需要你的協助。」

「但是我不復仇。涅米西斯[30]倒是會復仇，妳要的話，我可以幫妳打給他。」

「不！涅米西斯做不到我要你幫我做的事。」

「你該不會是說……」

「賓果！」

30 涅米西斯（Nemesis）：希臘神話中冷酷無情的復仇女神。

「我才不幹。你知道我不能干涉冥界事務的。我沒這個權利。如果黑帝斯發現的話……」

「他不會發現的。」

「如果妳在他的領土上亂搞，他遲早會發現。別傻了，妳就不能砸毀阿波羅所有的吉他，或是採取類似的報復行為嗎？」

「她是我的清潔工，她不應該死。你心中到底有沒有正義啊？難道你認為她是自找的嗎？」

荷米斯嘆口氣，坦承：「她的確是個難得的好女孩。」

「所以你是答應囉！」

「別亂說，我才沒有答應。」

「我不管，我就是要這麼做。」

「妳不能這麼做，妳一踏入冥界，就會被撕裂。妳是神。冥府的看門狗賽柏拉斯[31]一嗅就會把妳給揪出來。」

「那我就派一個英雄去。」

「這個年代已經沒有英雄啦！」

「我會想辦法找一個，我認識一些人類。」她開始在腦中搜尋適當人選，雇用她的狗主人？「賽門先生？不不不，他意志薄弱。亞力克斯．瓦特？不，太懶惰……」

---

31 賽柏拉斯（Cerberus）希臘神話中看守冥界入口的惡犬，外型兇惡可怕，有三個頭和蛇的尾巴，脖子上也盤繞著毒蛇。它住在冥河岸，為冥王黑帝斯看守冥界的大門。

「妳認識的人類就這幾個嗎？只有那些狗主人？」

阿特蜜絲想到她剛剛會面的房地產仲介，嘆口氣說：「大概就這幾個。」

「這是行不通的啦！英雄都是自己遛狗，這些人全都不能用。」

「沒辦法，我一定得從中挑一個。」

過去幾千年來，荷米斯已經領教過阿特蜜絲下定決心時就是非做不可。

「妳好像很堅持一定要這麼做。為什麼？」

「因為阿波羅這次真的太過分了。」

「還有呢？」

「還有她是我的人。」

「還有？」

「沒了。」

「大部分的神都儘可能避免接近冥界。」

「這是攸關人類的大事。」

荷米斯不打算浪費時間跟她爭辯什麼人類的大事。

「好吧！妳說得對。我也很喜歡她，而且我受夠了沒人幫我燙衣服的日子。聽好，我可以答應幫妳找一個英雄，但是前提是妳得保證妳絕對不會跟任何人說，千萬絕對不能跟任何人說，否則每個人都會來跟我要英雄。我會幫妳找一個適當的人選，他絕對可以幫妳的忙。我會發出訊息，召喚他前來，然後稍微幫他變身一下，才不會太明顯。但是只此一次，下不為例。我會這麼做純粹是因為愛麗絲確實是個好人，而且我想氣氣阿波羅，還有我不想看妳被開腸剖肚。此外，一開始她會來到這個家，我多少也得負點責任。」

「你會指引我通往地底世界的路？」

「是的。只要妳不跟任何人說。」

「太感謝你了，荷米斯。你絕對不會後悔的。」

荷米斯低下頭，看著花園牆角枯萎的花草。

「小心點，阿特蜜絲。」他說。

24

愛麗絲並沒有特別虔誠地信仰某個宗教，不過她認為勉強自己算是英國國教派，而且以前在重要節日，像是復活節和聖誕節，她都會上教堂。在世的時候，她沒有認真想過死後的世界，就算有，她的想法也和一般人差不多：好人上天堂、壞人下地獄，天堂有天使、雲朵等。差不多就是那樣。如果她相信死後還有另一個世界，她的想法大概就是這樣。不過，事實上，她以前懷疑死後的世界根本就不存在。

現在看來，不論信或不信，她生前的想法全部是錯的。現在她正在天使站的底層，穿過那道最後面的牆，看到和荷米斯描述的一模一樣的列車。牆壁後方的月台看起來看一般月台沒什麼兩樣，只是看起來更長，而且延伸到完全看不到的地方。月台上擠滿了「人」，就像一般地鐵站尖峰時段時一樣，而且正如她預期（雖然親眼所見還是讓她受到不小驚嚇），那些全都是死人。

有些是「正常」的死人——白人，年紀介於六十到八十歲之間，身穿醫院的病人服或睡衣，沒有什麼特殊之處，他們看起來就像平常看到的死人。另外有些人，愛麗絲一看就知道，是死於意外或是手術。這些人看起來年輕許多，他們不應該這麼早死的。最恐怖的是那些臉色黝黑的死人，他們在所有死人中是最年輕的一群。大部分的成人是死於缺乏食物、愛滋病或是營養不良，而在他們之中，還有數以千計的嬰幼兒，有些在哭，但是流不出眼淚。有些人拒絕向命運哭訴，亦或也許他們根本不知道他們所經歷的是什麼樣的命運，而現在起碼再也不用受飢餓和疾病所帶來的折磨。她看到很多大人正試圖安撫小朋友，但是他們只能無力地將手臂穿越小朋友的肩膀。看著她們，愛麗絲突然了解到她再也不能享受擁抱別人或被人擁抱的感覺。

正當她鼓起勇氣，打算上前去和幾個小朋友打招呼時，一輛車子進站了。這輛車和一般的車看起來沒有任何差別。所有人魚貫上車，一開始，大家還會互留空間，後來就越來越擠。到最後，所有人全部疊在一起。她閉上雙眼，彷彿周遭完全沒有其他人。當她再次張開雙眼，車子已經啟動，不過她完全感覺不到車子在行駛。在一片漆黑的隧道裡，她根本無法分辨車子是否在前進，但是從車子在軌道上擺動的聲音可以判斷車子確實在前進。

過了一段時間之後，她聽到有一個聲音說：「驗票！」她抬起頭來，看到一個男人正努力地穿過層層疊疊的乘客，他身穿藍色工作服，戴著一頂鴨舌帽，皮膚溼溼黏黏的，呈蛆般的死白，好像從未曬過太陽。雖然在正常情況下，愛麗絲都會乖乖地把票拿出來，但是她想起荷米斯的話，於是她再次確認是否有把票藏好。但是在她旁邊的法國老人，尚恩．法蘭西斯，卻雙手遞上車票。

「不——」愛麗絲叫道。

太遲了，卡戎[32]已經接下車票。就在票離手的那一瞬間，一陣陰風刮過，將老人吹出車廂，

32 卡戎（Charon）：希臘神話中黑帝斯的船伕，負責將死人渡過冥河。

狠狠地將他吸入牆壁之中。愛麗絲大聲尖叫，伸出手試圖抓住他不斷揮舞的手，但是她的手只能無力地穿過他的手臂。頓時，他被捲入黑暗之中，再也不見蹤影。

再也沒有人敢把票拿出來。

車子抵達終點站時，愛麗絲還是心有餘悸。下車後，她頓時有鬆一口氣的感覺。誰知道接下來會發生什麼事？終點站的月台看起來也很平常。他們有可能只是到倫敦近郊的某一站，一個愛麗絲沒來過的地方。當然，前提是地鐵系統有「地底世界」這一站。至目前為止，唯一不同之處應該只是這裡沒有地圖，也沒有乘客等著上車。除此之外，從腳下的大理石地板到貼著壁磚的牆壁，這一切看起來都是如此的熟悉。

她依著指引到出口處。除了幾個膽子比較大的死者低聲交談以外，整個車站一片寂靜，像是完全沒有人一樣。手扶梯運作正常，不過只有往上，沒有往下。她站上去，手扶梯無聲地帶她到上層。她完全感覺不到手扶梯有在動，只感覺旁邊的牆壁正在後退，遠方的光線越來越近。直到現在，身體完全失去感覺後，她才體認到以前她的身體可以有如此多種感覺。

將票放進出口閘門後，她步出車站。周遭幾乎完全沒人，除了幾個跟她一樣剛剛找到出口的死者。她突然想知道那些未出世的嬰兒會有何種下場，但是她找不到人可以問。

車站外的天空看起來平凡無奇，地面一片平坦。從日光看不出來現在是早上、中午，還是下午。就她眼力所及，每個方向都是毫無特色的街道，清一色都是仿都鐸式建築的獨棟房屋。她只是假設這些房子是「仿」都鐸式的建築風格，誰知道這些房子已經蓋好多久了？環顧四周，景色唯一的變化，就是她剛剛離開的地鐵車站。這是個沒有入口的車站。路上沒有車輛往來的聲音、沒有鳥叫聲。這裡完全沒有任何屬於大自然的東西，沒有樹、沒有昆蟲，連人行道上的小石子間也沒有一絲雜草的蹤影。

她正在思考下一步該怎麼做時，腳踝後方傳來一陣又冷又溼的感覺。沒錯，她真的感受到腳邊有個什麼東西，難道是自己的身體又有感覺了？她轉過身去，看到在她身旁的是一隻野獸般的巨型犬，比她還高，還有三個頭，而其中一個頭正低下來嗅著她的腳踝，好像在嗅著自己的午餐。牠的尾巴是一條正在蠕動的蛇。和她不一樣的是，這隻大狗是真實存在，不像她只剩下飄忽的靈魂。她看著自己不存在的小腿上，大狗留下的口水痕跡。沒錯，她只是一團空氣，但是這隻狗的肉體是真實存在的，而且對牠來說，愛麗絲也是真實存在的，起碼具有形體和氣味。牠隨時都可以把她給吃了，起碼牠三張臉上的表情都是這麼說的。頓時，她感到很害怕（或是她的大腦告訴她，她很害怕）。被狗頭碰觸的腳踝正刺激腎上腺素的激增，至於身體的其他部份則是——不存在。看著眼前的怪獸，她知道自己鐵定不是在天堂：這裡絕對不可能是天堂。這裡一定是地獄。為什麼她會被送到地獄？不論如何，現在，她毫無選擇，只能接受自己的命運，等著大狗把她的靈魂給吞下肚去。

在她身後，其他死者陸陸續續步出車站，像是一灘油般地擴散到馬路上。那隻怪獸頓時喪失對她的興趣，牠轉過身去，朝人多的地方走去，三個頭輪流不停地嗅著街上的每個人。愛麗絲鬆了口氣。那隻狗饒了她一命。但是她的死亡還是個不能改變的事實，而且她幾乎可以確定，自己確實是在地獄。當下，她打定主意：既來之，則安之。

她隨便選了一條街，大步向前邁去。

25

尼爾知道時間不斷地流逝，但是這和他過去習慣的時間不太一樣。對他而言，時間分成兩種：一種是真實的時間——短暫、急促、已經過去的時間；另一種則是現在，這種時間沒有任何可辨別之處，也沒有結束的一天，這是一種緩慢、哀傷、沒有未來也沒有希望的時間。他將永遠被困在這醜陋不堪的現在，永遠無法回到那殘酷、已經結束且不願妥協的過去。他隨時可以回顧過去，但是他大部分的時候都不願意這麼做，他再也不願意觸碰過去。

他沒有憤怒的力氣。然而，他確實很憤怒，這是一種沒有力量支撐的憤怒。他把自己關在家裡，坐在一些奇怪的地方，像是走道或是階梯，因為他不想待在任何一個房間。他盯著地板，因為他不想向前看。有時候他會盯著一些奇怪的小地方，像是樓梯下方壁櫃底下的隔板、馬桶和浴缸之間的空隙，然後他會想像自己鑽進這些地方，像隻小動物一樣蜷縮在裡面，永遠不要出來。

大部分的時候，他處在完全的寂靜。有時候他會試著說出某些字，像是「死亡」，他想聽聽看它的聲音。「愛麗絲」和「死亡」成了他唯一會說的字眼。

或者，他會折磨自己。他會拚命回想過去錯失的機會，她沒有機會做的事，他們沒有機會一起做的事。他從來沒有告訴她他對她的感覺。他不停地責怪自己，告訴自己她的死全是他的錯。她想待在家裡，但是是他建議出去散步的。在這之前，是他建議她自立門戶的。如果不是他的建議，她不會去那裡工作；她那天晚上就不會這麼心煩意亂，也就不會到他的公寓來。要不是他，她根本就不會去看那個阿波羅主持的節目，因此被解雇，而需要找個新工作。

說到阿波羅，這也是他折磨自己的另一個來源——阿波羅和愛麗絲接吻。誰知道之後還發生什麼？他不斷地折磨自己，猜想愛麗絲沒有告訴她的第二部份究竟是什麼？他想知道，又不想知道。他永遠不會知道。但是只要他能讓她死而復生，只要她還活著，這一切都不重要。阿波羅可以擁有她，只要她快樂就好，只要她還在人世就好。

用盡所有負面的事物折磨自己後，他還會用所有美好的事物繼續折磨自己。只要想到愛麗絲就讓他痛心，她是那麼的完美，他們在一起做過那麼多有趣的事，渡過那麼多美好的時光。如果想到這裡會讓他稍微覺得比較愉快的話，他會更用力地折磨自己，因為他不想讓自己好過，因為讓自己好過就意味著他終將放下這一切。

有時候，他會躺在床上，只為了感受她睡過的床單。或者，他會拿起愛麗絲的大衣，將臉深深地埋在裡面。就像他之前想把臉埋在她常穿的那件藍色羊毛衣一樣，只是他再也看不到那件衣服了。追蹤她的氣味不是件容易的事，因為她從不擦香水，也沒有用某種特殊的香皂。但是對他來說，知道這些東西曾經接觸過她的肌膚就夠了。

她已經走了，但是他還是必須做一些日常生活中一定要做的事，包括吃飯、睡覺和上廁所，這種感覺好奇怪。他只有在必要的時候會做這些事，但是沒有固定的作息。有時候他整個下午都在沙發上睡覺，然後整晚坐在廚房的地上，頭靠著流理台發呆。有時候，他必須打電話到公司請假，但是他也常搞不清楚到底打過了沒。

她的喪禮一定已經辦過了，但是沒有人邀請他，所以他也沒去。

有時候，朋友會打來關心他的情況。他總是以「嗯」、「好」、「沒事」等詞語簡短地回應，想辦法打發掉這些關心。之前還有記者打來，想探問關於「電擊天使」的私事。他總是無情地掛斷。現在如果有電話響起，他根本就懶得接。

他吃得很少，從來沒有坐下來吃一頓正餐。他只有在飢餓到無法集中精神思考或回憶愛麗絲時，才會翻箱倒櫃地在冰箱裡或是櫥櫃裡找東西吃。他並沒有用完乾淨的碗盤，因為他都是打開罐頭或包裝直接吃。不過，最終他還是把所有的食物都吃完了，而這讓他極為憤怒。他暴躁地打開所有的櫥櫃，搜尋是否還有任何剩下的食物，但是他只找到鹽巴和一罐麵包塗抹醬，他狠狠地甩上櫥櫃的門，用力地踹了冰箱一腳。他再次打開櫥櫃的門，拿出那罐麵包塗抹醬，將它用力地朝牆壁丟過去。罐子撞到牆後彈開，掉到地上，但沒有破。罐子在牆上留下一道痕跡。他撿起罐子，更用力地朝牆壁再扔一次，但結果還是一樣。他再次撿起罐子，使盡吃奶的力氣朝屋子的另一端扔過去，這次罐子總算摔破了。尼爾看著它，然後坐回桌旁，感覺到自己急促的心跳。

他發現耳邊出現的一個聲音，試圖和他講道理，「別這樣，這不是什麼大問題。你只需要出去買點東西。沒什麼好生氣的。你還是要吃點東西啊！」

他以為自己會因為沒有食物而大哭，他腦中不斷迴旋著一首童謠，其中一句是「櫥櫃裡沒有食物了、櫥櫃裡沒有食物了、櫥櫃裡沒有食物了。」

「冷靜下來，」那個聲音又說：「別傻了。你在發什麼神經？出去買些吃的就好了嘛！你做得到的。如果病倒的話，你可再也無法思念她了哦！」

於是他決定出去買點外帶的東西。他完全不知道現在是幾點、今天是幾號，但是他也沒想到現在外面還有哪些店有營業。他機械式地走到前門，拿起衣架上的外套，套在他自上一次換衣服就一直穿到現在的衣服外面。拿起門邊桌上的鑰匙和皮夾，打開門走出去。

外面很冷。天色有些灰暗，現在也許是傍晚，也許是清晨。但是這樣的光線對他來說還是太刺眼。他在家裡幾乎都沒有開過燈。他開始朝商店街的方向走去。寒冷的風刺穿他的臉頰，他不自覺地伸手摸摸臉，赫然發現臉上長了鬍子。他低下頭，盯著腳下的人行道，他不想看見任何人。更重要的是，他不想看見任何認識的人，或是他不認識，但是看起來很開心的人。

他並沒有特別想吃什麼，於是他停在他遇到的第一家有營業的店。他走進去。空氣中有一股悶熱而油膩的氣味，櫃台後方的亞洲男性看到他，不自覺地向後退了一步。尼爾想到自己看起來一定很恐怖，味道恐怕也不好聞。他以前可能會說，像個「死人」一樣。店裡沒有其他人。也許這個時間來買東西是很奇怪的。

「你好，」櫃台後方的男人說：「你要點什麼？」

「呃，我不知道。」他覺得自己的聲音聽起來好奇怪，「你們有賣什麼？」

「鱈魚、黑線鱈魚、鰈魚……」

「隨便，鱈魚好了。」

「要薯條嗎？」

「嗯，好啊！」這表示他可以隔更長一段時間不用吃東西。

那個人幫他把魚和薯條拿到前面來，此時一陣安靜。

「番茄醬？醋？還是美乃滋？」

「都不要。」

那個人在薯條上撒了點鹽巴。

「要幫你封起來嗎？」

「你說什麼？」

「要幫你封起來嗎？」

尼爾感到一陣驚慌。他必須做出決定，但是他不知道該怎麼辦。他不想在這裡吃，但是也不想回家。他什麼都不想做。

「我不知道，」尼爾說：「我不知道。」

「那我先幫你封起來，你想吃的時候再打開。」

那人小心地幫他把魚和薯條以白報紙包好，再用本地的報紙再包一層。最後把食物裝在白色塑膠袋裡，順手丟進一個木製叉子。

「一共是三鎊五。」

尼爾拿錢給他，拿回零錢，回到冰冷的大街。他覺得天色好像更暗了。他眼睛還是直盯著人行道，循原路回家。

回到家，他才發現廚房有多髒亂，到處都是垃圾：蘋果核、香蕉皮、餅乾包裝袋、罐頭湯、用過的馬克杯裡面是已經凝固的奶茶、鮪魚罐頭的邊緣還有一些硬掉的鮪魚屑。垃圾桶裡的垃圾袋已經被塞爆。要是愛麗絲在的話，一定會很不高興的。他突然覺得一陣噁心，於是他放下手上的食物，將裝滿的垃圾袋拿出來綁好，在垃圾桶裡放入一個新的袋子，把週邊所有的垃圾都丟進去。打破的罐子還躺在地上。他打開炸魚和薯條，用那張報紙來包碎玻璃。

就在這時，他看到那張照片。頓時，他僵在原地，彷彿體內有一隻冰冷的手用力地擰了他的心臟一下。

這張報紙不是首頁。標題寫著「本地瘋子自殺未遂」，下面是一張照片，一個老人站在屋頂上。他全身赤裸，留著長長的頭髮和鬍子。他一隻手高舉，像是要把某種東西往下丟。這張照片明顯是用長鏡頭拍的。雖然因為當時下著大雨，所以拍得不是很清楚，但是這個老人勃然大怒的表情是絕對錯不了的。這張臉——尼爾百分之百確定——就是愛麗絲在被電擊致死之前，他在天空中所看到的那張臉。所以他看到的不是閃電所造成的特殊效果囉？他再看一眼這張照片，更加肯定他看到的就是這張臉。不僅如此，尼爾百分之百地肯定他腳下的房子，就是愛麗絲之前工作的那棟房子。

26

「你怎麼現在才來？你都不看報紙的嗎？」

幫他開門的是個年輕、英俊的男子，身穿合身的條紋西裝，襯托出他英挺而修長的身材。

尼爾確定自己從未見過這個人。

「我想你認錯人了，」尼爾說：「我是來找……站在你屋頂上那個赤裸的老頭？」

「你是尼爾，沒錯吧？」

「是的。」

「我是荷米斯。你早就該來的，你在這裡等一下。」

荷米斯碰地一聲關上門。

外頭好冷。尼爾把手放在口袋裡，雙腳不停地換姿勢。他來這裡之前，先洗了個澡，刮了鬍子，洗了頭髮，將頭髮梳整齊，換上乾淨的衣服。他在洗澡、穿衣服，還有搭地鐵來這裡的一路上，都一直在想著那張照片和愛麗絲死前他所看到的那張臉。他實在是想不通這之間會有什麼關聯。難道這是個惡作劇？所以這個人知道他是誰？但是他看不出來這個惡作劇的目的是什麼？或者，這一切都是幻覺？但是報紙上的照片又如何解釋？那可是假不了的證據。他拍拍口袋裡的報紙。儘管最近發生在他周圍的事都不合理，但是這中間一定有個合理的解釋。

門再次打開，這次出來的是荷米斯和一個尼爾沒見過的女子。她穿著藍色運動服，頭髮鬆鬆地綁在後頭。她長得很像阿波羅，只不過她的頭髮是深色的。她以一種驚訝和不屑的表情看著尼爾。

「就是他？」她問荷米斯。

「是的。」

「你說你之前沒見過他？」

「是的。」

「他是行不通的。看看他。我該拿他怎麼辦？他這麼瘦、這麼矮，還有一張老鼠臉。」

「奧德修斯[33]也很矮啊！但是他是最棒的英雄之一。」

「他可沒有一張老鼠臉。」那女子回道。

「但是他很矮。」那男子強辯道。

「沒錯，但是他沒有這些鼠類的特徵。」

「這麼短（short）的時間之內，這已經是我能找到最好的了。」

「矮（short）這個字倒是用得十分恰當。」

「抱歉，看得出來兩位聊得正開心，但是我想你們搞錯人了。」尼爾打斷道。

---

33 奧德修斯（Odysseus）是伊薩卡島（Ithaca）的國王，古希臘著名英雄，智勇雙全，為《伊利亞特》中的主角之一，史詩《奧德賽》的主角。

「才沒有，我們就是在說你。」

「我是為了愛麗絲而來的。」

「我們知道。」荷米斯說。

「好吧！要不你先進去，我來想辦法，看看我能做什麼。你說得沒錯，外表有時會騙人，不過老實說，這種情況並不多見。」

「OK，有需要就打給我。」

那個男子轉身進屋，又是碰地一聲把門甩上。

「我們走吧！」那女子說。

「走去哪？妳是誰？這一切和愛麗絲有什麼關聯？」

「我是阿特蜜絲。是我雇用愛麗絲的，我們得在任何人看見你之前離開這裡。」

「但是我想進去，屋子裡有我要找的人。」尼爾說。

「你不能進去，沒有人能進去。」

「我之前進去過。」

「你進去過？什麼時候的事？」阿特蜜絲問道。

「愛麗絲……去世的前一天。」

阿特蜜絲改以一種讚賞的眼光看著他。

「你進去過，但是你還活著？真了不起。我想我還是可以利用你的。」

「利用我？」

「快點！我們先離開這裡再說。」

「但是——」

「給我走！」

突然間，尼爾覺得自己就像是鐵屑遇到磁鐵般無法抗拒。他只能無力地點點頭。

兩人默不作聲地朝公園走去。阿特蜜絲雖然是用走的，但是她的速度快到尼爾幾乎跟不上。他注意到每次有狗經過身邊，阿特蜜絲就會以一種期待的眼神看著牠，然後又失望地轉過頭去，再一次地加快腳步。

「你曾經有小狗走失的經驗嗎？」尼爾問她。

「他們死了。」

天氣很冷，所以國會山丘上沒什麼人。只有少數幾個人在放幾隻大型風箏，還有一隻小黃狗對著風箏猛吠。阿特蜜絲以一種看起來是憐憫的眼神看著牠。他選了一張可以俯瞰城市全景，也可以清楚看見來時小徑的長椅坐下。

「我們得提防有人尾隨在後。」

尼爾在她旁邊坐下，不發一語。倫敦的景色在眼前展開，一景一物都像是袖珍品。突然之間，他感到一陣哀傷，以為自己可能會忍不住啜泣起來。愛麗絲不在了，他活著又有什麼意義？沒有了愛麗絲，他哪裡也不想去。他想過離開這裡，搬到其他地方展開新生活，但是「新生活」並不會給他任何希望。他把夾克高高束起，抵擋刺骨的寒風。

「我們在這裡就可以自在地交談了。這些樹不會洩漏我們的談話內容，它們是站在我們這邊的。」

「樹站在我們這邊？」

「阿波羅向來對它們不是很尊重。」

「這我倒不懷疑。」

「你知道他？」

「我們見過。」

「而你還活著？」阿特蜜絲不可置信地搖頭，「你的生命力還真強。」

「我有些問題要問妳。」尼爾伸手去摸口袋裡的報紙。

「那當然，我們該談正事了。告訴我，尼爾，你有做過任何可以稱得上是英雄事蹟的事情嗎？」

「什麼？」

「請你回答我，這非常重要。」

「我以為我們是要討論愛麗絲。」

「我們的確是在討論愛麗絲！」

「我看不出兩者有何關聯。」

「我知道就夠了。」

尼爾嘆了口氣說：「我確實有一次想要當個英雄，妳說得沒錯，那的確跟愛麗絲有關。她向我請求協助，而我試著幫忙。但是現在她走了。除此之外，我這一生中沒有任何英雄事蹟。

身為一個建築師，你不太可能會被召喚去做個英雄。我總是努力讓我設計的建築物符合安全的標準。如果妳對英雄的定義極為鬆散的話，也許可以將此歸類於英雄事蹟。哦！我有捐過幾次血。人家說這是英雄的行為，但是我不這麼覺得。畢竟捐完血還有熱茶和餅乾可以吃，所以實在算不上是什麼英雄事蹟。但是如果妳問我會不會衝進失火的大樓，去救陌生人。答案是……我不知道。我想我應該會，但是我不確定。我認為人要真正遇到考驗時才知道自己究竟會怎麼做。」

兩人腳下碧綠的斜坡上，有個剛學會走路的小孩，跑開媽媽身邊，不小心跌了一跤倒，放聲大哭。媽媽跑過來，一把將他擁入懷裡，安撫不斷尖叫的小孩。尼爾心想，愛麗絲會是個好媽媽。

「你覺得愛麗絲把你當英雄看待嗎？」

「妳問這些的目的究竟是什麼？」

「是我雇用她的，我很欣賞她。她比外表看起來堅強得多。」

尼爾轉過頭去看著她，阿特蜜絲注視著前方那一片景色，他無法讀出她臉上的表情。他注意到她其實是很美的，但是她和愛麗絲一樣，不希望人家發現她的美。

「我也很喜歡她，比她知道的多很多。」

「你愛她嗎？」

「是的。」

「很好，這絕對有幫助。」

「幫助什麼？為什麼我看不出來這有什麼幫助？」

「你忘不了她。」

「是的。」

「你認為有任何人可以取代她嗎?」

「妳問得倒是挺直接的,妳知道嗎?」

「回答我的問題。」

尼爾把頭轉開,說:「妳知道嗎?那是最讓我害怕的想法。」

「為什麼?」

「因為對她的感覺是我僅有的東西了,」尼爾低下頭看著自己的手,「我不知道該如何面對這一切,我知道我的感覺——震驚、憤怒、心碎——但是我不知道該如何面對。我不希望它發生,但是它發生了。我不知道這是怎麼發生的,這一切毫無原因。」

「有時候,」阿特蜜絲說:「事情的發生是有原因的,只是你不知道而已。」

尼爾搖搖頭,「我不相信。我在這裡,但是她已經走了。我獨自一人被困在這裡,無處可去。如果有一天我遇到別人,那我和她之間還剩下什麼?如果這一切痛苦消失,是否表示我不再愛她?我怎麼可能放得下這一切?我做不到,我也不能這麼做。但是我又能做些什麼呢?」

他們倆靜默了一會兒。尼爾注意到他呼出來的氣體蒸發在空氣之中,但是阿特蜜絲的並沒有。他隱約聽到小鳥的歌唱。

「我沒有性經驗,」阿特蜜絲突然說。

「妳說什麼?」他希望她不是要跟他上床。

「我沒有性經驗，」阿特蜜絲重複，「也從來沒有這種慾望。」

這次換成她說話時不敢直視著他。

「我從沒有跟男人、女人，或是動物發生過關係。我的家人長期以來一直以此嘲笑我，但是我絕對不會這麼做，光是想到就讓我覺得噁心。但是其他人——我的家人——都認為我沒有感情；我不懂得關懷別人；我不知道什麼是愛，就只是因為我沒有性——」

她聳聳肩，轉過頭來看著他說：「但是你知道嗎？我真的很愛我的狗。每個人都因此而嘲笑我，但是我對牠們的愛是真實的。我和牠們共處的時光，一起跑步、打獵，都是我生命中最快樂的時光。牠們了解我，雖然牠們是動物，但是牠們比我們家的任何一個人都懂我。我們之間有許多共同之處，但是他們要我殺了牠們。」

「什麼？」

阿特蜜絲轉過頭去說：「我們負擔不起照顧牠們的費用。」

「這真是太過分了。」

「因此我了解失去的痛苦。」阿特蜜絲說。

尼爾不知該如何回應，但是他又覺得該說些話安慰她。他感到坐立不安。

「我也沒有性經驗，」最後，他終於說：「我想和愛麗絲發生關係，但是我膽子太小，不敢碰她。」

阿特蜜絲的臉突然亮了起來，「我喜歡你。這樣一定行得通。」

「什麼行得通？」

「你想當個英雄嗎？」阿特蜜絲問。

尼爾摸摸他的額頭，「太遲了，我讓愛麗絲失望了。從她……往生的前一晚，到隔天那件事發生之前，愛麗絲非常害怕，好像她知道會發生什麼事一樣。就在那件事發生之前，她正要告訴我到底發生了什麼事。但是她還沒說完，就……我救不了她。」

「現在還不算太遲。」

「不，已經來不及了。」

他們兩人注視著一對臉頰通紅的跑者從眼前通過。

「她有告訴你她和阿波羅接吻嗎？」

尼爾倏地轉過頭去看著她。

「妳怎麼知道？」

「她有和荷米斯說。」

「荷米斯？」

「我要說的是，不需要為那件事難過，因為那全是阿波羅的錯。他擅長強迫別人做不想做的事，她對他一點意思也沒有。此外，她的死也全是阿波羅的錯。這也就是為什麼我們現在在這裡討論該怎麼做。」

尼爾覺得體內所有的情緒都被抽離，只剩空殼一具。這女子有些詭異；他剛剛差點就要相信她真的可以幫他。但是她剛剛說的話完全不合邏輯，她根本不知道自己在說什麼。

「這不是阿波羅的錯，愛麗絲是被閃電擊斃。如果要怪的話，也只能說是我的錯。如果不是我，她不會出現在那裡。」

「那你為什麼要來愛麗絲生前工作的房子？」

「這都不重要了。」

「你想要給我看的東西是什麼？」

「妳在說什麼？」

「給我看就是了。」

尼爾拿出那張報紙。他打開報紙，再看了那張照片一眼，那張他之前在天空中看到的臉。

他把報紙拿給阿特蜜絲。她盯著報紙看了幾秒鐘，神色緊繃。

「不是每件事都像你表面看到的那樣。」她說。

「我不同意，我認為每件事就是像我看到的那樣。」

「那你為什麼要留著這張報紙？」

「我不知道。只是個愚蠢的想法，沒有任何意義。總之，妳知道這是誰嗎？」

「這是我父親，我很久沒見過他了。」

尼爾將報紙折回原狀，放回口袋。

「你到我家是想找他，沒錯吧？因為之前發生的那件事。」

「是的，我認為他可能和愛麗絲的死有關。但是這根本不合理，因為那是一場意外。那是單純的意外，類似的事件每天都在發生，只是這次是倒楣的是愛麗絲。這也可能發生在我身上。但是有時候人就是會想盡辦法，改變根本不可能改變的事。這就是我正在做的事。」

「你為什麼覺得他和這件事有關？」

尼爾沒有回答。

「你看到他了，是不是？他出現在天上。」

「我不知道我看到的是什麼。」

「你知道俄爾甫斯（Orpheus）和歐莉蒂斯（Eurydice）的故事嗎？」

「那跟這有什麼關係？」

「你有沒有聽過嘛？」

「我對那些宗教故事沒什麼興趣，即便是經典的也一樣。」

「俄爾甫斯是個年輕的音樂家，長頭髮，你可能會說他的造型有點像嬉皮。歐莉蒂斯是他的妻子，是個非常美麗而善良的女子。他們非常相愛。但是結婚後不久，她就過世了。她是被蛇咬死的。」

阿特蜜絲看了他一眼，尼爾露出略微緊張的微笑，表示他有在聽。

「俄爾甫斯的心都碎了。我相信你可以感同身受。他決定去地底世界把歐莉蒂斯找回來，於是他直奔黑帝斯和波瑟芬所居住的宮殿。我是沒去過那裡，我只是聽說那是座宮殿，誰知道？總之，他用歌聲唱出他的哀傷，深深地打動了黑帝斯和波瑟芬。最後，他們同意讓他把歐莉蒂斯帶回人間。對了，你會唱歌嗎？」

「不會。」

「不打緊。總之，他們同意讓俄爾甫斯將他的愛妻回到上面的世界，也就是人間。但是有一個條件，就是在她尾隨他返回陽世的這段路程中，他絕對不能回頭看她一眼。他因為太過愛她，深怕她沒有跟上，於是在最後一刻，他回頭了。因此，他們把歐莉蒂斯從俄爾甫斯身邊抓走，再次被送回地獄。」

「那俄爾甫斯呢？」

「他被肢解，而且頭被扔進黑布魯斯河，但是這不是這個故事的重點。」

「那重點是什麼？」

「重點是，他們創下了先例。」

「妳在說什麼？什麼先例？」

「先例是很重要的。意思就是如果有人做過某件事，你就可以再做一次。你可以的，尼爾！」

「什麼？」

「你可以下到冥界將她帶回來。他們得同意你這麼做，因為過去已經有人創下先例。你只要證明你愛她，而你愛她是毫無疑問的事實。」

尼爾因為阿特蜜絲的話，也因為他自己居然落得今日這等局面，感到一陣反胃。

「妳瘋了。」

「不！我沒有瘋。我是想幫你，讓我跟你解釋清楚。」

「妳說我們是來討論愛麗絲，所以我才聽妳說話。我告訴妳一些從來沒有人知道的事……」

「你不了解。我可以讓我剛剛說的事發生，我可以幫你，讓你下到冥界去。」她伸出手，放在他的手臂上。

「別碰我，」尼爾跳起來，退離開她好幾步，「我早就該知道會是這種結果。妳剛剛在說天空中出現一張臉時，我就該閃人了。妳跟阿波羅住在同一個屋簷下，你們當然是物以類聚。」

「我跟他不一樣！」阿特蜜絲生氣地大叫：「我和他完全是南轅北轍。相信我，尼爾。」

「這不是相不相信的問題。你看起來是個很善良，充滿善意的人，而且我認為妳相信自己說的都是真的。但是我不相信妳說的話。我一點也不相信！人死了就是死了，沒什麼好說的。不要給我不切實際的幻想！我知道妳想幫忙，但是妳幫不了忙。妳只是再次傷害我而已！」

「但是尼爾——」

「如果妳真的關心我的話，就離我遠一點。我以前可能可以對這種故事一笑置之，但是這次我真的笑不出來。你們這些人全都一樣。你們只會趁別人虛弱，無力抵擋時，狠狠地刺傷他們。」

「不！你錯了。我可以幫你。我知道你的意思，但是我比你想的更了解你。我知道那些所謂的宗教人士總是喜歡編織謊言，安撫人心。相信我，我知道。我和他們完全不一樣。我跟你保證，我所說的一切都是真的。」

「他們也都說他們說的是真的。」

「但是我和他們不同。我是女神啊！」

「什麼？」

「讓我證明給你看。」

看著她眼中的真誠，尼爾覺得一陣怒氣往上衝，只想狠狠地給她一拳。他唯一能避免自己不要這麼做的方法就是遠遠地跑開，而他也的確這麼做。他用盡全力往山丘下跑，企圖逃離阿特蜜絲。當他跑到自認為離她有一段安全距離的地方之後，他突然覺得很尷尬，於是他回頭看是否她有追過來。但是她只是站在山丘上，看著他往下跑。

他沒有慢下速度，他繼續往前跑，進入一個樹林。突然他感覺到一陣冷風吹過，然後……阿特蜜絲出現在他眼前。他差點被她的腳絆倒，整個喘不過氣來。

「妳……妳怎麼……」他嚇得說不出話來。

「我用跑的。」

「但是……」

「我是女神。」

「沒有這種東西！」尼爾說。

「那我怎麼可能跑這麼快？」

「我怎麼知道。直排輪？祕密通道？誰知道妳耍什麼花招來騙我。」

「我知道在你心底深處，你相信我說的話。我知道你想要相信我。」

「妳錯了。」

「你會改變心意的。」

尼爾搖搖頭。

阿特蜜絲從衣服口袋中掏出一張白色小卡片，「你知道我們不能讓阿波羅佔上風。千萬不要再來我家。那對你來說很危險。這是荷米斯的號碼，你二十四小時都可以打給他。他一定會接，他會傳話給我。」

她把卡片遞給他。他看到卡片上只有三個數字。

「這不可能是他的電話號碼。」

「別懷疑。你準備好了就打給他。」

「我永遠不可能！」

「不！你會的。」

沒有第二句話，她轉身跑開，一眨眼就不見蹤影。

27

愛麗絲不知道自己在地底世界待了多長的時間。在她踏上「天使站」往下的手扶梯，上層街在她身後消失的那一瞬間開始，以前那些用來衡量時間的工具都已不復存在，真實世界也隨之消失。在這裡，她感覺不到一天之中早晚的變化，因為光線永遠維持不變，所以也沒有年份的變化。此外，這裡也沒有天氣變化，沒有太陽、降雨或下雪，而且她也沒有可以感受到溫差的身體。沒有身體意謂著她也無須做一些可以用來辨識時間流逝的事情，像是吃飯、睡覺，而沒有月經，意謂著她無法辨識月份的週期循環。她到底來這裡多久了？幾個月？幾年？還是只有幾個鐘頭？這很重要嗎？從某個角度來看，她來這裡的時間應該不算太長，因為她還有無止盡的時間可以打發。

她走了好長一段路才走出地獄的近郊。一路上，她沒有再遇見任何怪獸，不過她到是有看到一些「路人」。那些已經在這裡住很久的死者以好奇的眼光看著她。有白人、黑人、東方人、印度人、阿拉伯人、原住民、侏儒、毛利人、因紐特人[34]等，還有一些她從來沒看過的人種，以

34 因紐特人是北美原住民族之一，分布於北極圈周圍包括加拿大魁北克、西北地區、育空地區等地，屬於愛斯基摩人的一支。

及在她出生的幾個世紀前就已經滅絕的人種。至於年紀則是老幼都有，她甚至看到一些還不會走路的嬰兒，在不用到身體的情況下，以一種奇特的方式，毫不費力地在人行道上滑行。

過了一會兒之後——幾小時？幾天？遠處昏暗的光線隱約透露著前方有棟建築物，所以她就繼續朝那裡前進。當她接近「市區」時，建築物在天空勾勒出來的線條讓她覺得有點眼熟，有點像是記憶中紐約曼哈頓的景象。後來她發現，眼前的景象真的就是和曼哈頓的天際線一模一樣。仿都鐸式的住家一路延伸到高樓大廈的地區，大樓附近的平房像是一節節的甘草根，站在玻璃帷幕閃閃發亮的鄰居旁邊，顯得毫不起眼。

儘管這裡人比較多，但是市中心街道的安靜程度和近郊不相上下。此外，街道乾淨得讓人不禁起雞皮疙瘩，地上沒有垃圾、牆上沒有塗鴉。整個城市沒有一點污染，或者可說是「一塵不染」。即便是超級痛恨髒亂的愛麗絲，在這裡也感到有點不自在，她甚至有種「自己的出現彷彿玷污了這裡」的感覺。不存在的太陽似乎為兩旁高聳氣派的大樓打上耀眼的光芒，玻璃折射出刺眼的反光。地獄居然有這麼現代而美觀的街景，真是令人難以置信。愛麗絲想知道這些建築物是做什麼用的。她發現門口好像都沒有警衛，或是貼有禁止進入的限制，於是愛麗絲跟在一小群人後面，進入一棟大樓的自動門，暗自祈禱自己不會被發現。

一樓金碧輝煌的大廳鋪著光可鑑人的大理石及暗橘色的地毯，這裡的格局明顯以實用功能為主。大型文件櫃將大廳分隔成一個個小型的私人空間。她看到有些小房間裡有書桌，裡面的人正認真的進行面談。愛麗絲可不想被面談，正當她打算落跑時，她和某間辦公室裡的一個非裔女子眼神交會。那個美麗的女子有著纖細的骨架，年約四十出頭，身穿醫院的病人服，坐在書桌後面。那個女子向她招招手。為了表示禮貌，愛麗絲只好硬著頭皮走進她的辦公室。那名女子光頭，而且只有一個乳房，桌上的名牌寫著「瑪麗」。

「請問妳會說英文嗎？」愛麗絲問。

那名女子用一種愛麗絲聽不懂的語言回答。

「呃，很抱歉。雖然我懂好幾種語言，但是我聽不懂妳使用的語言。」愛麗絲說，然後她又用法文和德文各說了一次「我聽不懂」。

「我說『新來的』。我的意思是妳是『新來的』嗎？」瑪麗以非洲口音說道。

她接著說：「妳當然是新來的，否則妳會知道我們都彼此之間沒有溝通的障礙。在這裡，我們不需要使用某種特定的語言。事實上，我們根本不需要開口說話。畢竟我們無法透過肺部壓縮空氣，進而透過聲帶，發出聲音。我們使用的是一種超自然的溝通方式。妳聽起來像是說話，但其實不是。」

愛麗絲試圖理解她的話，但是一時之間似乎很難想像。

「請問這裡是哪裡？」她試著從簡單的問題問起。

瑪麗瞪大雙眼，露出憂慮的表情。她伸出手，拍拍愛麗絲的手背。愛麗絲可以看到她的動作，卻沒有任何感覺。

「親愛的，這裡是地底世界啊！妳已經死了。別擔心，很多人和妳一樣，剛開始都會搞不太清楚狀況。」

「哦！抱歉。我不是這個意思，我知道我已經死了。我的意思是這是哪裡？是地獄嗎？」

「不！親愛的。這裡不是地獄，但是所有的死人都聚集在此。別擔心，妳不會受懲罰的。」

「那這棟建築物是做什麼用的？」

「這是A區的行政中心F棟。A區是初抵區。」

「我以為這是地底世界的中心點。所以這只是其中一小個區域？」

「妳知道地底世界容納了幾百億人口嗎？妳覺得這麼小的地方容納得下我們這麼多死人嗎？」

看著愛麗絲驚訝的表情，瑪麗放緩語氣說：「熟悉這裡的一切確實需要一點時間，但是妳慢慢就會習慣了。別擔心，有些事情連我都還不太清楚。」

「妳往生多久了？」愛麗絲問。

「我不知道，」她說「應該沒有很久。我是一九五六年死於烏干達的首都坎帕拉。」

「那已經是五十年前的事了。」

「我說很短吧！但是我對這裡已經了解很多了。再過不久，我就會搬離『初抵區』。有什麼需要我幫忙的嗎？」

「我也不知道，我才剛到。」

「既然妳在這裡，就表示妳已經準備好來這裡了。」瑪麗露出一個微笑，像是熱帶海洋那樣溫暖、澄淨。

「每天都有數以千計的死人來到這裡。每個人需要的時間不一樣。可以走路的很快就能走到這裡，不能走路的終究也會到這裡來，只是得多花點時間。」

「但是從車站有好幾個方向可以選擇，妳怎麼知道沒有人迷路？」

「所有的方向最終都會帶妳到這裡來。當妳準備好時，妳就會出現在這裡。」

「那我現在該做些什麼？」愛麗絲問。

「親愛的，這得由妳決定。事實上，妳什麼也不用做。妳沒有身體，所以沒有需求。妳不需要食物，也不需要提供遮蔽的房屋。這裡也用不到錢。很多人選擇不要有家，有些人有家，但是他們從來不出門。如果妳想要個家，我可以幫妳找一個。」

愛麗絲想起外面那一排排看不到盡頭的房子，試圖想像自己一個人孤伶伶地住在其中一戶。

「或者，如果妳想要的話，我也可以幫妳找個工作。很多人剛到這裡的時候，多半不想要工作，因為他們覺得自己已經辛苦了一輩子。但是我勸妳最好不要這樣想。我會建議妳找一份工作，才不會覺得自己毫無用處，而且可以認識不同的人，這樣才不會得憂鬱症。在這裡，得憂鬱症是件很糟糕的事，這裡有很多人患有憂鬱症。那些患者一動也不動，完全處於靜止狀態。妳之後就會看到他們。有的人站在路邊，有的人躺在家裡的床上。他們完全靜止不動。幾百年來都是如此。有些人甚至上千年。對他們來說，移動沒有任何意義，因為確實是沒有意義。」

「我的天哪！那些人好可憐哦！」愛麗絲說。

「所以囉！讓我再問妳一次，有什麼我可以幫忙的嗎？」

「我想我要找一份工作，」愛麗絲說。

「很好！很好！」瑪麗無聲地拍起手來，「這正是我想聽到的，妳是個非常聰明的女孩。我馬上送妳去求職部門。」

她眼前的求職顧問是個嬌小的原住民男孩。他看起來大約四歲，全身一絲不掛。他先自我介紹；他說愛麗絲可以稱呼他為「卡馬那拉先生」。他向愛麗絲大概解釋了她有哪些選擇，並說現在死人的就業市場競爭異常激烈，變數也很多。

「通常大家都是因為真的想工作，才會來找工作，所以候補名單可以說是長得嚇人。如果妳想當電影明星或是流行歌手的話，妳得有張出色的履歷，顯示妳是認真地追求死後的職業生涯發展，所以妳最好是做過一些社會地位雖不崇高，但卻是十分必要的職業，比如說：求職顧問。」話畢，他等著她為他的笑話捧場，但是愛麗絲卻忘了要笑。

「雖然如此，只要妳願意等，我相信妳總有一天會找到工作的，而等待絕對是妳負擔得起的奢侈享受。」他有點賭氣的說。

愛麗絲虛弱地微笑，點頭。

「那麼，請說說妳生前的工作經驗。」

「我是——我是說，我是——清潔工。」

男孩搖搖頭，發出不屑的聲音：「我會記下來，但是這裡完全不需要清潔工。妳應該看得出來，這裡一塵不染。還做過什麼？」

「沒有了。大學剛畢業時，有一段時間我做過一般行政工作，但是我發現自己對此並不擅長。我不喜歡辦公室的工作環境，我不喜歡說話。」

「這會是個很大的阻礙，不過我也會記下這點。妳大學主修什麼？」卡馬那拉先生問。

「語言學。」

男孩嘆了口氣，「語言學在這裡也沒多大用處。」

「我知道，樓下那位女士跟我解釋過了。這裡沒有語言的差異。」

「這樣看來，我恐怕很難幫妳找到適合的職缺。」男孩將背部往後靠在特殊設計的高腳椅上。

「在這裡，有些領域是供不應求，比如說：建築和工程。」

愛麗絲從死亡那一刻起，就不斷壓抑對尼爾的想念，聽到男孩的話，她不禁顫抖了一下，而這讓男孩誤解了她的意思。

「慕禾倫小姐，妳可能會認為這些領域沒什麼了不起，但是妳要知道，妳所看到這裡所有的一切，全是靠這些專業人士的努力才得以存在。沒有他們，就沒有這些建築物。妳知道構成這些建築物的是什麼嗎？這裡沒有一棟房子是『真實存在』的，這些都是靠他們的意志力才得以呈現在妳眼前，而這可是需要非常專業的技術和訓練。慕禾倫小姐，如果妳以妳的意志力來蓋房子的話，我保證我們倆現在會是在高度及腰的碎瓦礫堆中進行這場面談。妳要知道，建築知識是非常重要的。」

「那當然，我完全了解。」

「很遺憾的是，人類沒有針對『死後職訓』開設相關課程，以致無法保證所有往生者在面對競爭激烈的死後就業市場時，都能擁有足夠的實用技能，同時說服大家生前不要選擇某些死後一點用處也沒有的職業，像是清潔和語言學。」

「你說什麼？」

「言歸正傳，妳有其他的專業能力嗎？或是嗜好？興趣？任何有用的技能？」

「我有蒐集陶瓷娃娃。」

男孩打了個呵欠。

「我還喜歡玩拼字遊戲。」

男孩的眼睛頓時亮了起來，「拼字遊戲？妳一開始怎麼不說？」

他突然傾身向前，「妳很強嗎？」

「沒有。不過，我得過全國青年錦標賽第三名。」

「妳太謙虛啦！」卡馬那拉先生說：「妳總算有項有用的技能。休閒活動和娛樂都是往生者生活的命脈。慕禾倫小姐，妳無法想像這裡的生活是多麼的無趣。在這裡，要找到擅長玩棋盤遊戲的人還是真不容易！相信我，妳會發現妳的工作機會多到推不掉。」

「但是——」

「當然，我們會先給妳一些基本訓練。妳會先從妳最熟悉的拼字遊戲開始，然後我們會幫妳在最高級的遊樂場安插一個位子。」

「但是我真的不確定我——」

「恭喜妳！慕禾倫小姐！」男孩靠在椅背上，露出大大的微笑，「我相信妳已經找到工作了！」

28

阿波羅悶悶不樂。一開始，他以為自己只是覺得無聊，而這是他非常熟悉的感覺。過去數千年來，他一直都覺得生活無聊到不行。但是這次有點不一樣，因為他過去常用來分散注意力的方式都行不通，包括去「狂飲」酒吧把自己灌得酩酊大醉；觀賞那些淫蕩、下流、極為變態的表演；在家裡和阿芙羅黛蒂重複那千篇一律的猥褻動作；用吉他創作以自己為主題的歌曲，然後賄賂家裡任何一個人，看哪個倒楣鬼願意當聽眾（他們努力隱藏愉悅感受的樣子讓他甚為得意）；在市區大街上散步，色誘他看上眼的女人。不幸的是，連最後這招也沒用，甚至就算他成功說服的女生跟他上床也沒用，因為沒有一個女人能取代愛麗絲烙印在他腦海中的倩影。他也想過以工作痲痺自己，但是當他打給經紀人和製作「阿波羅的神諭」的製片公司時，他得到的答案都是他們正在忙，並承諾稍晚再回電，卻沒有半個人回電。後來，阿波羅鍥而不捨地再打，可是都直接轉到語音信箱。試了幾次之後，他拿起吉他，對著話筒唱出他的留言。但還是沒人回電。

他真正想做的其實是接下來的幾年都躺在床上靜止不動，但是他和阿瑞斯同一個房間，所以這是不可能的事。雅典娜和赫拉之間的戰爭已經進入高潮；阿瑞斯把自己那一半房間當成作戰指揮中心。雅典娜不時會跑來，以她向來迂迴的方式詢問最新狀況：「在考慮到聯合國修正案的情況下，召回重新部署之後方軍力的可行性為何？」赫拉則是派她那兩隻頸子上綁著字條的孔雀來送訊息，而牠們總是利用這個機會在房間裡亂大便。永遠不會有人去清理那些大便的想法又讓他想起愛麗絲。比起家裡其他人的存在，愛麗絲的消失讓他更難以忍受。

他坐起身來，不過他懶得穿衣服。於是他隨手把床單披在身上，這讓他懷念起他們很久很久以前在希臘時所穿的寬袍。那時，人類懂得尊敬神，日子也比現在好過得多。他緩緩地飄下樓，假裝自己像個鬼魅，將自己的壞心情帶到每一個經過的房間。他真的非常、超級不開心。他試圖讓其他人注意到他的沮喪，以獲取同情。矛盾的是，他其實清楚自己能得到的只有嘲笑和不屑。

某天下午，他獨自一人坐在客廳角落的一張餐桌椅，抱著他最不喜歡的一隻吉他，有一搭沒一搭地彈著單音。這時，客廳的門打開了，愛羅斯走進來。他穿得很整齊，下半身是燙得平整的卡其褲，上面則是海軍藍的圓領毛衣搭配綠白相間的條紋襯衫。一如往常，他的頭髮梳得很整齊。他手裡拿著一隻筆和一本小筆記本，完全沒注意到阿波羅坐在角落，於是阿波羅用力地撥了一下吉他的弦。

「哦！嗨！阿波羅。抱歉，我剛剛沒看到你。」他抬起頭來。

「你在幹嘛？」其實阿波羅一點也不想知道他在幹嘛，他只是故意這麼問，等愛羅斯說完他的事後，愛羅斯就會反問：「那你呢？」。然後他就可以以哀怨的語氣回答：「沒幹嘛！」

「我剛去參加青年團契的復活節表演彩排。」愛羅斯說。

「復活節？這麼快？」阿波羅是真的感到訝異。

「沒錯。波瑟芬很快就會回來。也許她已經回到人間也說不一定。總之，我們的表演是下個禮拜，我希望那時她已經回到人間。那些孩子們真的很期待春天的到來。他們還逼我編一首饒舌歌，表演給大家聽。」

「你？饒舌歌？」

「是啊！我知道這超白癡的，也許正是這個原因，他們才把這項任務推給我。幾十年後，他們都會死去，但是我得永遠被眾神嘲笑，獨自承受這段無法抹滅的蠢事。」

「你怎麼受得了這些？在人類面前裝瘋賣傻？」

「不會啊！怎麼會受不了？他們不過是孩子，即便是成年人也一樣。你在嬰兒面前耍白癡時，會覺得羞愧嗎？」

阿波羅確實做過這種事，「不會。」

「如果你願意的話，可以一起幫我想歌詞。」他揮揮手中的筆和筆記本，「我這方面真的完全不行。如果你想加入表演的行列的話，也很歡迎哦！」

「我才不要。」

「我就知道你會說不要，我知道你有多討厭成為眾人的焦點。」

阿波羅覺得他是故意在嘲笑他，於是賭氣地說：「你說得沒錯！」

「我相信我一定可以編出一首饒舌歌的，不過這裡實在不是個作詞作曲的好地方。」

阿波羅看看四周，牆壁上都是赫拉暴怒後留下的焦黑痕跡。窗簾的下半部被燒得精光，只留下頂端的一些碎布。傢俱破損的情況也比之前更糟。椅子的扶手和椅腳不是斷了就是根本不見蹤影。

「赫斐斯托斯真該修補這些傢俱，還有那個清潔工，等她放完假——」

他突然停下來，一臉憂慮地看著阿波羅：「你怎麼了？」

他博取同情的機會來了。

「沒什麼。」他以極為哀怨的語調回答。

「真的？你確定？」

阿波羅沒有回應，於是愛羅斯繼續說：「我真的是超期待波瑟芬的到來，至少天氣會開始好轉。」

「我已經好一陣子沒有出門了。」

「為什麼？」

「沒有原因。」

「阿波羅，如果你心情不好，與其一直故意暗示別人，不如直接告訴我到底發生了什麼事。」

「我為什麼要告訴你？我又不喜歡你！」

「你說得沒錯，跟我說的確有點奇怪。」說完，他等了一會兒。

「愛麗絲死了。」阿波羅突然冒出一句。

「你說那個清潔工？」

阿波羅心想，愛羅斯看起來是真的很驚訝。血色頓時從愛羅斯的臉色褪去，他的臉蒼白得不像個神祇。

「我以為她只是去渡假，發生什麼事了？」

「是宙斯，他發現我們家裡有個人類。」

愛羅斯看起了鬆了口氣，但是只有一兩秒。

「宙斯怎麼知道家裡有個人類？」

「你知道的，」阿波羅茫然地揮揮手臂，「宙斯是全知全能的眾神之神。」

「少來！祂早就不是什麼全知全能的萬神之王了，這點我們都心知肚明。一定有人告密。阿波羅，是你嗎？是不是你去告的密？」

「我為什麼要這麼做？」

愛羅斯摸摸臉頰，「我真希望我不知道這個問題的答案。」

「我什麼都沒做喔！你這是什麼意思？」阿波羅問。

愛羅斯頓時顯得侷促不安，在椅子上動來動去。

「告訴我。答案究竟是什麼？」阿波羅追問。

愛羅斯沒有立刻回答。過了幾秒後，他說：「你希望她死掉嗎？」

「是的，但這不表示是我做了什麼。」

「你為什麼希望她死掉。」

「因為我愛她，但是她不愛我。」

「這恐怕就是問題所在！」，愛羅斯將手中的筆和筆記本放在地上，「你會覺得—噁心想吐嗎？」

「會。」

愛羅斯吞了口口水，「焦躁不安？」

「對。」

「手心發汗？」

「沒錯。」

愛羅斯將雙手在褲子上擦了擦，繼續說：「內心有一股無法忽略的苦痛，深深折磨著你？」

「沒錯。」

「心中強烈希望如果事情能重來一次？你將會採不同的方式？」

「我向來做事都是以不同的方式。但理論上來說，沒錯。」

「一半的你希望能彌補錯誤，但另一半的你希望把自己埋在土裡，拒絕承認這件事情的發生。」

「愛羅斯，你會讀心術嗎？你以前不會這招吧？」

「不！我只是和你不一樣，我很熟悉背負罪惡感的感受。如果你要當個基督徒，這是你必須學習的一堂課。」

「對了！罪惡感！」阿波羅緩緩地點頭，「你確定這就是罪惡感？」

「百分之九十九確定。如果你覺得自己應該為她的死負責，那就沒錯了。」

「為什麼我會有罪惡感？是宙斯下的毒手。」

「負責有很多種方式。」愛羅斯說。

頓時，愛羅斯似乎忘記阿波羅在客廳裡，他的思緒飄到焦黑的窗沿外頭。

「如果是這樣的話，」阿波羅不願意喪失愛羅斯對他的同情，「如果我覺得有罪惡感，不論我究竟該不該負責，我到底要怎麼要才能讓這種感覺消失？」

愛羅斯轉過身來，看著他：「這是個很好的問題。如果你是個虔誠的基督徒，你就會贖罪，並且祈求原諒。」

「有效嗎？」

「當然。」

「向一個不存在的神祈求原諒，真能去除罪惡感？」

「你得相信祂的存在才行。就像過去幾十年來，我一直跟你解釋的，信仰的力量是非常強大的。對人類來說，信仰可以改變一切，可以改變他們做的事，他們的感受……」

阿波羅發現愛羅斯又要開始他的長篇大論了，於是他趕緊打斷：「所以如果我不相信那個神的存在的話，這對我來說就沒用囉？」

「很抱歉，你說的沒錯。」

「那我該怎麼辦？」

「你還是有其他選擇。你可以讓心中的罪惡感像是地獄的烈火般熊熊燃燒，直到它將你徹底摧毀。我一直認為這就是地獄這個概念的由來。或者，你可以向你辜負的人道歉，祈求他的原諒。」

「但是愛麗絲已經死了。我怎麼向她道歉？」

「但是她不是唯一被她的死亡所影響的人。你可以道歉的人還有很多，像是她的朋友，她的家人……」

「太好了，那我的罪惡感就會消失無蹤。」

「沒錯。」

「那大家為什麼不凡事都道歉就好了？」

愛羅斯翹起腳來，又把腳放下去。

「道歉是需要勇氣的。你必須面對你做過的事，準備好承擔後果。有時候活在罪惡感裡還比較容易，而且……」

阿波羅期待著他繼續說下去，「而且什麼？」

「什麼意思？」

「我不知道。我以為你接下來還有話要說。」

「不！我說完了。」他抓起筆記本和筆，站起身來。

「這就是你要跟我說的嗎？」

「差不多就這些。」

「我希望你覺得好多了。我得走了，我有件事忘了做。我得回教堂一趟。」

愛羅斯離開客廳時，阿波羅看到他毛衣下的翅膀不由自主地動了一下，顯示他迫不及待地想離開這裡。

29

每當尼爾回想起和那次阿特蜜絲的會面，他就覺得更加沮喪。不是因為他不相信她對尼爾所說的話。相反地，讓他沮喪的正是因為她相信她自己說的那些話。他清楚記得她信誓旦旦地說，愛麗絲以另一種形體存在於另一個世界，還說他可以去那裡把她帶回來。這一切都在他腦海中不斷地打轉。這讓他不禁懷疑她真的已經走了嗎？他不想要有這種懷疑，因為這會帶給他希望，而希望比絕望更叫人痛苦：希望會讓他失去更多。

所以，他決定將他和阿特蜜絲的會面作為「放下」、「放手」、「重新出發」的起點，這幾個詞像是白天電視上那些談話節目常出現的標題字幕，深深地烙印在他腦海裡。他開始上超市購物，也打電話到公司，說他下週會回去上班。他強迫自己清理整間公寓，而且是以愛麗絲的方式徹底打掃得乾乾淨淨，即使每一個動作都讓他回想起愛麗絲。他唯一無法做到的是，更換愛麗絲睡過的床單。他知道他終究得換的，只是時間還沒到。

正當他要把髒衣服丟到洗衣機時，門鈴響了。他的直覺反應是不理它，反正他誰也不想見。但是這違反了「放下」、「放手」、「重新出發」的精神，所以他只好把髒衣服先放在地上，往大門走去。此時，門鈴又響了一次。顯然按鈴的人故意按著不放，電鈴發出刺耳的噪音。

「來了！」尼爾大叫。

他拉下門閂，打開前門，走出去公寓門口。一走出去，他就後悔自己沒有披上夾克。透過大門的毛玻璃，他看到訪客又舉起手，打算按第三次門鈴。他立刻衝上前去，在來者按下去前，用力打開大門。門外的訪客無力地將手放下來，一臉怯弱的樣子。

「你在這裡幹嘛？」

「你好。」阿波羅說。

「你怎麼知道我住這裡？」

「荷米斯告訴我的。」

「荷米斯？他不是應該——」站在我這邊？後半段的想法立刻就被新的疑問取代，「他怎麼知道我住這？」

「這是他的工作。」

「他的工作？」

阿波羅沒有多作解釋。一陣強風刮過，尼爾脖子上的毛髮全都豎了起來，起了豌豆般大的雞皮疙瘩。他刻意壓下那股刺人的寒意，雙手交叉置於胸前，努力裝出一副一家之主的樣子。

「有何貴事？」

「我……呃……」他換個姿勢，手放在口袋，「我是來……呃，沒事。」

「沒事？」尼爾重複。

「沒事。」

「你查出我的住址，大老遠跑到我住的地方，就因為你『沒事』？」

「沒錯。」

「那好，再見。」尼爾準備把門關上。

「等等！」阿波羅叫道。

阿波羅盯著他的眼神讓他想起阿特蜜絲。

「我有話要跟你說。我可以進去嗎？」

尼爾猶豫了一下。他試著偏過頭去，但是他做不到。

「進來吧！」他聽見自己這麼說，顯然有違自己的意志。

他打開門，阿波羅跟在他後面。兩人進去公寓後，尼爾把門關上。

「到廚房來，我想來罐啤酒。」

尼爾走向廚房，覺得自己真是見鬼了。阿波羅跟在他身後，看起來很緊張，一個人喃喃自語地稱讚他的公寓。「好溫馨哦！」他聽到阿波羅說。「我喜歡你的地毯。」尼爾還是無法甩掉愛麗絲與阿波羅接吻的畫面。她為什麼要這麼做？當然，阿波羅比尼爾英俊太多了，但是阿特蜜絲說過，愛麗絲對阿波羅沒興趣，而且阿波羅很會強迫別人。不過，他憑什麼相信一個瘋女人說的話。儘管如此，尼爾不得不承認，阿波羅確實看起來很會強迫別人。他打開冰箱，拿出一罐啤酒，遞給他的頭號敵人。

「不用了，謝謝。」

尼爾為自己拿了一罐。兩人在桌子旁坐下。

「你有什麼話要跟我說？」

阿波羅沒有回應。他打量四周，好像想為自己找個逃生通道。

「如果你不想待在這，你大可以離開。」尼爾說。

「哦！不！我沒事。謝謝你。」

「不客氣。」

剛剛在門口緊盯著尼爾的阿波羅，現在卻是眼神飄忽不定，四處游移，就是不敢看尼爾。

阿波羅翹起二郎腿，輕輕地抖著翹起的左腿。

「你的公寓好棒哦！」

「你剛剛說過了。」

「好漂亮的廚房，好乾淨哦！哦！除了那堆髒衣服。」

「謝謝。」

尼爾曾幻想過，如果他有機會和阿波羅共處一室的話，他一定會把他打得滿地找牙。但是眼前，他正冷靜的坐在阿波羅對面，反而是他的訪客看起來極為侷促不安。

最後，尼爾終於開口：「很高興再次見到你，但是我還有些事要忙，所以——」

「我粉道見。」

「你說什麼？」

阿波羅用力地吸了好大一口氣，好像準備為一個超級人瑞吹生日蛋糕上的蠟燭一樣。

「我．很．抱．歉。」

「你很抱歉。」尼爾說。

「是的。」阿波羅虛弱地露出微笑，鼓起勇氣說。

「你為什麼抱歉？」

「哦？道歉還需要理由？」

「正常情況下，是的。」

尼爾看著阿波羅在椅子上不安地扭動。

「我對愛麗絲的過世感到很抱歉。」

「你對愛麗絲的過世感到很抱歉？我也是，我也對她的過世感到很抱歉。」

「我原諒你。」阿波羅點點頭說。

「你——你說什麼？」

「我原諒你。對於愛麗絲的過世，我原諒你。」

「你原諒我？你人還真好！我才不需要你的原諒。又不是我殺了她。就算她是我殺的，也輪不到你來原諒我。」

「但是你說你很抱歉。」阿波羅說。

「我說的不是那種抱歉。」

「抱歉不只一種？」

「我沒空幫你上課。阿波羅，你到底來這裡幹嘛？」

「我是來說抱歉的。」

「你已經說過了。」

「但是我想我可能說的不是我該說的那種抱歉。」

「那你再試一次，說完就請你離開。」

尼爾看著阿波羅陷入認真的思考。曾經有無數次，他幻想過痛扁阿波羅一頓，他也曾經充滿妒意地幻想阿波羅和愛麗絲在一起的場景。他也曾將自己的其貌不揚與阿波羅的俊美挺拔相比，並深深感到羞愧。但是，無論如何，他從未想過阿波羅是個笨蛋。

「我吻了愛麗絲。」阿波羅終於開口。

「我知道。」

「你知道？真的？我很抱歉。不，我一點也不抱歉。那是我一生中最美好的時光之一，我一生中有許多美好的時光。我一點也不後悔我吻了她，我愛她，我知道你也愛她，但是——我希望你不介意我說出事實：我的男子氣概比你多一倍。不！不只一倍！我的男子氣概是你的好多倍。」

「我為什麼要鳥你說出什麼鬼事實？」

「因為這是再明顯也不過的事實了，所以我當然有權主張我的所有物。」

「你乾脆說，你打算在她身上插個旗子，昭告天下算了。」

「你不應該因此感到沮喪。」

「那你告訴我，愛麗絲喜歡你親吻她嗎？」

阿波羅咬住下唇，陷入思考。

「她喜歡，她只是不知道她喜歡。」

「那我想你應該說抱歉，只是你搞錯對象了。」

「那我該向誰說抱歉？」

「愛麗絲。」

「但是她已經死了。」

「我知道。」

「而且我已經為此道過歉了。我不知道你還想從我這裡要什麼。」

「我沒有要你道什麼歉，我只要你離開。」

阿波羅動也不動：「事情是這樣的。我不喜歡被拒絕。」

「我沒有拒絕你。請你離開。」

「我不是在說你。我是指愛麗絲，」阿波羅說：「我是在說愛麗絲。通常，如果有人敢拒絕我，我一定會當下就懲罰他。如果我當時可以傷害她的話，一切就沒事了……」

「不！不會沒事。」

「……但是我不能，因為阿特蜜絲……」

「阿特蜜絲跟這件事有什麼關係？」

「她逼我發誓不可以傷害任何……」他猛地停住。

「任何什麼？」

「嗯，我是說……任何人。她逼我發誓，任何時候不可以傷害任何人。」

「你過去傷害了很多人，是吧？」

「是的，但是絕大多數的人都是自找的。」

「那就沒關係。」

「但是因為我當下不能懲罰愛麗絲，所以後來情況有點失控。我其實不想要她死的！呃，我是希望她死，但是那時我喝醉了，而且非常憤怒。如果我當下可以懲罰她，我就不會把自己灌醉，也就不會那麼憤怒。她也就不會死了。這全是阿特蜜絲的錯！」

尼爾突然領悟到他必須立刻站起來，把阿波羅趕出去，因為他眼眶裡的眼淚就要掉下來了，而他絕對不能在阿波羅面前哭出來。

「聽著，非常感謝你來看我。但是愛麗絲不是你害死的，她是被閃電擊中而死亡。這是個令所有人都很悲痛的意外，但是我不想坐在這裡跟你討論這些。如果你不介意的話，我真的必須請你離開。」

「不！你不了解！我知道她是被閃電擊中，而這是我出的點子。」

「這不可能是你出的點子，沒有人能出這種鬼點子。不是你叫我們出去散步的，也不是你讓她站在……那裡……」

「不論她在哪裡，他都會找到她。即便她躲在一個裡頭灌鉛的網球裡，她也是一點希望都沒有。」

「他？」尼爾不想問，但還是問了。

「是宙斯幹的。我很抱歉，尼爾。」

宙斯？阿特蜜絲也是這麼說的。他想起報紙上的那張照片，還有天空中的那張臉。但是這不可能是真的。這怎麼可能是真的？如果是真的，他必須重新思考過去一生中發生的每一件事。他才不要這麼做，因為在悼念愛麗絲的那段時間裡，他已經做過一遍了。他沒有勇氣，也沒有力氣再做一遍，尤其他才不要因為阿波羅而再做一遍。阿波羅！頓時他再也壓不住之前刻意壓抑的怒火，所有的狂怒排山倒海而來。

「你感到抱歉？你說你感到『抱歉』？」

突然間，他覺得好像有一股電流通過身體，喚醒他體內的每一個細胞。他猛地跳起來，把阿波羅嚇得半死。阿波羅露出一副當大野狼拉下祖母面具時，小紅帽那一臉驚恐的表情。尼爾感受到一股他從未感受過的力量。他好像嗑藥一樣，突然渾身是勁。

「愛麗絲不是你害死的。你沒有謀殺她！你不要再幻想了！你以為你有能力控制閃電？你這個瘋子！你應該被關到精神病院去！但是你卻跑來這裡，跑來我家發神經。我還在為她的過世感到難過，你卻跑來說你很抱歉。你以為我會想聽你說抱歉？你以為這樣可以讓我好過一點？你以為這樣做就可以讓她死而復生？！」

「但是，」阿波羅結結巴巴的說：「我以為你會原諒我，我以為這樣我會比較好過。愛羅斯是這樣告訴我的。我傻傻的信以為真。」

「才不是這樣！」

阿波羅害怕得幾乎要縮成一團。他那寬厚緊實的背部緊張地弓起，像個瑟縮在老師面前的小男孩般，抽抽噎噎地哭訴。

「你不能因為有罪惡感，為了擺脫那種感覺而去向別人道歉！」

「不是這樣的嗎？」

「當然不是！你道歉是因為你有罪惡感，而有罪惡感是因為你知道自己犯了什麼錯。然後，你檢討反省，並試圖彌補過錯。你道歉不是為了讓自己好過。你道歉只是為了讓其他人好過。」

「但是我為什麼要讓你覺得好過？我才不管你好不好過！」阿波羅逐漸挺直腰桿。

「是的！我完全可以感受得到。」

「但是我關切自己的感受……」

現在換阿波羅站起身來，但是尼爾一點也不害怕。他已經嘗過力量的滋味，他不會輕易讓它離他而去。

「我要你原諒我！」阿波羅說。

「原諒你？想得美！」

「你真的搞不清楚況狀。我現在正式命令你原．諒．我！」

「我不要！」

阿波羅舉起手，一副要揍尼爾的樣子。但是他突然收手，好像自己被揍一拳一樣。

「你．原．諒．我！我．命．令．你！」他放聲大吼。

「你不能命令我做任何事！」尼爾大吼回去，「你他媽的以為你是誰啊！」

「我是你的統治者阿波羅，太陽之神！」阿波羅厲聲大吼。

「我看你是他媽的屁股之神！」

「你……給我看好！」

阿波羅大步走到窗邊，他的雙眼牢牢盯住尼爾的臉，一手指向天空，用力揮舞，像是魔術師要變出某種戲法般。

一瞬間，兩件事情同時發生——阿波羅昏倒在地，太陽瞬間消失。

30

事情發生時，阿特蜜絲正在公園跑步。突然間，她的胃傳來一陣劇痛，並且強烈感受到月亮的移動，像是與她臍帶相連一般。有那一瞬間，她希望只是日全蝕。但是她立刻就知道，一定是阿波羅遭遇不測。白晝頓時變成黑夜。不用看，她也知道鳥兒全都回巢，夜行性動物全都出動。她聽到公園的另一側傳來人類的尖叫。他們必須馬上回到家裡，但是人類比鳥類還不如，他們恐怕沒有辦法及時回家。只是當下，阿特蜜絲也幫不了他們。她一點也不害怕，絲毫不受眼前的黑暗所影響，轉過身去，快步往回跑，她在黑暗中辨路無礙的樣子讓人以為現在還是白晝。

她在門口撞見阿芙羅黛蒂。

「妳還好吧？發生什麼事了？阿波羅怎麼了？」這是阿芙羅黛蒂數十年來第一次沒有以傲慢的語氣和她說話。

阿特蜜絲搖搖頭說：「我不知道。」

她們倆走進屋，聽到樓上發出跑步和關門的聲音，一定是有人在各個房間搜尋阿波羅的身影。荷米斯站在門邊，手裡拿著手機：「我找不到他。」

荷米斯向來可以輕易找出所有人的所在位置，不論是在地球還是在天上。找不到阿波羅對他來說，確實是個嚴重的挫敗。

「我們得想想辦法。」阿芙羅黛蒂說。

阿特蜜絲焦慮到她甚至忘了指出阿芙羅黛蒂說的是廢話。

「沒有太陽，地球上的生物很快就會毀滅，但是如果我們用上所有僅存的力量，也許還能再撐一會兒，讓我們有時間找出阿波羅到底發生什麼事了，還有我們是否能幫他。」

三人頓時陷入沈思，開始思考「是否能」這三個字的負面意含。

「但是這會用盡我們所有的力量，」阿特蜜絲繼續說：「一旦我們用盡……」

阿瑞斯咚咚地跑下樓來：「有人看到他嗎？」樓下的兩個女神搖搖頭。

「其他人呢？」

「他們正在趕來的路上。」荷米斯說。

「波瑟芬應該已經到了。」阿芙羅黛蒂喃喃地說。

「也許我們應該叫他們待在原地，誰知道還有多久人類就會開始滅亡。」荷米斯說。

「潮汐情況如何？」阿特蜜絲問。

「波賽登說目前未受影響。」荷米斯回答。

「月亮會盡她的全力，但是沒有太陽，她也無法發出任何光和熱。」阿特蜜絲說。

「我們有可能可以把某顆星星拉近一點嗎？」阿瑞斯提議。

「我們有足夠的力量嗎？」阿芙羅黛蒂問：「就算有，如果我們把力量就此耗盡，那我們都會——」

「晚星（Hesperus）與晨星（Phosphorus）和很快就會趕到。」荷米斯插嘴，「我們可以跟他們討論，看他們有什麼辦法。」

「宙斯呢？」阿特蜜絲問。

「愛羅斯在樓上，他和赫拉在討論，看看是否要冒險讓宙斯出來。」阿瑞斯說。

這時，阿芙羅黛蒂的手機響起。輕快俏皮的鈴聲刺穿了眾人的焦慮。她猛地將手機從包包裡掏出來，「阿波羅，是你嗎？」

她聆聽了幾秒後說：「請自行發揮想像力，你這個陽痿的傢伙！本小姐現在沒空！」她啪地一聲地闔上手機，順手把它丟回袋子裡。

「我想這應該不會是阿波羅打來的。」阿特蜜絲說。

阿芙羅黛蒂：「是智障的人類！在這個時候，誰還管做愛啊？」

「那我們到底應該去找他，還是留在這裡？」阿瑞斯問。

「我不知道，」荷米斯無奈地說：「我不知道該把你送到哪裡，因為我不知道他在哪裡。」他聽起來好像快哭了。

荷米斯繼續說：「我剛剛打給狄奧尼索斯，阿波羅不在那裡。當然，狄奧尼索斯也不知道他的去向。他的酒吧連一個窗戶也沒有。」

阿特蜜絲：「那狄奧尼索斯現在在哪？」

荷米斯：「他在關店，他說他馬上回來。我告訴他發生了什麼事，他聽起來也很著急。對了！阿波羅可能在哈尼克區，他之前有跟我要一個凡人的地址——」

「也許我們不需要這麼著急。我們應該不要管他。」阿芙羅黛蒂突然說。

所有人都轉過去看她。她顯得冷酷異常。

「我是說也須我們應該『放棄』，讓這個行星滅亡。我們應該保存剩餘的力量，直到我們可以在另外一個地方，另一個更好的地方，創造出另外一個地球。你們難道沒有一種『受夠了』的感覺嗎？我可是再也無法忍受現有的一切了。」

所有人都僵在原地，試圖消化她的話。阿特蜜絲心想：只有像阿芙羅黛蒂這麼自私的人才想得出這樣的計畫。但是她不能否認，阿芙羅黛蒂的話也不是沒有道理。

終於，阿瑞斯打破沈默：「也許我們終究無法拯救地球。就算我們能成功地讓人類不因太陽消失而滅亡，他們恐怕也會自相殘殺。他們痛恨改變，也很容易受到驚嚇。」

「這的確會是個很大的改變。」阿特蜜絲接著說。

荷米斯：「但是我們無法得知，如果我們什麼都不做，就這樣乾等下去，我們會不會恢復神力……或者，沒有了地球，我們的力量將會被耗盡，然後我們就會……」

他沒說出「死」這個字，但是大家想的都一樣。

阿特蜜絲：「我們應該和雅典娜好好討論一下。她在哪裡？」

「她在樓上，試圖說服狄蜜特離開她的床。」荷米斯說：「如果我們要拯救人類的話，我們需要狄蜜特的大力協助。地球沒有她是無法運轉的。沒有了她，人類就沒有食物。」

又有人的手機響起，這次是荷米斯的。

「是他嗎？」阿瑞斯問。

荷米斯搖搖頭，然後把手機拿給阿特蜜絲，「找妳的。」

阿特蜜絲接過手機：「喂？」

「好吧！我相信妳。」話筒另一端的聲音說。

聽到他的話，阿特蜜絲的身體出現一股奇怪的感受，好像一陣力量流過全身。

「你是尼爾？」她問。

「是我。妳最好趕快過來。我家廚房的地板上有個昏倒的神。如果沒猜錯的話，我想這世界就快滅亡了。」

31

阿特蜜絲以最快的速度衝到尼爾住的地方。外頭氣溫快速下降，路面開始結冰，路上交通亂成一團，每個人都趕著回家，或是趕著逃難……不過，他們還能逃到哪裡去呢？阿特蜜絲想不透。

商店紛紛打烊，老闆忙著關起大門，拉下鐵門，而沒有鐵門的商店則忙著在窗戶上釘木條，以免遭人趁火打劫。她想起剛剛阿瑞斯說的話，災難確實可以看出人類最醜陋的一面。如果眾神不盡快採取行動的話，也許他們真的會自相殘殺。但是她可以了解：人類的選擇畢竟不多。她想起受困的動物在希望渺茫的情況下，如何地奮力一搏。為求生存，不擇手段。

她天生的方向感讓她毫不費力地就按照尼爾給的住址找到他住的地方，那是一棟在蜿蜒小路上的一棟平房。在黑暗中，那棟房子看起來髒兮兮的，好像沒有人住。

在馬路的終點，她看到一隻狐狸正在垃圾桶旁邊嗅來嗅去，看起來很困惑的樣子，不知道現在是白天還是黑夜。這是第一次她不想去捕獵那隻動物。她按下眼前三個門鈴中間的那個。來開門的是尼爾，一副很邋遢的樣子，穿著一件睡袍禦寒。再次看到尼爾，阿特蜜絲覺得體內的能量正熊熊燃燒。

「我不知道發生了什麼事。」尼爾連招呼也沒打，「但是我知道妳告訴我的是事實。」

「他在哪裡？」

「在廚房。在考慮過各種可能的情況後，我決定還是不要把他送到醫院比較好。」

「他還活著嗎？」

「神也會死嗎？」

「有時候是的。」阿特蜜絲承認。

「我沒確認。我以為他不會死，我希望他還活著。」

阿特蜜絲跟著他走過長廊，進入他的公寓。

「究竟發生了什麼事？」

尼爾向她解釋了整個過程：阿波羅跑來道歉，他們如何起口角，還有阿波羅如何地因為尼爾不相信他，忿而讓太陽消失，但是他無法解釋阿波羅昏倒的原因。

只見廚房裡，阿波羅面朝下，以一種奇怪的姿勢倒臥在地。

阿特蜜絲說：「有可能是因為讓太陽消失耗去過多的力量。」

「神的力量不是毫無限制的嗎？」

阿特蜜絲真的很不想回答這個問題。最後，她坦承：「很遺憾的，不是的。但是請不要告訴任何人，我會告訴你純粹是因為這是緊急事件。」

尼爾望向窗外的一片漆黑，「我不會告訴任何人的。」

「還有一個可能的原因是斯提克斯懲罰他讓太陽消失，因為這會對人類帶來立即的傷害。他之前以斯提克斯的名義發誓不再傷害任何人，因此他違背誓言就會受到懲罰。如果這真的是斯提克斯的懲罰，接下來連續九年他都會是這個樣子。九年是她一般懲罰的長度。但是這個世界不可能九個月沒有太陽。」

「誰是斯提克斯？」

「她是地底世界的一條河。」

「一條河有這麼大的力量？」

「她可不是一條普通的河。」

阿特蜜絲站在阿波羅身旁，思考有什麼辦法可以讓他醒過來。

「他昏倒時就是這個姿勢嗎？」

「不，是我把他轉成復甦姿勢的。我想就算沒用，起碼也無大礙。」

阿特蜜絲彎下身來檢視她的雙胞胎哥哥。他的上半身側躺，那張驕傲的臉毫無血色，也沒有生命的跡象。她覺得自己的喉嚨好緊，好像卡著一個拳頭。他看起來好脆弱，對神來說，最糟也不過就是這樣了吧！她湊近他的耳朵旁，輕喚他的名字，測量他的脈搏，舉起又放下他的手臂，賞他兩巴掌。最後這部份總算有些有趣。

「怎麼樣？」尼爾問。

「我確定他還活著。」阿特蜜絲嘆了口氣。

「這是好事囉？」

「這我可不確定。如果他死了，我們可以去陰間將他的靈魂帶回凡間，而這可能比喚醒他還來得容易些，但是我不確定他是不是還有任何神力，或是他還能不能用神力，所以我不知道那樣做對他是否是件好事。我不知道神死亡後，他的神力會變成怎樣，而我不會因為想知道答案而把他給殺了。既然他還活著，我想我們還是讓他維持原樣吧！所以我們得想個方法喚醒他。」

「妳是說妳無法喚醒他？」

「這需要力量。如果治癒之神能幫助我們，事情會容易得多。」

「那誰是治癒之神？」

「阿波羅。」

「哦！」

阿特蜜絲跪坐在阿波羅身旁，「不過我們至少可以讓他舒服一點。老實說，我不認為你的『復甦姿勢』會讓他復甦。人類為什麼要發明這個姿勢？」

她把阿波羅像個嬰兒般地抱在懷裡，「你這裡有床或是沙發可以讓他躺著嗎？」

「在這裡。」尼爾帶她到臥房，「告訴我，到底有多少個神？」

「遠比你想像的還要多。最重要的神都住在倫敦，但是還有一些神散佈在地球各個角落。每個神都隱姓埋名，過著凡人般的生活。每樣事物都有著代表的神。時間之神、睡眠之神、復仇之神……」

「如果你們全都聚集在一起，一定可以喚醒他吧？」

阿特蜜絲搖搖頭。

「很不幸地，事情沒那容易。神的生命力是他所擁有最強大的力量，所以喚醒阿波羅需要非常大的力量，而我們的力量……」

她猶豫了一下，但是窗外的黑暗給她講下去的勇氣。反正到時候如果有需要的話，她可以抹去他的記憶。

「……已經隨著時間流逝不斷地消失。大部分的神只剩下一點點力量——只夠他們做他們該做的事。有些神的力量甚至已經完全消失。舉個例好了，假設波賽登願意將力量拿來喚醒阿波羅，他也許能成功，但是大海將因此而乾涸。所以如果眾神全聚在一起，也許可以喚醒他，但是以我們目前的狀態，我們可能會因為嚴重傷害自己而導致地球無法運轉。所以也許太陽得以重新照亮大地，但是人類失去的會更多。」

「這聽起來可行性不太高。」尼爾說。

「除此之外，假如是斯提克斯懲罰他的話，不論我們有多大的力量，我們都沒有辦法改變她已經做的事。神不能撤銷另一個神已經做的事。這就是我們不能讓太陽再次發光的原因，即使我們有足夠的力量也沒辦法，不過我很懷疑我們是否還有那麼多力量。」

「那我們該怎麼辦？」

「我們？」

尼爾點點頭。阿特蜜絲看著她的雙胞胎哥哥——虛弱而安靜地處於沈睡狀態，她似乎就要失去他了。頓時，她心中突然湧起一陣對他的愛和想保護他的感覺，這是過去從未有過的強烈感受。

「我想，我們該做的第一件事是趕快到陰間找到斯提克斯，弄清楚這一切是否與她有關，還有她能否幫得上忙。如果這和她無關的話，也許趁我們在那裡時，我可以想辦法說服黑帝斯和波瑟芬，用他們的力量幫助我們讓地球維持正常運轉，直到我們想到其他方法。」

「那要花很長的時間嗎？」尼爾在他的睡袍底下發抖。

阿特蜜絲搖搖頭說：「在死亡的時空裡，時間不是個問題。」

32

對尼爾來說，到地府一遊不是讓他心裡發毛的主要原因，而把身體留在公寓才是讓他心神不寧的主因。阿特蜜絲向他解釋說，他是可以帶著身體一起下去，但是這樣他們會停留在活人的時空，可是他們沒有這麼多時間可以浪費。他們將阿波羅留在沙發上，還在他身上蓋了條毯子，以防身體變冷而僵硬。尼爾躺到床上去，在阿特蜜絲的幫助下，他的靈魂離開了身體。

「哇！這比我想像的來得容易。奇怪的是，通常我用掉這麼多力量後都會覺得很累，但是這次反而覺得渾身是勁。」阿特蜜絲驚訝地說。

「可不是！這也比我想像的容易多了。」尼爾接著說，但是當他看到自己的身體躺在床上時，他又補了一句：「真希望我剛剛有記得要先閉上眼睛。」

「沒人會看到你的，除非阿波羅醒過來。就算他醒過來，我想他也懶得管你。」

「好吧！妳說了算。」

「快點！我們得走了！」

尼爾看了自己的身體最後一眼，他直挺挺的身軀像是馬路上鋪的柏油一樣平整。他們倆離開了房間。

「希望在我離開的這段期間不會有強盜放火燒了我的公寓。」

「就算有，你也不會有一點感覺。況且，你已經在陰間了，所以正好省了你下陰間的麻煩。」

「謝啦！妳還真善於安慰別人。」

「不客氣。」

穿過上鎖的門是很容易，但是感覺好怪。不過至少這樣可以不用開門，確保公寓是安全上鎖的。他想，就算有強盜進來，他們可能會被房子裡兩個陷入昏迷的男人給嚇到，或者，這應該是繼太陽消失後，他們所受到的第二個驚嚇。

「那我們要怎麼去陰間？」

「伊斯林頓站有個入口。」

「伊斯林頓站？」

「是的。」

「伊斯林頓站？」

阿特蜜絲懶得跟他多做解釋，她只管在前頭帶路。

路上的人行道已經開始結冰。尼爾毫無困難地在冰上滑行，一點也不覺得冷。不過，尼爾心裡還是直掛記著他的身體。尼爾伸長了脖子，只為看了他的公寓最後一眼。這時，他突然想到，媽媽看到自己的孩子被帶走時，應該差不多就是這種感覺吧？他的意識告訴他，趕快回到他的身體裡，但是靈魂和身體之間的連結已經完全被切斷。奇妙的是，當他還在世時，他覺得自己的身體和靈魂完全是可以分離的，但是現在他卻覺得兩者其實是緊緊相依（呃！他糾正自己，是「過去」兩者緊緊相依）。離開身體的感覺好不真實，他現在覺得很空泛，能仰賴的只有自己的智力反應。

事實上，他什麼也感覺不到。他現在才知道自己的身體有多想念愛麗絲。當然，他的心也很想念她，但是能感受到想念的只有身體。他的悲傷就像一種真實存在的病，讓他的心、他的胃還有他的四肢極度疼痛。自愛麗絲死後，發高燒、頭暈、虛弱無力等症狀一直都是他身體的一部份。但是現在全都消失。他好想她；而現在他好想他想念她的感覺。

尼爾下到陰間去拯救地球這個想法本身就夠荒謬的了。這根本就像是他平常在漫畫書裡或電影裡看到的情節，尤其是從那些他最愛的科幻小說或電影裡才會出現的情節。在此，尼爾必須特別強調「科幻」兩字。但是在他的內心深處，他知道自己另一項重要的任務是要去拯救愛麗絲，而這個想法更是荒誕不已。尼爾過去已經有多少次讓她失望？他憑什麼相信這次會有所不同？儘管如此，他知道自己一定得試試看。打從他決定相信阿特蜜絲所說的話，並拿起電話打給荷米斯開始，他就知道自己一定得去冒這個險。只要這麼做能讓阿波羅醒過來，能夠讓太陽重回地球，他願意在阿特蜜絲的協助下將愛麗絲帶回來，作為他為全人類冒險的報酬。他想過了，假如他在陰間找不到愛麗絲的話，他還是會盡力拯救地球。畢竟他本來就喜歡行善，但是這指的應該是像童子軍的日行一善。對他來說，沒有了愛麗絲，他的世界早已結束。

尼爾抬起頭來，發現自己剛剛太沈浸在自己的世界了，阿特蜜絲已經遠遠將他拋在後頭。於是他加緊腳步，發現自己毫不費力地就可以加速前進。馬路上還是呈現交通壅塞的狀態，這些車子的主人不知道到底能逃到哪裡？反觀人行道卻是空空如也，除了前面一座教堂外面擠滿了想進去的人潮。當阿特蜜絲和尼爾更靠近那座教堂時，他們聽到裡面傳來啜泣聲、歌聲還有大聲禱告的聲音。

「這麼做一點用也沒有。」阿特蜜絲說：「他們應該要待在家裡，決定先燒哪一件傢俱取暖才對。」

「他們什麼也不知道啊！」話畢，尼爾很驚訝的發現自己居然在為宗教組織辯護，「他們不知道該相信哪個神，會這麼做只是想尋求溫暖罷了。」

「在家裡躲在羽毛被底下恐怕會比較溫暖吧！」

「妳是在搞笑嗎？」

阿特蜜絲衝著他，露出一個微笑，「在過去也許是。」

「妳知道嗎？」尼爾說：「自今天之前，我是個無神論者，我連英國國教派的信徒也不是。我自以為我比那些盲目信仰宗教的人都來得優秀。事實上，不只是宗教，那些靈媒、鬼魅等東西我也一概不信。過去我總是大肆嘲笑相信那些東西的人，而且還自得其樂。」

「所以呢？」

「我現在開始有點罪惡感了。」

「你為什麼要開始相信那些東西？我跟你一樣瞧不起那些怪力亂神的宗教。更直接的說好了，要不是耶穌，我現在應該還住在奧林帕斯山，和我那些美麗的狗兒一同在原野上追逐嬉戲。這麼說好了，如果人不相信那些現代迷信的話，我會更尊重他。」

「謝啦！」

「不過其實有些迷信是真的。」

「哦？像是？」

「起碼有鬼就是真的。不只是因為絕大多數人類看不到他們，就算你看得到，你恐怕也不會注意到他們。但是這表示你所看到的電視媒體，其實都是在和死人說話。只有死人才會聽他們說話。鬼魅從未停止抱怨，我個人是很不欣賞他們這點。不過，對我來說，跟死人說話和跟活人說話其實沒什麼差別。」

尼爾花了點時間消化這個新的、有些令人失望的訊息。

「那貓可看得到鬼嗎？」

「不能，因為貓算是很低等的動物。」

尼爾突然冒出的想法讓他幾乎停下腳步。

「那阿波羅真的有預言能力嗎？」

「他以前確實有，但是現在我就不知道了。」

「如果是這樣的話，我欠他一個道歉。」

「為什麼？他試圖搶走你心愛的女人耶，然後還把她給殺了。那個傢伙的道德標準簡直跟兔子沒有兩樣。」

她嚴正的提醒讓他又是一陣心痛，但是他只能以微笑回應阿特蜜絲嚴肅的語氣。他覺得自己越來越喜歡阿特蜜絲了。

他們走到上層街時，除了幾個身穿帽T的年輕小夥子以外，街上幾乎空無一人。那幾個人頭壓得低低的，故意把臉用帽子遮起來，不像是為了禦寒，倒像是為了搶劫商家。天使站已經關閉，入口的護欄已經拉下，像是上下排的牙齒緊緊闔上。

「走這裡。」阿特蜜絲帶他走進車站。

「進去車站？」

「荷米斯說車站底層的最後一道牆後面有個祕密月台，那裡的列車可以帶我們到冥界。」

「什麼？妳是說連妳也沒去過？」

「我當然沒去過。」

「既然妳不知道路，為什麼是妳帶我來？為什麼荷米斯不來？」

「荷米斯也沒去過。他只負責將死人帶到這裡。事實上，眾神都不應該去那裡，因為這是破壞死人和活人的界限，如此一來，我們會把時間和精力都用在將親愛的家人和朋友從陰間帶回陽間，那世界的秩序會因此而大亂。因此，黑帝斯和波瑟芬說他們不能信任我們。」

「那我究竟可不可以信任妳？」

「當然不行。但是除了他們倆個以外，唯一去過那裡的只有狄奧尼索斯。不過我不建議和他一起去陰間，因為他一定是喝個爛醉，然後完全搞不清楚自己在做什麼。這對你們人類來說也許沒有什麼，只是個瘋狂的週末。但是如果你同時肩負著拯救地球的任務的話，那可就不太妙了。你到底要不要跟我來？」

尼爾嘆了口氣，「我當然會跟妳去。」

他們飄進地鐵站的入口，大廳裡一片漆黑與寂靜。尼爾緊跟著阿特蜜絲，深怕在黑暗中走失。眼前的景像讓他覺得好詭異；車站應該是吵雜、擁擠、繁忙的。少了這一切讓他覺得自己好像真的死了一樣，好像這趟冥界之旅是他的最後一次，再也回不來一樣。他每向前走一步，都想往回退兩步，回到他熟悉的公寓，回到他的身體裡，然後把自己給藏起來。但是那樣做有什麼用？如果地球滅亡的話，他也得再次回到這裡，跟著另一個神的腳步，走下這冰涼的金屬台階。最後他感覺到地面平坦，這代表他們已經走到階梯的最底層了。

「等一下！」在他們走到最後一面牆之前，阿特蜜絲說：「我不知道現在月台有沒有車子在那裡，如果有的話，絕對不能上車。」

「為什麼？我們不是要去陰間嗎？」

「沒錯。但是我們得偷偷摸摸地進去。如果卡戎在車上發現我們的話，他會把我們丟出去，把我們拿去餵看門犬賽柏拉斯。」

「賽柏拉斯？」

「在冥界門口看守大門的三頭犬。凡是企圖從冥界逃走的亡魂，還有企圖闖入者都會被牠吃掉。」

「嘿！妳之前怎麼沒跟我說？」

「別擔心。我們躲在隧道底部，偷偷溜進去。如果運氣好的話，牠不會發現我們的。」

「如果運氣好的話？萬一牠發現我們呢？」

「就一個英雄而言，你的問題還真多。」

遠遠看過去，牆的那一頭有一盞燈。儘管光線昏暗，但是他還是可以看到月台上有好多死人。這裡擁擠的程度比尼爾這輩子看過最多人的演唱會，都來得擁擠。大部分的人都靜靜地站著不動，好像在觀看別人對自己默哀的儀式一樣。他試圖不要去看某些較為「特殊」的死者，他們的死狀是他絕對會避免的。

「每天全世界都有這麼多人死亡嗎？還是只有今天，因為太陽消失的緣故？」尼爾低聲問阿特蜜絲。

阿特蜜絲打量了那些死人一會兒，「每天都差不多是這個數量。」

「你是說每一天都有這麼多人死亡？」

「差不多。」

「那我永遠不可能找得到她嘛！」

「斯提克斯？要找她是還不容易，她是條河。」

「我是說愛麗絲。」

「哦！那當然。我差點把她給忘了。」

她再次打量那些死者，然後轉過去問尼爾：「你知道海格力斯[35]嗎？這和我們的任務有關。」

「不知道。」

「我路上再跟你說，快跳到軌道上。」

「我們不能在眾人面前這麼做，他們會怎麼想？」

35 海格力斯（Heracles）是希臘神話中最偉大的英雄，相當於羅馬神話中的赫丘利（Hercules）。

「這不重要。他們只是剛往生的人類。不用管他們會怎麼想，他們也許根本不會注意。自從他們死後，每一件事對他們來說都很奇怪。他們無法分辨什麼是正常，什麼是不正常。我們要擔心的只有卡戎和賽柏拉斯，還有黑帝斯和波瑟芬，但是這不是現在要擔心的。」

「黑帝斯和波瑟芬？還有誰會吃掉我們的靈魂？妳要不要一次告訴我？」

「只要這些死人不心生懷疑，認為我們是想偷闖進冥界，就沒事。起碼我不認為這些人現在會有空去認為有人想闖入冥界。就算他們真的這麼聰明，只要他們不告訴任何人，我們就沒事。況且，他們能跟誰說？快跳吧！」

尼爾看著離他們最近的一群死者，是一群看來非常困惑的日本男人，身穿醫院的病人服。他們幾乎是同時低下頭來，看看自己，再抬起頭來，看著右手邊那全支離破碎的死者，但就是不看彼此。

「我想妳說的對。」尼爾往下跳，鐵軌離月台有好一段距離，但是他接觸地面時沒有任何感覺。

阿特蜜絲一邊往隧道的方向前進，一邊說：「海格力斯是我們之中最神勇無比的英雄之一。不過他的下場很慘，他最後瘋了，還殺了他的妻兒，不過那其實是赫拉的錯。總之，在他眾多光榮戰蹟中，他完成了最重要的十二項英雄事蹟。聽清楚，是十二項喔！現在你只要完成兩項。

他的第一項事蹟就是獵殺了涅墨亞獅子[36]，這可是非常了不起的，就連我都覺得那頭巨獅很難對付，雖然不是完全不可能……」

尼爾聽著她滔滔不絕的長篇大論，看著眼前蜿蜒無止盡的黑暗隧道，頓時覺得不到隧道盡頭，她是不會閉嘴的。

36 涅墨亞獅子（The Nemean Lion），希臘神話中的巨獅，最大的特點便是一身厚皮，刀箭不能入。性格尤其凶殘貪暴，食人無數。

33

要躲過卡戎並不是什麼難事。阿特蜜絲記得黑帝斯和波瑟芬都說過，他越來越懶惰了。畢竟他在陽世和陰間之間來回開車也開了好幾千年。在那之前，有好幾千年他都是以來回渡船的方式將死人運到陰間。這和西西佛斯[37]無止境的單調工作一模一樣。這些年，他盡可能的偷懶，根本搞不清楚他載的乘客是誰。他唯一的樂趣就是偶爾將亡魂扔出車外。他曾經想過提議將整套作業系統改成自動輸送帶，而且只要單向輸送。當他們聽到車子緩緩駛向月台的聲音時，兩人趕緊趴下，平躺在地，任一列列的車廂從他們頭上通過。當然車子也可以直接壓過他們的頭，但是這麼一來，卡戎可能會注意到前方出現兩顆不該出現的頭顱。

如何對付賽柏拉斯才是他們應該擔心的。儘管卡戎變得懶惰，但是賽柏拉斯還是永遠處於飢餓狀態，總是機靈地搜尋任何企圖潛入或是逃離的靈魂。當他們接近隧道尾端時，前方出現一道帶有死亡威脅的光線，阿特蜜絲立刻要尼爾停下腳步，思考下一步該怎麼做。

37 西西佛斯（Sisyphus）以狡猾機智聞名，他違背對冥王的承諾，沒有依約回到陰間，於是被判要將大石推上陡峭的高山。每次他用盡全力，大石快要到頂時，石頭就會從其手中滑落，又得重新推回去，重複著無止境的勞動。

「俄爾甫斯以美妙的歌聲讓賽柏拉斯入睡。但是我們剛剛已經討論過了，你對唱歌並不在行。」

「我的歌聲恐怕只會讓牠更急著把我們倆吞下肚。」

「海格力斯則是藉由對他展現善意，才能通過。」

「展現善意我也會。我心地善良，這可是我最佳特質之一。」

「但是這招沒用了，因為有了前一次的經驗，牠再也不相信善意。牠知道我們肚子裡打的是什麼主意。」

「那真是太可惜了，因為那可是我唯一的長處。妳還有其他點子嗎？」

「伊利亞斯（Aeneas）和賽姬（Psyche）是給牠吃含有催眠藥的蜂蜜蛋糕，才把牠給騙過去。牠喜歡蜂蜜蛋糕。」

「但是我們現在有下藥的蜂蜜蛋糕嗎？」

「沒有。」

「那就對啦！還有什麼建議？」

「還有一個金色的樹枝，有了它，我們就可以進去……」

「但是我們沒有？」

「沒錯！」

「還有其他建議嗎？」

「沒有了。我知道的都說完了。你也知道，不是有人一天到晚想辦法潛入冥界，而能成功通過賽柏拉斯這一關的人更是少之又少。」

「那我們究竟該怎麼辦？」

阿特蜜絲嘆了口氣，故意讓自己的語氣聽起來像是敘述最糟的狀況，「我想我就只能和牠正面對抗，然後你趁機溜進去找斯提克斯。」她邊說邊慶幸週遭的黑暗正好掩蓋了她嘴角藏不住的興奮。

「斯提克斯繞了冥界整整九圈，所以不論朝哪個方向走，你都會遇到她的。」

「那妳怎麼辦？萬一妳受傷了呢？萬一賽柏拉斯把妳給殺了呢？」

「那這個世界只好在沒有狩獵、貞潔和月亮的情況下繼續運轉。快，我們走吧！想辦法讓自己看起來像個死人。」

尼爾和阿特蜜絲爬出隧道的最後一部份，走進明亮的地底世界。長時間待在黑暗使得眼前的光線讓他們覺得有些刺眼。如果眼睛還在的話，他們一定會被光線照得睜不開眼。為了接下來的戰鬥，阿特蜜絲開始恢復自己的肉體，逐漸感受到地面的堅硬。也許是因為知道接下來要面對一場硬仗，因此她不像平常在用掉力量後，總是感到一陣疲累。相反地，她覺得自己渾身是勁，戰鬥力越來越強。在她旁邊的尼爾則是盡量避免盯著聚集在四周的死人。那些人剛下車，現在全都擠在月台上，有些看起來十分茫然而落寞，有些則低聲交談，和別人相互比較身上的傷。

阿特蜜絲用目光掃了擁擠的車站一圈，沒看到賽柏拉斯的身影。她跳上月台，於是尼爾也跟著上去，頓時吸引了一些困惑的目光。

「我們錯過了這班車。」阿特蜜絲向他們解釋。

「快！我們不用在這裡浪費時間。牠一定在外面。」

「牠？」

「賽柏拉斯。」

「為什麼妳聽起來一副很期待的樣子？」

「別傻了。怎麼可能？」阿特蜜絲立刻轉過頭去，避開他的目光。

他們跟著其他人一起步出車站，通過史上最沒意義的驗票閘門。當然，他們是直接通過。外頭已經有些人站在路旁，一臉困惑地看著四面八方一模一樣的街道。

「這裡真的是冥界嗎？這和我們平常聽到的描述真的很不一樣耶！」尼爾驚嘆道。

阿特蜜絲：「這裡也許只是郊區，我相信市區一定會更有特色。」

「愛麗絲可能住在任何一棟房子裡。既然我們是在死亡的時空裡，我可以挨家挨戶的敲門，直到我找到她，然後再去拯救地球嗎？」

阿特蜜絲搖搖頭，「在這裡，儘管時光流逝的方式完全不同，但是時間並非靜止不動。抱歉，如果我們身上沒有其他任務，也許我可以允許你這樣做。但是……」

「沒關係。我會找到她的。」

「我相信你做得到。聽好，你還記得我們的計畫吧？一旦賽柏拉斯出現，我就會迎上前去……」

「然後我拔腿就跑。我知道啦！放心！不過，落跑似乎聽起來不是很符合英雄的行為。」

「你可得跑快一點。我相信你最不想看到的就是我們倆都落入牠的手裡。」

「你有勝算嗎？」

「我打敗牠之後，我會帶著牠的屍體進皇宮，而你，最好在那裡等我。總有人得先告訴他們發生了什麼事。」

「那萬一妳輸了呢？」

「我不會輸的。」

「那皇宮在哪？」

「我也不知道。」

「我的老天！阿特蜜絲，告訴我，我們到底有沒有勝算？」

「聽著，我會盡全力。阿瑞斯和雅典娜擅長的是策略規劃，但是我不認為他們在打贏三頭犬上會比我更有勝算……」她的尾音逐漸消失。

「怎麼了？」

「快跑……」

尼爾不想問第二次。

他從來沒見過賽柏拉斯。不過看著牠巨大狂野的身軀沿著路旁整齊的黑白仿都鐸建築向她走來，阿特蜜絲感覺到胸口一陣緊縮，一陣電流通過她的四肢，也許是因為另一個不死的生物向她逼近。她一向能感應到他們的靠近。但是好像又不僅是這個原因。她覺得自己被釘在原地，動也不能動，但同時又有一鼓奇妙的力量將她推向牠。她發現自己的嘴巴很乾，她已經很久沒有遇到旗鼓相當的對手了。

這隻狗巨大無比。她可以看到隨著牠一步步前進，藏在那黝黑發亮的皮膚下，堅硬的肌肉高高地隆起。牠的身體就像是一顆充滿能量、即將爆發的巨大圓球。牠的四隻腳像樹幹一樣粗，根深深地埋在牠鋼鐵般堅硬的彎爪裡。牠的尾巴是一隻和軀幹一樣粗的巨蟒，大幅地左右擺動，兇惡地吐著的舌頭，發出嘶嘶的聲音。三個頭都一樣大，火紅的雙眼熠熠發光，眼珠則和她的拳頭一般大。皮革般堅硬的嘴巴大大地張開，露出像手掌般大、刀鋒般銳利的牙齒，還邊留著濃稠的泡沫狀液體。左右兩個頭向兩側嗅個不停，中間的那個頭則直直地盯著她瞧，眼睛眨也不眨。

「這才叫做狗嘛！」阿特蜜絲深深吐了口氣。她迫不及待地朝賽柏拉斯發動攻勢。只見她三步併兩步地往前衝，一躍而起，兩隻腳朝賽柏拉斯中間的雙眼踹下去，打算把牠弄瞎。同時，牠左右兩個頭轉向中間，露出兇狠的神情，張開血盆大口準備將她撕成碎片。

34

尼爾沒命似地往前跑，隱約聽到後方傳來震耳欲裂的打鬥聲，還有阿特蜜絲發出的無聲吶喊。後方的天搖地動好像地震。他沒有回頭，他知道如果她輸了的話，他會是牠的下一個目標，而他很確定自己沒辦法像阿特蜜絲那樣勇敢地打上一場硬仗。他所能做的就是儘可能地拉大他和賽柏拉斯之間的距離。反正他不需要知道牠長得什麼樣子，因為他確定就算知道了也不會讓他被生吞活剝的樣子不要那麼駭人。

他不知道自己身處何處，也不知道自己正往哪裡去。他想，反正直直地往前跑就沒錯。他跑得很輕鬆，一點也不會累。當他經過路邊的死人時，他們全都對他露出困惑的表情，不知道他為什麼會出現在這，還有他到底在做什麼。一開始，他以為這是因為自己還穿著睡袍。但後來他發現，很多……不！應該是大多數的人都穿著各式各樣的睡衣在街上走。後來他才了解他和其他人的差異在於前進速度，其他人都是踱步、徘徊、閒晃。沒有人趕時間，因為畢竟他們有的是時間。但是他則必須跑得越快越好。他只有在看到嬌小的金髮女性的背影時才會放慢腳步，想確認那是不是愛麗絲，但是她們全都不是……

一模一樣的街道似乎永無止盡，而他也完全感受不到一絲疲倦。他覺得自己好像是漂浮在一場奇怪而不斷重複的夢境裡，一切都不真實，連他自己也不是。也許這只是一場夢。但是這場夢是何時開始的？是當他從冰冷的床上離開他的肉體後，他的靈魂跟著阿特蜜絲來到這片陰冷黑暗的時候？還是當阿波羅來到他的公寓，在他眼前昏倒，帶走太陽和尼爾狐疑的靈魂的時候？抑或當他在天空中看到那老人的臉孔，然後閃電擊斃愛麗絲的當下？上次感受生命是真實的究竟是什麼時候？對他來說，現在對每項事物不真實的感受，反映出自己過去對安全感的錯誤認知。他以前覺得一切都是黑白分明，沒有模糊地帶，也沒有什麼是難以理解的，而那些不這麼認為的都是白癡。但是這陣子以來，他發現一向以為沒什麼是無法理解的他，才是白癡。

正當他邊跑邊思索這些問題時，他發現周遭的景色似乎開始出現變化。他從未停下腳步，也不知道自己跑了多久。之前兩旁仿都鐸式建築的獨棟房屋，毫無盡頭的延伸，但是現在他似乎看到盡頭。不過他看不到盡頭是什麼，他只知道無限延伸的房屋在前面某一處停了下來。這個世界顯然是有終點的，而他終於快接近那個終點。

他不知道自己跑得多快、跑了多久。當他到最後幾排房子時，他放慢速度。眼前出現一條河流。和阿特蜜絲說的一樣，這條河像是手術用的解剖刀一樣，將郊區和河的另一端切得一乾二淨。這是一條很寬的河，水是黑色的。他隱約可以看到河的另一端，但是對岸的光線幽暗，模糊的河岸隱藏在濃霧後方。這裡是柏油路的終點，腳下的河水吸盡所有的光線。就他目光所及，周遭沒有半個人，河水快速卻無聲地流動著。

但是有樣東西引起他的注意，他花了好一會兒才弄清楚那是什麼。他發現自己居然可以感覺到空氣中的溼氣、河水的冰冷，以及嘴裡的酸味。儘管他的存在是虛幻的，但是這條河卻是真實存在。

尼爾清了清他那已經很乾淨的喉嚨，覺得自己很白癡。他發出的聲音在河流上方發出回聲。但是沒有動靜。

「有人在嗎？」他大叫，覺得自己真是蠢到極點。

還是沒有動靜。他在期待什麼？畢竟，他是在和一條河說話。

「有人在嗎？」他再次叫道。他想起阿特蜜絲，她正在和一個他連看都不敢看的怪獸奮戰。起碼他要做的只有和斯提克斯說話，「妳是斯提克斯嗎？」

話畢，前方出現一個女人。尼爾無法判斷她是從哪裡冒出來的，還有她現在的確切位置。她好像在河裡，又好像在河上，還是在這兩者之間？她有一頭烏黑的長直髮，就像黝黑的河水一樣。她身穿一襲黑色的長袍，袍子的底端延伸至河裡。她纖細的手臂和美麗的臉龐蒼白得發青。她的眼睛和嘴唇也都是黑色的。

「我是斯提克斯。」她說。

「妳是那條河？」

「我是那條河。」她的聲音聽起來像是從她嘴裡，但也像是從河裡傳出來的。

「我叫尼爾，我是從……呃……地球來的，除非我們還在地球上。如果是這樣的話，那我的老家在埃賽克斯（Essex），現在住在倫敦。」

「你的意思是說，你還活著？你在這裡，但是你不是死人？」

尼爾猶豫了一下。他一定是說錯話了。從阿特蜜絲之前對冥界的描述，很明顯地在這裡，死人遠比活人來得受歡迎，而違反規定的將會面臨各種嚴重的後果，最明顯的就是靈魂被吃掉。

他不確定這條河會對他做出什麼事，但是如果她把他給拖下水去，他不認為自己可以躲過腳下滾滾洪流而撿回一命。但另一方面，他也不認為說謊是與這條河流建立良好關係的第一步，尤其這條河的主要功能是約束眾神不要違背誓言。

「我是英雄。」他只希望英雄的概念在陰間和陽世沒有太大差別。

斯提克斯挑起眉毛，「你和之前來找我的英雄完全不一樣。」

「哦！因為這次是緊急事件。」

「每次都是緊急事件。」

「世界即將滅亡，我是說在上面的世界，或是遠在另一端的世界。我不太確定確切的地理位置……總之，我們希望妳能出手相救。」

「我們？」

「我是和阿特蜜絲一起來的。或者，我是……事實上，今天稍早，我想應該是今天……」

「在這裡，天數沒有太大意義。」

「是這樣的。阿波羅跑到我住的地方。阿波羅，就是太陽神。妳知道吧？」

「我知道他。」斯提克斯模仿阿波羅的語氣說：「我以斯提克斯的名義發誓，接下來十年，或是在我恢復神力之前，我不會在不必要的情況下傷害人類。看哪一項先發生。滿意了吧？」四周潮溼的空氣中突然充滿著他沮喪的語氣。

「我們發生爭執，他一氣之下就讓太陽消失了。接著，他倒在我家廚房的地上，陷入昏迷。我怎麼也叫不醒他。在那之前，我根本不知道他是何方神聖。」

尼爾在此頓住，想起自己發現之前所認為的迷信其實都是真的時，體內引爆的重擊，伴隨著歇斯底里的冰冷刺痛。他不自覺地想要吞嚥口水，但是發現自己沒有口水。

「於是我打給阿特蜜絲，她認為也許…也許……」

「也許是因為他違背誓言，所以我懲罰他接下來九年陷入昏迷？」

「沒錯！」

「所以你們希望到這裡來，請求我撤銷懲罰。然後太陽就會重新照耀大地，地球因而得救？」

「正是如此。」

斯提克斯搖搖頭，河中泛起一陣漣漪。

「妳不願意？」

「我為什麼要這麼做？我們都是永恆存在的神，我們有神力，但是我們也有規則必須遵守。我必須永遠住在這個沒有生命的地方，周遭環繞著死人的靈魂，溺死那些企圖過河的人，不論是從哪個方向過河都一樣得死。」斯提克斯的眼神陷入一種迷惘的沈思，「我也必須執行一些規則。其中一項就是眾神只要以我的名義發誓而違背誓言者，必須消失九年。即便是出現像你這種勇敢，但是嬌小的英雄來向我請求，我也不能網開一面。」

「但是，沒有了太陽，我的星球上的所有人都會死亡。」尼爾說：「或者，是這個星球上的所有人。我真的搞不清楚我們的確切位置。」

「我已經跟你解釋過了，」斯提克斯說：「我為什麼不能幫你。但是我沒說我不會幫你。」

「妳說妳願意幫忙？」尼爾興奮地往前一跳，差一點掉到河裡。

「不！很遺憾地，我不能幫忙，因為這不是我造成的。」她嘆了口氣，河水也顫抖了一下。

「阿波羅沒有打破誓言。雖然我不清楚他讓太陽消失的動機，但是我知道他並不是想傷害人類。他也許是想傷害他自己？」

「我不認為。」尼爾說：「事實上，我認為他只是想展現他的能力。因為我原本不相信他，所以他只是想證明他說的是真的。」

「既然如此，那他應該只是想讓太陽消失幾秒鐘而已，他並不想造成任何傷害，但是他卻讓自己在恢復原狀之前陷入昏迷。既然這不在我的管轄範圍之內，很抱歉我幫不上忙。」

「妳真的不能幫忙？」

「我很想，但是我只是一條河。」

「妳不只是一條河。我看過很多條河流，但是妳和它們都不一樣。起碼它們沒有身體。」

她聳聳肩，河的表面濺起許多泡沫。

「所有的河流都有靈魂。要看到她們，你得先知道她們的名字。」

「妳是說『克萊德河[38]』也是？」

「是的，如果那是條河的話，不過我很懷疑她的真實姓名是克萊德。」

尼爾站在原地，看著腳下黑色的河水快速流動。他可以感覺到斯提克斯正在盯著他看，眼

38 克萊德河（Clyde River）：蘇格蘭最有名、最重要的河流，該河源出於南部沼澤高地，全長約一百七十公里。

神帶有同情，但同時卻又些冷漠，刻意拉遠距離。

「妳認識一個名叫愛麗絲的女孩嗎？」最後，他終於開口。

「很多死人都叫愛麗絲。」

「我說的這個愛麗絲最近剛剛往生，日期是三月二十一日。她三十二歲，個頭非常嬌小，金髮，長得很漂亮。」

「很多女生符合這種描述。」

「不！她不一樣。她的皮膚白皙，眼睛是藍色的。右臉頰上有一個美人的記號，但是她總是說那是痣。」

「你說的女生沒有來過這裡。」

「我必須找到她，我很急著要找到她。」

「我幫不了你。我不負責幫別人找人，我只固定待在一個地方。向來都是別人來找我，我所能做的只有讓神遵守誓言。我只能做到這樣。」

尼爾半轉過身，準備離去，但是他又轉回來，「那對凡人呢？你可以讓凡人遵守誓言嗎？」

「已經很久沒有凡人知道以我的名義發誓背後的意義。」

「但是我知道啊！」

斯提克斯沒有回答，但是尼爾看到她的臉亮了起來。

「如果我以妳的名義發誓，那我的誓言就具有約束力，而妳也就可能可以幫我遵守諾言囉？」

「也許，畢竟我沒有喪失神力。」

「我發誓，」尼爾說：「我以妳，斯提克斯的名義發誓，我一定會找到愛麗絲。我發誓。」

她露出微笑，身後的河水在粼粼波光下起舞。

「那你就一定要做到。」她說。

35

愛麗絲正在和一個維多利亞時期的科學家玩拼字遊戲。他是在湖上蒐集海藻樣本時，因為翻船而淹死。她毫不費力地就擊敗他。不過，她看得出來，只要好好訓練，假以時日，他也可以成為高手。

「這局真是太精彩了，」他頻頻稱讚，「只可惜在我那個年代沒有這種遊戲。」

他們所在的位置是A區市中心一棟超大娛樂中心裡頭的二十世紀遊戲區。這一區由一連串彼此相通的酒吧集結而成。每一間酒吧都代表不同年代，每間酒吧裡有當時風行的遊戲。拼字遊戲區是設在以四十年代為主題的復古小酒館裡，裡頭有陳舊的壁磚、陳舊的地毯、泛黃的畫作，甚至有煙味瀰漫的視覺效果。愛麗絲對此倒是不在意，只要聞起來沒味道，不會刺激眼睛或喉嚨就好。他們很幸運，這裡還有人為顧客彈鋼琴；彈奏不存在的鋼琴可是一項高難度的技巧，需要高度的協調能力。不過她自認比起七十年代的地下酒吧裡那些玩新一代拼字遊戲（Boggle）的專業玩家來得幸運多了，至少她不用忍受那些龐克樂團的演奏。可以確定的是，那些樂手絕對不需要什麼協調能力。整個娛樂中心的規模和一座小城鎮一樣大，而二十世紀遊戲區只是其中的一小部份。娛樂中心裡面什麼遊戲都有，除了色情表演以外，你想得到的全部都有。對死人來說，光是想到任何和性愛有關的事物就已經夠讓人挫折的了，更別提親眼所見。

桌上大型沙漏裡面的沙已經快流完了，而這盤遊戲就快要結束。在強力說服之下，愛麗絲同意與她的幾個新朋友中的一個見面。他是A區的風險冠軍，兩人約好下班後在一間音樂酒吧小酌一番。她對這個約會並沒有一絲期待。她生前幾乎不喝酒，現在也一樣。此外，在陰間，他們喝的並不是酒，而是忘卻之河（Lethe River）的河水，它會讓人忘記生前的一切事情。這裡每個人都想忘記，但是愛麗絲是例外。她還沒有準備好忘記一切。

愛麗絲常常提醒自己，她死後的生活並沒有太糟。雖然和生前比起來，與人互動是有點太多，但是她很喜歡她的工作，而且她很慶幸這項工作對她來說是一項挑戰，也有助於讓她分心。拼字遊戲團隊裡的其他同事都很友善，至少除了死亡之外，這項工作讓他們還有著相同的共同點。但是愛麗絲還是很想念在人間的家人和朋友，而她最想念的當然是尼爾。她告訴自己，當他往生之後，也許他會來找她，甚至不小心就找到了她，畢竟他也喜歡玩拼字遊戲。但是，如果他幸運的話，等他來這裡時，他已經是個白髮蒼蒼的老人了。而那時他也許早已經放下愛麗絲的死所帶來的傷痛，然後愛上某個女孩。她衷心地希望他愛上其他女孩。她強迫自己這樣想，因為這樣對他是最好的。

她從來沒有對任何同事提過尼爾。但是聽他們訴說生前的故事，她很快就發現大家經歷的都差不多。有些人是在另一半死後的幾個月內往生，但還是無法在廣大的陰間與另一半相會。有些人用盡所有的時間和精力，終於找到失散的朋友和親人，甚至她們早已往生的孩子，但是發現時間已經改變了一切。因此，大家都同意，最好的方式就是遺忘一切，不要在這一片無窮無盡的大海之中尋找過去。愛麗絲總是邊聽邊假裝同意地點頭。但是只要她下班後有空，她就會去A區的街上散步，搜尋尼爾的身影。她不知道尼爾到這裡時會是幾歲、什麼樣子，所以任何年長的和年輕的男子她都會注意。他終究會到這裡來，這是她唯一可以確定的。

維多利亞時期的科學家將一個Z放在分數加倍的空格裡。很好！不過愛麗絲看到一個更好的選擇，他可以放在另一個的空格裡，讓分數增加三倍。突然間，她感受到一股強大的力量將她拉到外面，像是一股洪流將她往門外的方向猛拉。

她頃身靠向坐在旁邊的挪威籍同事，他人非常友善，頭上有個子彈孔，現在正在陪客戶玩遊戲。

「拉斯，你可以幫我玩完這局嗎？」

「沒問題。」

愛麗絲向科學家道歉之後，迅速向門口衝去。拉斯坐過去她的位置，接手這局遊戲。

「對不起，我得走了。」愛麗絲向她的主管告假。

「妳『得』走了？」主管重複他的話，看起來不是不高興，而是一臉困惑。

「是的，我得走了。」在主管疑惑的目光下，她跑出酒吧，到大街上，不知自己該往何處。

她知道自己最好順其自然。不一會兒，她發現自己已經抵達她應該要去的地方。但是當她發現自己站在黑帝斯和波瑟芬的宮殿前，她感到非常訝異。他們為什麼要召見她？他們該不會發現她在世時和眾神有些關係吧？

她之前沒有來過這個地方，這在死人間是個傳奇性的聖地。當波瑟芬剛被黑帝斯綁架到冥界做他的新娘時，這裡還是一片荒蕪，這裡的鬼魂遠比居住的亡魂還多，而宮殿則是恐怖陰鬱的黑暗禁地。恐怖到讓你寧願在監獄住上一陣子也不要來這裡。但是當波瑟芬決定這裡會是她永遠的家之後，她便全心投入，改造這裡的環境。改造工程就是從皇宮開始。她親自挑選最專業的建築師和工程師，善用他們的才能與專業技術來滿足自己所有的慾望。除非她心情很差，否則這座宮殿永遠都在假想的太陽的照耀下，閃閃發光。不僅如此，這棟建築物的外型也會隨著她的喜好隨時變化，從印度的泰姬瑪哈陵到埃及金字塔，有時則是變成她自己設計的樣式。波瑟芬大幅地改善自己的生活條件，並確認一切均符合她的超高水準後，才讓建築團隊中比較資淺的展開宮殿周遭的改造工程。這麼一來，她出門散步時，心情才不會受影響。

皇宮本身佔地好幾百英畝，周圍全是高高的石牆。入口是一扇裝飾華麗的金色大門，裡面除了草木扶疏、繁花似錦的花園外，還有個石榴樹果園。除了伊利西恩樂園以外，這裡是整個冥界唯一有植物生長的地方。事實上，波瑟分有一組超大的專屬團隊負責園藝工程，由景觀設計師和園藝師組成。但是顯然她不認為園藝對其他死人來說是必需品，因此他們花費許多的意志力所想像出這些花花草草，並沒有延伸到冥界的其他地方。

對愛麗絲來說，能在這裡看到大自然簡直是個她不敢奢想的美夢。就算她沒有感受到體內那奇異的召喚，也會很想偷溜進去，享受花園的綠意盎然。

從腳下延伸至入口的道路是由砂石鋪成——真是難以想像的高級享受。每一個小石頭都是某人想像力的傑作。她幾乎可以感受到腳底下嘎吱作響的感覺。雖然這不是真的，但是感覺到自己的身體對某種東西產生影響讓她感到幸福無比。她的雙腳帶領她來到石牆外。她可以透過樹叢看到在遠處的宮殿，在假的陽光照耀下，眼前出現的是凡爾賽皇宮。

門口站著幾個呵欠連連的侍衛。他們也是波瑟芬從無數死於沙場上的士兵中精挑細選出來的。她重視的不是他們的戰鬥力，而是身體和制服的完整度。這表示她選出的士兵絕大多數都是死於毒氣瓦斯。他們蠟黃的膚色為他們贏得「黃頁[39]」的暱稱。這個暱稱是由一些近期才來到這的往生者所發明的，但是很快就傳遍整個冥界，連那些在電話發明前就往生的死人都知道。她謹慎地看著那些守衛。從之前賽柏拉斯的經驗，她知道在陰間的死人還是有可能可以再死一次的。

守衛看到她，立刻調整姿勢，看起來像是想立正站好。

「來人止步！報上名來？」其中一個人說。

另一個人則說：「妳在這裡做什麼？」

這兩人互看一眼，很明顯地，他們互看彼此不順眼。愛麗絲心想：不知道他們兩人一起在這裡站崗有多久了。

「你們好！我的名字是愛麗絲．慕禾倫。」

比較隨興的那個侍衛一副認出她來的樣子。

「愛麗絲．慕禾倫？你不是拼字遊戲的全國青年錦標賽冠軍？」

「哦！不！我只是甲組冠軍。」

「我很確定我跟你玩過一盤，妳贏了。」

39 黃頁 (Yellow Pages)：工商電話簿的暱稱，因為印在黃色的紙上而得其名。

「哦！我相信只是運氣比較好，抽到比較容易的字母罷了。」

「妳來這裡幹嘛？」

「我不知道。」

「什麼意思？妳不知道？」

「我感受到……」

冥界的遊戲規則和陽世的很不一樣，而愛麗絲到現在還搞不太清楚，所以她不知道她接下來說的話對侍衛來說，會不會很荒謬。

「一股力量。」

「一股力量？」

「把我拉到這裡來。我想也許是波瑟芬，或是黑帝斯。」

「最好不是黑帝斯。」那個侍衛說。

「或是波瑟芬。」另一個侍衛說。

「哦！那我該怎麼辦？」

「不然這樣好了，」玩拼字遊戲的侍衛說：「我們讓狄亞特先進去看看到底是什麼情況，趁這空檔，我們來玩一局『猜猜看』。」

「為什麼每次都是我進去？」那個叫狄亞特的侍衛抗議，「這次我要在這裡等，換你進去。」

「可是是我先提議的。」

「可是上次是我進去。」

「也許我應該自己進去。」愛麗絲說。

「不！」兩個侍衛同時說。

「好吧！」玩拼字遊戲的侍衛說：「剪刀石頭布決定。」

「不要！你每次都贏。」

「嘿！這全靠機率。」另一個侍衛說。

「好啦！」狄亞特不甘願地答應。

結果狄亞特出剪刀，另一個侍衛出石頭。

「你又輸了，快進去吧！」

「三戰兩勝？」

「那有什麼問題！」

他們又玩了兩次，結果完全一樣。

「待會見囉！」贏的侍衛朝狄亞特揮揮手。

「但是——」狄亞特還想爭辯。

「這是場公平的比賽。」愛麗絲說。

「好啦！這次我去。但是下一次換你，艾迪。」

他不甘願地拖著步伐，邁向通往皇宮的入口大門。

當他消失在眼前後，艾迪狡猾地說：「他每次都出剪刀，但是他老是忘記。我想他的腦袋是被毒氣瓦斯給薰到秀逗了。」

「當軍人一定很不容易。」愛麗絲同情地說。

「事實上，我猜狄亞特很想念他的軍旅生涯，畢竟他是個職業軍人。他刺刀技術非常高超。他很有效率，是個很專業的軍人。不過每次我們遇到被他殺死的人時，場面總是很尷尬。嚴格說來，他還算是我的敵軍呢！不過，我並不會因此而看他不順眼。在愛情和戰爭中，沒有公平可言，可不是？我不會因為這種原因跟人處不來。」

「那你呢？」愛麗絲問：「你曾經遇過你殺死的人嗎？」

艾迪轉頭看看四周，確定沒有其他侍衛在偷聽他們的談話，「嘿！千萬不要跟別人說，我一個人也沒殺過。一個也沒有。」

「是因為你還沒機會殺人就被殺死了嗎？」

「才不是。其實我是個超級懦夫，我參加過很多場戰役，但是從沒開過槍。求求妳，千萬別告訴其他人。如果他們知道了，我將會成為大夥的笑柄。」

愛麗絲露出微笑，「別擔心，我不會說出去的。我把手放在心上，向你保證……呃，我沒有心……反正我保證不會說出去就是了。」

「哦！親愛的，」艾迪說：「妳還是有死亡的危險，至於何時則要視情況而定。」

「什麼意思？」愛麗絲問。

「賽柏拉斯來了。」

「賽柏拉斯？在這裡？」

艾迪手指向牠身後的大道，愛麗絲轉過身去。儘管牠還離愛麗絲還有好一段距離，她注意到賽柏拉斯和她之前看到的不太一樣。牠拖著腳步緩緩前進，六個渾厚的肩膀和三顆巨頭無力地下垂。待牠走得近一點時，愛麗絲看到牠皮膚的某處有嚴重的撕裂傷，傷口不斷湧出鮮血。牠的巨蟒尾巴毫無生氣地垂在地上，在石子路上拖行，而在牠左前方拉著牠的左耳前進的是個女人。愛麗絲一開始還以為是另外一個死人。但是當這個怪異的組合越靠越近時，她突然認出那個女人。

「阿特蜜絲？」她忍不住大叫出聲，並且用力朝她揮手。

「妳認識那個女人？」艾迪驚訝地問。

「哦！不！她不是個女人。」愛麗絲回答：「她是個女神。」

這的確是場艱苦的戰役，不過結果還算令人滿意。阿特蜜絲記不得上次遇到這樣強勁的對手是什麼時候？上次打一場可能會輸的戰役又是什麼時候？賽柏拉斯可以算是她的勁敵。沒錯，她一開始佔優勢，因為她的主動攻擊完全在牠的意料之外。畢竟從沒有人敢主動對賽柏拉斯展開攻勢，所以牠被她的襲擊給嚇了一跳，一時反應不過來，她的飛踢讓牠踉踉蹌蹌倒退了好幾步。但是當牠恢復正常後，展開反擊，用牠的巨爪將她推開。牠的三個巨頭和劇毒的巨蟒尾巴都集中火力對著她，打算一口把她給吞下肚。這真是太驚險了！這毫無疑問是一場攸關生死的戰役。多年來，阿特蜜絲從未有像此刻般充滿生氣。她用盡全力地反擊，又踢又咬，又抓又吼，而她的怪獸對手也不遑多讓，毫不手軟。透過她的指尖，她可以感受到牠的皮膚和肌肉極度緊繃，好像即將爆發一般。她在自己的嘴裡嘗到牠帶有鋼鐵味的鮮血。他們倆像瘋了般倒在地上廝殺翻滾，纏鬥扭打，雙方都有著非至對方於死地不可的決心，任誰也無法將他們倆分開。阿特蜜絲感覺到身上的疼痛，但是她絲毫不介意，反而更加興奮。她知道她的對手傷得和她一樣重。賽柏拉斯越傷害她，她就覺得自己更加強壯。她的喉嚨爆發出洪亮的聲音，有咆哮也有嘶吼。她越戰越勇，身體的每一個細胞都有十足的決心要打敗這隻野獸，但同時也知道對手有和她相同的決心，而兩人之中只有一個能獲勝。但是隨著他們陷入空前激烈的近身纏鬥，儘管她覺得自己的力氣越來越大，但是她也知道自己開始感到疲累。因此，她必須盡快結束這場戰役。於是她從疼痛不已的每一吋皮膚，凝聚全身的力量，發動致命的一擊。她幾乎記不清戰鬥結束的最後一刻。當時她的身體完全是以本能反應發動攻擊。當她回到現實時，她發現自己正不停地喘著氣，怪獸已經被她徹底打敗，虛弱無力地倒臥在地。她終於征服了牠，完全的勝利。

於是，儘管身上傳來陣陣疼痛，但是她還是驕傲地帶著她的戰利品，昂首闊步地邁向黑帝斯和波瑟芬的宮殿。她打敗了他們的鬥士。她可不是像其他人耍什麼花招騙過牠，她是正大光明地與牠打上一場結結實實的硬仗。她心想：這是一場平等的戰役，呃……幾乎可以說是平等啦！她看著垂頭喪氣的賽柏拉斯。在人世間這麼多年，她早已習慣於自己越來越衰弱的想法。但是，在這裡，情況可不一樣。她心想：這個地方究竟有什麼魔力讓她可以如此強壯？

正當她拖著她的俘虜接近皇宮時，她突然聽到有人叫她的名字。這讓她大吃一驚。她抬起頭，看到遠方有個嬌小的金髮女性，熱情興奮地朝她猛揮手。是她的崇拜者嗎？她戰勝的消息有傳播得這麼快嗎？等她走近一點時，猛然發現，這可不是她的清潔工？就是那個把大家搞得人仰馬翻的始作俑者！她心想：這個小妮子能掀起這麼大的驚濤駭浪還真是不容易！她明明看起來連老鼠都打不過的樣子。不過，她還記得在地球即將面臨滅亡之前，她曾經堅持要把她的清潔工給帶回人間，所以她還是很高興看到愛麗絲出現在眼前。

阿特蜜絲衝到愛麗絲面前，對著嚇得臉色發白的侍衛說：「我是女神阿特蜜絲，這是我的奴隸賽柏拉斯。」

「妳的奴隸？」那名侍衛和愛麗絲同時驚訝地回道。

「沒錯！我和牠打了一架，而我打敗了牠，所以牠屬於我。謝謝你幫我照顧我的凡人，現在我要帶她去見黑帝斯和波瑟芬。」

「妳的凡人？」那名侍衛和愛麗絲同時驚訝地說。

「奇怪了，你們看起來明明是兩個獨立的個體，怎麼說的話都一個樣兒。」阿特蜜絲說。

「抱歉，艾迪。我想我得跟她走了。很抱歉沒有機會和你玩『猜猜看』。」

「沒關係。我本來就要讓妳進去的，我只是想多跟妳聊一會兒。」

愛麗絲小心翼翼地站在離賽柏拉斯的三顆巨頭最遠的地方，一同往皇宮前進。

等她們離侍衛有一段距離後，愛麗絲說：「嘿！阿特蜜絲，我真高興看到妳！不過我希望妳不是死了。」

「不！我還活著。起碼目前為止還活著。」

36

尼爾離開斯提克斯後，以最快的速度奔向黑帝斯和波瑟芬的宮殿。他問斯提克斯皇宮怎麼走，但是她說他根本不需要問。只要他想去那裡，他自然就會找到路。誠如她所說的，他終於來到一座長長的石牆前面。放眼望去，只看得到一片茂密樹林的頂端。他毫不考慮地筆直前進，卻驚訝地發現這座牆對他來說是堅固的。他用手去觸摸，發現自己可以真實地感受到這座牆的存在。同時，他也可以感受到自己手掌的存在！有那麼一會兒，他把身子貼在牆上，只為了享受身體存在的感覺。但是他知道自己沒有時間可以浪費，於是他吃力地爬上牆，手腳緊抓住牆壁上石頭間的縫隙。他爬到上頭後，不動聲色，先觀察前方是否有任何死人的蹤影，但是沒看到半個影子。越過樹林，前方是一片往上的碧綠斜坡，遠方則有一座宮殿，遠遠看來像是樂高玩具。

他縱身往下跳，觸地時卻一點感覺也沒有。他站起身，開始往斜坡前進。走近一點時，他發現自己原來是在宮殿的後方。他還是沒有看到侍衛的蹤影。這真是他看過戒備最不森嚴的皇宮。他不確定自己是否要偷偷摸摸的進去，因為似乎沒有這個需要。針對黑帝斯和波瑟芬的部份，阿特蜜絲沒有交代的很清楚。但是她有說，如果在冥界被逮到的話，黑帝斯和波瑟芬會毀掉他的靈魂。這絕對不是尼爾想看到的。但是既然阿特蜜絲打算請求黑帝斯和波瑟芬拯救地球，這表示他們倆應該也不全然是壞人，更別提他們是唯一可以將愛麗絲還給他的人了。

這番思考無助於尼爾決定下一步該怎麼做。放眼望去，既然沒人，他決定大膽地直闖宮殿，反正也沒人會阻止他。

他選了宮殿後方最小的一扇門進去，發現自己身處在一個超大的廚房。眼前有石板門、石灰牆和一個巨型壁爐。但奇怪的是，他沒看到一點食物的蹤跡，也沒有任何廚具。房間中間有張很大的木頭桌子，桌子周圍坐著一群死人，男女老少都有，每個人的絕望程度也都不同。他們全都面朝桌子，一副全神貫注的樣子。他試著繞過他們，但是有一個人注意到他。那是一個身穿手術袍、胸前有明顯傷口的老者。

那老人開口說：「你在這裡做什麼？」

「你是侍衛嗎？」尼爾問。

「別鬧了！我的臉很黃嗎？」

「呃，還好耶！」

「我是個建築師，你是建築師嗎？」那老人問。

「不是，我是工程師。」

「那你走錯房間了。廚房只有建築師可以進來，工程師應該要去浴室，不過我不知道為什麼工程師要去浴室。我只知道他們負責建造，我們負責設計。」

「哦！好！我現在就過去。謝啦！」

尼爾正打算落跑時，桌邊一個老太太說：「注意大廳的地毯，那是我設計的。每一小撮毛氈都是我想像出來的喔！」

尼爾離開廚房，繼續探索這座皇宮。他沿著長長的走廊前進，直到盡頭。他眼前出現一張毫不起眼的地毯，地毯下的階梯帶領他來到一扇貴麗典雅的大門前，門口站有兩個身穿制服的男子，兩個人（他頓時了解剛剛那個建築師的意思了）的臉都呈現詭異的蠟黃色。他想，自己應該是找對地方了。

尼爾爬上階梯，那兩個人只是好奇地盯著他看，絲毫沒有擋下他的意思。

「你好！」尼爾先開口。

「你好！」其中一個侍衛回答。

「我來找黑帝斯和波瑟芬。」

「我想他們是在這裡沒錯，但是他們老是在不同的房間搬來搬去。你是建築師嗎？」

「不是。」

「太可惜了。我本來要請你不要任意改變房間的位置，這樣會讓我們的工作容易得多。」

「我可以進去嗎？」

侍衛說：「你想要進去？」

另一個侍衛說：「你確定？」

「我不想進去，但是那是我來這裡的目的。」

「嗯，這聽起來合理多了。」第二個侍衛說。

第一個侍衛問：「如果有人說要進去，我們該怎麼做？」

「你問我，我問誰？」

「嘿！你稍等一下，」第一個侍衛說：「通常我們是阻止裡面的人出來。」

那兩個侍衛轉過身去交頭接耳了一番。一會兒後，他們好像取得共識，轉過身來對尼爾說：「我們決定好了。我們要讓你進去，因為阻止你不在我們的職權範圍之內。但是我們也許不會讓你出來，這得視裡面待會下的命令而定。」

「聽起來很合理。」尼爾說。

「祝你好運！」第二個侍衛說：「小心點！你在他面前不過是個小玩具。」

那兩個侍衛各往旁邊退一步，尼爾向前一步，舉起手來，想推開那扇大門。但是他的手臂卻直直地穿過那扇門，這個姿勢讓他看起來像在夢遊。他聽到門後的侍衛咯咯地發笑。

這房間看起來好眼熟。他一下子就認出來，這是凡爾賽宮的鏡宮。他去年夏天才去過的。這是個寬大舒適的房間，在水晶燈的映照下，數公尺長的拱形房間看起來富麗堂皇。另一方面，水晶燈的光反射在牆壁兩旁的鏡子上，讓原本就過分裝飾的牆壁顯得更加金碧輝煌。仔細一看，尼爾發現這裡又不完全是鏡宮的複製品。當初法王路易九世打造鏡宮時，他下令整座皇宮擺滿他的雕像和畫像，而這部分則由黑帝斯和波瑟芬兩人的雕像和畫像所取代。

房間的前端有一個黑檀木材質的高臺，兩個神就坐在上面。黑帝斯身形巨大，他烏黑的軀體擠在金碧耀眼的王位裡顯得十分擁擠，他的頭幾乎頂到天花板。他的皮膚黝黑，膚質像蠟，又好像某種燒焦物。他的肌肉發達，粗厚蜿蜒的肌腱像是要爆開一樣。他的眼神熠熠發光，但是一點也不友善，像是寒冬夜晚的大雨，令人感到蕭瑟而淒慘。尼爾看到他，直覺是轉身就跑。他看起來和魔鬼沒有兩樣，簡直就像是死亡。坐在他旁邊的是反差極大的波瑟芬。她嬌小精緻的像個洋娃娃。

「有凡人闖近來嗎？」波瑟芬問她丈夫，「他真是太大膽了！」

「而且重點是他還沒死。」黑帝斯對尼爾說：「上前來，讓本王瞧個仔細。」

尼爾乖乖地走到宮殿的前端。

黑帝斯：「你為什麼在這裡，活人？」

「呃……阿特蜜絲還沒到嗎？」

「阿特蜜絲在這裡？」黑帝斯驚訝的挑起粗黑的弓形眉毛，「賽柏拉斯怎麼沒來向我通報？」

波瑟芬接道：「哦！別告訴我她在這裡亂闖。我知道她只要一開始，就沒完沒了。他們才不顧我的隱私呢！」

「是阿特蜜絲叫你來這裡嗎？」黑帝斯問。

尼爾越靠近黑帝斯，就越覺得自己像個玩具小人，一個脆弱不堪一擊的小玩具，一個應該待在玩具盒裡的小玩具。

「沒錯。」他回答。

「什麼原因？」

「主要是因為世界快要滅亡了。」

「主要是……？」黑帝斯問：「你的意思是還有其他原因？」

「哦！是的。另一個比較是……私人原因。」

「比地球滅亡更私人的原因？」

「是的，和一個女生有關。」

「每次都是這樣。」

「她的名字是愛麗絲。」

「愛麗絲？」黑帝斯隆起的肌肉輕輕泛起漣漪，他轉過頭去問他的妻子，「親愛的，妳認識愛麗絲嗎？」

「我認識上百萬個愛麗絲。現在一堆人都取名叫愛麗絲。這真是個無趣的名字。」

「我不想要上百萬個愛麗絲，我只想要我的愛麗絲。她叫愛麗絲・喬伊・慕禾倫，三十二歲。她是今年三月二十一日往生的。」

「哦！已經春天嗎？我該回上面去了。這真是個煩人的任務。」

「親愛的，既然世界要滅亡了，我想妳應該不用再回去了。上面的氣候一定非常糟糕。」

「請問我可以把她帶回去嗎？」

「你說我太太？」

「我是說愛麗絲。」尼爾說。

「當然不行。在我把你給撕成碎片之前，給我滾吧！」

「但是這有先例。」

黑帝斯聞言大吼，整個宮殿也開始搖晃。尼爾想要往後退一步——起碼退個一英里，但是他沒有。他雙手緊握，選定黑帝斯其中一隻巨大的眼睛，然後直直地盯著他的那隻眼睛看。

「你只是個凡人，連個死人都不是。你好大的膽子，敢跑到我的皇宮來，跟我說什麼先例？」

「先例是很重要的，這表示你可以再做一次。」

「要不是我剛吃過午餐，我早就把你的靈魂給吃了。」

「阿特蜜絲說只要我向你證明我愛她，你就會放了她。」

「她說錯了。這過程中一定要有犧牲，或是試煉……」

「或是來場舞蹈表演，親愛的。」波瑟芬突然插進來。

「親愛的小芬芬，這樣是不行的。我們至少要讓他斷個手或腳什麼的。」

「沒問題！」

「沒問題？」黑帝斯驚訝的問。

「我不需要我的手或腳，你儘管拿去。我只要我的愛麗絲。」

「這樣就不好玩了啦！你不可以這麼快就投降。」

「我還是覺得應該要叫他跳支舞。」波瑟芬說。

「要跳舞我也可以。」尼爾說。

「不！不！想點別的。拜託不要再提跳舞了，親愛的。」接著，他轉過來對尼爾說：「人類的靈魂越多，我越強壯。所以如果你要從我這裡拿走一個靈魂，就算只有一個，也會有損我的力量。不過我不認為像你這樣的凡人會了解。」

「不！我完全可以理解。當你把愛麗絲帶走時，我被你傷得好重。」

「哦！好感人哦！你怎麼從來沒有對我說過這麼甜蜜的話。」波瑟芬撒嬌道。

黑帝斯完全忽略他的妻子：「聽著，如果你傷了我，我也要傷害你。」

他伸出手，提起尼爾。尼爾感受到黑帝斯的真實感，還有自己的身體抵著他的手掌的感覺。尼爾非常害怕，但是他強壓下掙扎的衝動。這時，黑帝斯伸出另一隻手，圈住尼爾的脖子。

「那就傷我吧！」尼爾對著黑帝斯的手指說。

「你這種反應一點都不好玩。」

「傷害我吧！求求你，只要你放她走。隨便你要對我怎麼樣都行。」

黑帝斯的雙手用力地掐著尼爾，但是他突然鬆手，把尼爾放回寶座前面。

「不要！這樣對我不划算。你不能帶走她。抱歉，你還是快滾吧！再見！」

「等一下！」

「我說了『再見』！」黑帝斯揮手示意他離開。

「如果你不想讓我把她帶回去，那麼請把我留在這裡。」

「哦！可憐的傢伙。」波瑟芬說。

「如此一來，你手上的靈魂數目還是一樣。你的力量就不會減損了。你一點損失也沒有。請你放她走，我願意留下來。」

「他這麼真心誠意地懇求，真是太可愛了。」波瑟芬說：「我不介意拿他來換，反正我根本不認識愛麗絲。我們讓他們倆交換吧！」

黑帝斯看看他太太，又低頭看看尼爾，「我有個更棒的點子！何不讓你來選？」

「讓我選？」

「沒錯！看你要拯救地球，還是愛麗絲。我們可以把你們安置在伊利西斯樂園，那可是冥界的高級住宅區。你們可以享有永恆。我保證絕對不會吃你們的靈魂。你們將不受打擾，幸福快樂的過一輩子，直到永恆結束。在那之前，你和愛麗絲將永永遠遠在一起。怎麼樣？不錯吧！」

「那地球呢？」

「當然是滅亡囉！地球上的每個人都得死。或者，你可以拯救地球，我則要留住那個女孩。」

「留住？這是什麼意思？」

「她留在這，你回去，而且你永遠不能再見到她。由你決定。」

「哦！黑帝斯，你有時候還真惡劣！」波瑟芬說。

「拜託妳閉嘴，波瑟芬。」他轉過頭去，「凡人，你決定好了沒？地球？愛麗絲？愛麗絲？地球？地球？愛麗絲？」

「我現在就要決定嗎？」

「沒錯！」黑帝斯說。

尼爾點點頭，「我知道了。」

「所以你的決定是？」

「地球。」

「地球？你選擇地球？」黑帝斯很驚訝，「你歷盡千辛萬苦跑到冥界來，跑到我的皇宮來，不就是為了這個女人？你願意為她斷手斷腳，甚至犧牲你的靈魂。但是現在你居然說你選擇拯救世界？」

「是的。」

「為什麼？」

「每個人都有自己所愛的人。儘管我失去了她，但是其他人都可以保有自己愛的人。要是她也會這麼做的。反正沒有我，她搞不好會過得更好也說不定。」

黑帝斯大笑出聲，但是不是那種愉悅的笑。比較像是烏鴉在飽食一些甜美多汁的眼睛後所發出的滿足笑聲。他不知道他剛剛做了什麼，不過他知道，不論如何，他是死定了。

「事實上，我沒有足以拯救或是毀滅世界的力量，所以剛剛的問題沒有太大的意義。不過，你的答案很棒。你剛剛說阿特蜜絲在來這裡的路上嗎？我倒想知道她把我們的狗給怎麼了。」

37

阿特蜜絲不得不承認，這座宮殿還真是華麗雄偉。回想起自己在人世間的那棟骯髒的破房子，她心中還真不是滋味。難怪波瑟芬每次上來心情都很差，難怪她在他們面前總是一副養尊處優的樣子。即使是神在這裡也會感覺到不一樣，那種感覺就像是在骯髒污染的小溪游泳後，以乾淨透明的水沖澡一樣。這真是太不公平了。她回去後一定要要求赫斐斯托斯馬上展開房屋維修工程。

要找到黑帝斯和波瑟芬其實很容易。她只需沿著宮殿裡的雕像和畫像找，（雖然蠻俗氣的，但是她真的開始考慮，要是能整修成這樣也不賴。）一會兒就來到了（有些人可能會認為是毫無品味、俗又有力）大門。門口兩個侍衛看到她、她的凡人和她的狗時，下巴差點沒掉下來。

「還不快讓開，」阿特蜜絲命令道，「我是女神阿特蜜絲，黑帝斯的姪女、波瑟芬的姊姊，這一人一狗都是我的所有物。我要求進宮見黑帝斯與波瑟芬，沒有他們，你們都將灰飛煙滅。」

那兩個侍衛面面相覷。

「又來了？」其中一個人說。

「你有事先預約嗎？」

這時，宮殿裡面傳出黑帝斯陰鬱而響亮的聲音，像是有人在重擊墓碑似的，「讓她們進來。」

侍衛連忙讓開，大門無聲地自動向內打開。阿特蜜絲、愛麗絲和賽柏拉斯跨過門檻，身後的大門又自動無聲地關上。

「兩位好！我奧林帕斯山的神！」阿特蜜絲說。

「少在那裡客套了。過來一點，我們才看得清楚。」黑帝斯說。

她們三個走上前。阿特蜜絲注意到，愛麗絲毫無懼色，幾乎沒有一絲顫抖。

「叔叔，您又更加強壯了。」阿特蜜絲說。

聞言，黑帝斯微笑，露出他尖銳的長牙。在他巨大的身軀旁，波瑟芬盯著阿特蜜絲，露出一個俏皮的笑容。

「你們三個還真像『綠野仙蹤』真實版！你是邪惡西方壞巫婆，那個凡人孩子是桃樂絲，塞柏拉斯則是那個膽小如鼠的獅子。」

賽柏拉斯發出咆哮，以示抗議。

「不然像多多也行。」

賽柏拉斯發出更大的咆哮之聲，表示絕對的抗議。

「那你們兩個不就是躲在巫師身後的操弄一切的大壞蛋，身上叮叮噹噹地掛了些蠢東西。」阿特蜜絲反議。

「夠了。你們在這裡做什麼？」黑帝斯不讓她們倆繼續鬥嘴。

「上面的世界現在非常危急。阿波羅，不知什麼原因——你知道他發起瘋來的樣子——讓太陽消失了。現在他陷入昏迷，我們無法喚醒他。我們沒有了太陽，也就沒有阿波羅。如果我們不攜手合作，讓地球繼續運轉的話，世界即將毀滅。」

「那所有的人都會死囉？」黑帝斯說。

「沒錯。」

「這聽起來不像是件壞事。」

「呃……不過……」阿特蜜絲頓時不知如何接話。

「從我的角度來看，如果上面的世界滅亡，所有的人都會變成我的人。」

「是我們的人。」波瑟芬插嘴道。

「我們將會擁有一切。我們將擁有一切的力量，而你們則什麼也不剩。我們為什麼要幫妳？」

「因為……」阿特蜜絲結巴地說不出話來，「因為……」

「因為如果所有人都死光了，」愛麗絲向前一步，接著說：「這世界就再也沒有新生兒。抱歉，我不是有意打斷。」

「沒關係，妳說。」黑帝斯示意要她繼續。

「如此一來，儘管表面上看來，你們將能控制所有在上面世界的凡人，但是往後你們再也無法獲得任何新的靈魂。一個都不會有。現在活著的人最多一百年後也都會死，也就是說接下來的一百年你們的力量會非常非常強大。但是在那之後，你們的力量就會開始消失。」

「你話還挺多的嘛！」黑帝斯說。

「只有今天。」

「先把賽柏拉斯還給我們，也許我可以考慮到底要不要幫你們。」

「賽柏拉斯是我的。我打敗了牠，所以牠是我的。我才不會為了你『考慮』幫我們而放了牠。」

「好吧！如果妳堅持的話。」出人意料地，黑帝斯沒有發飆，「不過，也許妳願意拿牠來換這個。」

黑帝斯從寶座後面抓出一個金屬做的小籠子。只見尼爾趴在籠子底部。頓時，愛麗絲的眼睛睜得跟銅鈴一樣大，她正要開口時，卻看到尼爾猛搖頭，於是她不動聲色。

「告訴我，」黑帝斯說：「妳為什麼要把這個活的凡人帶到我的地盤上來？」

「他還活著？」愛麗絲問。

尼爾點點頭。愛麗絲露出一抹放心的微笑。

「至少到目前為止。」黑帝斯補上一句。

愛麗絲的笑容頓時消失。

「把我的狗還來，妳就可以拿回妳的凡人。」

「不要。」

「說得好啊！阿特蜜絲。」尼爾大叫。

「我們會把他的靈魂給吃了。」黑帝斯說。

「不要！」愛麗絲大喊。

她作勢要衝上前去，但是阿特蜜絲拉住她的手臂，暗示她不可輕舉妄動。

「別擔心，阿特蜜絲，堅持下去。能再多看她幾眼，我也心滿意足。」尼爾說。

「哦！我真的要開始生氣了。你可以再浪漫一點！黑帝斯，你看看人家。跟他比起來，你根本就是把我視為空氣。」波瑟芬說道。

「尼爾，把我忘了吧！快逃離那個籠子，快離開這裡！」愛麗絲說。

「不行。這個籠子很堅固。我無法穿過欄杆。」

「妳是愛麗絲‧喬伊‧慕禾倫嗎？」波瑟芬問。

「是的。」愛麗絲回答，想說她怎麼知道。

「他們兩人是真心相愛的。看來我們是無法將他們兩人分開。你真應該把兩人都給吃了。」

愛麗絲腦筋動得很快，「你可以吃掉我，放尼爾一條生路。他是工程師，非常專業，是國內最頂尖的工程師之一。」

「哦！那種工程師？」波瑟芬問。

「結構工程師。」愛麗絲說。

波瑟芬轉向她丈夫，「老公，你一定得把他給吃了嗎？可不可以把他留給我？我會好好照顧他的。我保證。你知道我有多喜愛工程師，而結構工程師又是我最最喜歡的一種。」

「我可以把塞柏拉斯還給你，但是我要籠子裡的凡人、這個女孩，還有你的協助。」

「我？」愛麗絲很驚訝。

「但是我想要那個工程師。」波瑟芬開始撒嬌。

黑帝斯的手指猛敲寶座的扶手，不知道該怎麼辦。

「妳說的協助是什麼意思？」

「嗯，這很難說。我不知道自我離開上面的世界之後，情況究竟如何，但是如果你願意跟我一道回去——」

「不可能！」黑帝斯斷然拒絕。

阿特蜜絲：「但是——」

「就算妳拿賽柏拉斯來換也不可能。」

「但是我們需要你啊！」

「想都別想！我絕對不會去上面的世界，這是不可能改變的事實。我可以理解那個小女孩的論點，也就是未來將不會有新的人類出生。但是我認為我只要現在能拿下所有的活人靈魂就夠了。至少我們的力量將超越你們，畢竟你們統治上面的世界也夠久了。」

「黑帝斯說得沒錯。上面的世界真是太恐怖了，我不認為有拯救的必要。」波瑟芬支持她丈夫的論點。

「但是，波瑟芬，」阿特蜜絲說：「我以為妳喜歡上面的世界。妳以前對於得回到冥界，不是老是抱怨連連？」

「那是以前。以前我們還年輕、力量無窮，住在奧林帕斯山上雄偉的宮殿。那時候，人類會帶祭品和各種美麗的東西來供奉我們。現在上面的情況簡直糟透了。我們年華老去，全家擠在那個又小又髒的破房子裡。我還得睡在地上。在上面，我什麼也不能做。比起上面，這裡好太多了。在這裡，每個人都知道我是誰，我可以做任何我想做的事。」

「根據波瑟芬的敘述，妳們上面的情況是真的很糟。」黑帝斯說。

「但是這不是他們的錯，」尼爾說：「再也沒有人相信希臘眾神，所以當然他們當然就沒有力量。」

阿特蜜絲看著尼爾，嘴巴一開一合，驚訝的說不出話來，「你剛剛說什麼？」

「抱歉，但我想我說的是實情。」尼爾說。

有好一會兒，阿特蜜絲僵在那裡，一動也不動。然後她轉向黑帝斯，「不用了。我改變心意了。只要你把籠子裡的凡人和這個女孩給我，我就把狗還給你。」

「妳為什麼一定要這個女孩？」黑帝斯問。

「妳知道在倫敦都會區要找到一個效率極高的清潔工有多困難嗎？」

「但是沒有我們的幫忙，世界不就要滅亡了？」波瑟芬問。

「也許。但是在那之前，家裡還是需要有人打掃。你到底同不同意？」

黑帝斯仔細地盯著阿特蜜絲，想找出她到底在玩什麼把戲。但是他看不出來。他的眼神越過她，看到後面瑟縮發抖的地獄之犬，正以哀求的眼神看著他。

他轉回來看著阿特蜜絲，「成交！」

愛麗絲立刻衝到籠子前面，拉著尼爾的手，又哭又笑，親吻著籠子裡面看起來是尼爾，但其實是空氣的影像。尼爾伸出手來，摸著看起來是她頭髮的空氣。

「但是——」波瑟芬還有意見。

「親愛的小芬芬，每天都有工程師過世。就算是這個，有一天也會死的，只是遲早的問題。但是我們可只有一個賽柏拉斯啊！」

「你總是不給我我想要的東西！」波瑟芬開始發瞋，但是從黑帝斯臉上的表情，她知道他心意已決。不論她再說什麼都沒用。

「那太好了！聽著，你讓那個凡人出來的空檔，可不可以借一下電話？我得打給荷米斯。」

「為什麼？」黑帝斯又緊張起來。

「哦！只是讓他知道我們要回去了。」

從阿特蜜絲微笑的神情。黑帝斯知道她已經達到某種目的，但是他摸不透是什麼。

38

阿芙羅黛蒂開始打包，不過她也不知道自己能去哪裡。她只知道世界快滅亡了，而她可不要傻呼呼地跟著大家一起死。世界末日時一切都將變得醜陋，而醜陋是她最無法忍受的。這不能說是她的弱點，畢竟她的天性就是如此。

她將會很想念自己的臥房，裡面有玫瑰、各種細工雕琢的精緻金飾品、夢幻般的天鵝形狀大床，還有各種形狀的鏡子。她應該也會想念這個星球。這真是一個放浪形骸的世界，有太多事物可供她享樂。他們接下來要去的地方不可能像這裡如此美好。他們得在沒有太陽的情況下創造出另一個世界。凡人有一句話說得好：「你需要的就是愛。」儘管她不願意大聲承認，但是她得承認，這不是真的。如果她可以自己打造一個世界的話，「性」當然是最重要的部份，而眾人放眼望去的萬物也必須是美麗的。但問題是，沒有了光，你什麼也看不到，而光卻不是她所能控制的。她需要阿波羅的幫忙，只有他能帶來光和溫暖。否則，她所創造出來的任何生物都得在冰冷的永夜裡做愛，這一點也不美麗。想到這，她忍不住吸了一下鼻子，強忍住悲傷。阿波羅到底在哪裡？

她加速打包的動作。她只要一想念阿波羅，就會想到自己過去對他有多壞，這讓她心情更糟。她不允許自己做出讓心情變壞的事。這不是她的天性。她心想，打包的工作還算順利。因為她把所有的衣服都疊得小小的，可以輕易地放到行李箱。不過鞋子就麻煩了。不管她接下來的目的地是哪裡，她絕對需要很多雙鞋子。阿芙羅黛蒂拒絕去不需要很多雙鞋子的地方。

這時，有人把門打開了。阿芙羅黛蒂抬起頭，一度希望是阿波羅。但是來人是愛羅斯。

「哦！是你啊！」

「媽，妳還好吧？」

「我沒事。」阿芙羅黛蒂邊回答，邊加快疊衣服的動作。

愛羅斯在天鵝形大床的床沿坐下。他的襯衫沒紮進褲子裡，頭髮凌亂。

「妳絕對不能放棄希望，媽。」

「我才沒有放棄希望。是誰放棄希望了？我只是在做準備而已。」

她將好幾件性感內衣塞入一雙長及大腿的靴子，然後將靴子放在一個新的行李箱底部。

「我相信阿波羅會沒事的，阿特蜜絲會找到他的。」愛羅斯說。

「她當然會找到他。阿特蜜絲是個出色的獵人，她找得到任何東西。」

「我只希望她有先告訴我們她要去哪裡，而不是像剛剛那樣什麼都不說就衝出去。」

「我相信她這麼做一定有她的理由。你可以把床下最外面那箱情趣用品遞給我嗎？」

愛羅斯將床下一個半透明的粉紅色箱子遞給他老媽。

「妳確定妳沒事？」

「我確定。」阿芙羅黛蒂將箱子裡的情趣用品一件件拿出來，堆在已經快塞爆的行李箱上。

「充滿希望？」

「放心，多到滿出來啦！」

其中一根按摩棒的開關一定是不小心被打開了。阿芙羅黛蒂的行李箱開始發出「吱吱」的聲音，上下震動。她趕緊伸手進去撈，想找出肇事者。

「事情是——」愛羅斯吞吞吐吐說：「事情是——」

「到底是什麼東東？啊……在這裡。」她趕緊把按摩棒的開關關掉。

「事情是——我」愛羅斯結結巴巴的，「我——我有點，妳知道的——放棄希望了。」

「哦？」阿芙羅黛蒂聞言，放下手中的按摩棒，認真地看著他說：「愛羅斯，你怎麼一開始不說呢？」

她將行李箱推到床的另一邊，在她兒子的身邊坐下來。她伸手環抱住他，並且將他的頭壓在自己的肩膀上。

「親愛的，你知道的，一切都會沒事的，一切都會沒事的。」

「但是妳已經在打包了。」

「親愛的。這是因為我和大家不同啊！其他人落跑時，有身上穿的衣服就夠了，但是這些很多是設計師款的經典耶！我打包不代表我們一定得走。我只是預作準備而已。你知道的，我向來不喜歡意外的驚喜。加上我是個物質至上的婊子。這是大家都知道的，所以你看我不準啦！對了，別跟人家說我抱你這件事。」

「我不會的。」愛羅斯更往她的頸間的鎖骨鑽去，「但是媽，我不認為這次我們能化險為夷。以前我們從來沒有遇過這麼嚴重的危機。我們需要阿波羅。沒有了他，我們絕對撐不過去的。」

「孩子，我們之中的每一個神都很重要。我們需要我讓萬物看起來優雅而美麗，這樣人類才有啟發靈感的來源。我們需要阿特蜜絲快速的腳程衝來衝去，讓大家以為有人在做事。而我們需要你，才能維持信念。」

「但是我已經沒有信念了。」

「如果連你都沒有信念，那眾神也無法維持信念。我還記得宙斯最後一次舉行慶生會後，每個人像無頭公雞般毫無方向的亂竄。自那時起，這間房子裡已經有好久都沒這麼多神了。哦！天哪！這真是個恐怖的想法。他們亂竄的樣子活像是精子尋找卵子一樣。而你是在這個領域唯一有經驗的人，你是唯一知道如何相信虛假事件的人。所以你最好給我滾出去，去說服大家，我們一定會找到阿波羅，還有讓大家相信，一切都會沒事的。這會讓大家忙上一陣子，直到——」

「直到什麼，媽？」

「直到我們真的能化險為夷，或是我幫所有人都打包好為止。我們是神，愛羅斯，所以我們一定可以想辦法逃過一劫的。即使結果不像我們所想的那麼滿意，但是我們終究可以挺過去的。」

愛羅斯坐起身來，點點頭，「我知道了。妳說的是對的。」

「我永遠是對的。」

這時，門又被打開，這次是荷米斯走進來。

「現在大家都流行不敲門嗎？」阿芙羅黛蒂抱怨。

「你們最好趕快下樓，我剛接到阿特蜜絲的來電。」

39

回到陽世的路非常崎嶇。阿特蜜絲已經得到一切自己想要的東西，她深怕被黑帝斯奪走。按照俄爾甫斯創下的先例，尼爾走在頭愛麗絲的前面。他一旦回頭，愛麗絲將被送回冥界，陷入萬劫不復之地。因此，在前面那一段，也就是從黑帝斯和波瑟芬的宮殿一路到冥界的地鐵站時，除了偶爾大叫一聲：「我還在」以外，愛麗絲一句話也不敢說，深怕兩人一開始交談，尼爾會忘記規則而轉過身去回應。她全神貫注地盯著她愛人的背影。他棕色的頭髮下露出長滿雀斑的粉色頸背、藍色的睡袍下面是不相稱的牛仔褲和球鞋。

愛麗絲看到長長的陰暗隧道即將結束時，她感到一陣慌亂，因為她再也等不及了。於是她大叫：「千萬別回頭。阿特蜜絲，我不是不懂得感恩，我只是有些擔心。我已經沒有身體了，我會變成孤魂野鬼嗎？」

「別擔心，阿芙羅黛蒂會搞定一切。」阿特蜜絲回答。

「阿芙羅黛蒂？」

「是的。我相信阿芙羅黛蒂會幫妳改頭換面，讓妳比現在更漂亮。她最擅長的就是整體造型，讓海倫艷冠群芳的幕後推手就是她。人們到現在還對海倫的美麗念念不忘。」

「那就好。不過我不確定阿芙羅黛蒂喜不喜歡我。」

「一旦我們結束這一切，相信我，她會的。」阿特蜜絲肯定的說。

「但是妳確定她會願意幫這個忙嗎？」尼爾插進來，他的聲音和愛麗絲的一樣充滿焦慮，「我以為妳們都想竭盡所能地不亂用神力，更何況現在連太陽都消失了。」

「放心，一切都會沒事的。」阿特蜜絲再三保證。

「別騙我們了。世界末日就快要來臨，我們還是沒能喚醒阿波羅……」

「相信我！」

頓時，三人都在沈默中加緊腳步。

「別回頭，」愛麗絲叫道，「但是我不能就這樣死而復生吧？每個人都知道我已經死了。總有人為我舉行葬禮吧？」

「我是沒有受邀，但是我相信葬禮確實舉行過了。」尼爾對阿特蜜絲說：「不僅如此，她的死訊遍佈各大媒體，因為她是被閃電擊斃的。有的媒體甚至刊出她的照片，我相信大家都認得出她來。每個人都知道她死了。」

「那很好。」阿特蜜絲說。

「所以我們不能就這樣把她從陰間給帶回來。」

「我們當然可以，而且我們一定會這麼做。」

「但是——」

「我剛剛不是叫你們相信我嗎？」阿特蜜絲不耐煩的說。

等他們到了隧道口時，愛麗絲緊張得完全說不出話來，只能偶爾咳著說：「我還在！」，深怕尼爾回過頭去確認她有沒有跟上。他們三人先後爬上月台。尼爾用力地穩住自己的頭，以免自己不自覺地回過頭去。然後他們穿過那道牆，進入人類的車站。車站裡仍舊是漆黑一片。但是經過隧道的全然漆黑後，這裡有一絲微弱的光線足以讓愛麗絲認出這是她所熟悉的地方。這點熟悉的感覺像一雙柔軟的手套，緊緊地包圍著她。

「嘿！我們到了，我現在可以轉過去看她了嗎？」尼爾聲音裡的痛苦和渴望對愛麗絲來說是感同身受，她覺得這話彷彿是從她嘴裡說出的一樣。

「嗯！這我不確定。我不知道所謂的入口是從哪裡開始算。我覺得你還是等到出了車站再說吧！畢竟這樣比較保險。」

於是他們一起走向那個通往出口的長樓梯。雖然是一起行動，卻是單獨前進。

一直到他們終於踏出驗票閘門，跌跌撞撞地跑出大門口的護欄時，愛麗絲才相信眼前所發生的一切。她終於獲得重生的機會，而尼爾終於敢轉過去看她。喜悅全寫在他的臉上，兩人興奮地向對方撲過去，透明的雙臂穿越彼此，然後兩人交換位置，跌倒在冰冷的人行道上。兩人站起身來，止不住地大笑，再次地看著彼此。兩人的雙眼都捨不得離開彼此。

「你都沒變耶！」愛麗絲悄聲說道，一副不敢置信的樣子，「你真的一點都沒變！」

「夠了吧！兩位。我們的時間不多。我們必須趕快回到尼爾的公寓，回到我們的身體裡。」

「身體？」

「我路上再解釋。」尼爾說。

一路上，尼爾向愛麗絲解釋阿波羅和太陽發生了什麼事。她試著傾聽——畢竟，他說的是非常嚴重的事情，但是愛麗絲發現自己無法專心聽他說話。就像是焦土遇上大雨一般地享受，她盡情地沈浸於盯著他看的滿足——他完美的輪廓、生動的眼神。「生動」是個多麼讓人雀躍的字眼。她回想，陰間可有稱得上是「生動」的事物？他說話時皮膚一緊一鬆的樣子，他的每根頭髮、每個毛孔，哪樣不是讓她朝思暮想，但在那段沒有他的日子裡，卻又極力克制自己不要去想的東西？她看到尼爾也正殷切地望著她。她不知道自己的臉是否反映出同樣困惑、充滿驚喜的表情。

「我愛你。」她突然打斷他，「尼爾，我連一秒也忍不下去了。我愛你。」

「我也愛妳。」尼爾說。

「你們倆還真甜蜜。拜託你們快走，別停下腳步。」阿特蜜絲在一旁催促。

她帶著這對小情侶回到尼爾的公寓，一路穿過骯髒巷弄和破舊的廉價商店。這些都是在號稱世界之都的倫敦街頭隨處可見的景象。霓虹街燈隱約照著商店和餐廳門口的防護鐵欄。在燈光映照下，堆在人行道上的垃圾，活像乾草堆。然而，這一切在愛麗絲眼中，都成了再美麗不過的景象。

「我都忘了這裡有這麼多賣食物的店，這些餐廳、超市還有雜貨店。陰間沒有人需要食物。那裡是有幾間酒吧，就像是我工作的那一間，不過那裡主要是給人聊天和打發時間用的。除了宮殿裡有石榴以外，那裡沒有食物。除了忘卻之河的水以外，那裡也沒有飲料。不像這裡，食物隨處可見。我真希望我能來上一點。你不知道我有多想念吃東西的美好。我幾乎都快忘了進食的感覺。」

「聽到妳說話，我好開心。」尼爾說。

「我覺得自己好像好久沒說過話了。當然，其實我有和人交談，但是不是和認識的人，不是和你。」

「但是妳離開人世其實也沒有多久啊！」

「別忘了，她是在死亡時空。」阿特蜜絲提醒。

「『死亡時空』是什麼意思？荷米斯之前也有提過，但是我不懂他的意思。」愛麗絲問。

「陰間的時間過得比人世快。」阿特蜜絲解釋。

「那我死亡至今究竟過了多久？」

「二十六天。」尼爾回答。

「二十六天？你是說『天』？」愛麗絲驚訝不已。

「不然妳覺得過了多久？」尼爾問。

愛麗絲以一種非常安靜的聲音回答：「我以為已經過了好幾年。」

「那段時間妳都是自己一個人嗎？」尼爾說。

「可憐的尼爾，你一定是受到嚴重驚嚇，還沒恢復。」愛麗絲說。

「總之，現在她回來了。看，我們到了。讓我們祈禱你或阿波羅的肉體都還沒凍僵。」

40

尼爾回到肉體的第一個感覺就是，好冷。他轉頭看牆上的鐘，發現時間不過過了幾分鐘而已。

「我們還有多少時間？」他問阿特蜜絲。

「現在我們回到活人的時空，所以所剩時間不多。」她說完便匆匆地轉過身去，走出房間。

愛麗絲則一副從來沒看過這個房間的樣子，好奇地左右張望。

「我真的覺得已經過了好幾年了耶！我已經忘了你的房間是什麼樣子。但是根據你們的說法，我幾週前才來過這裡。怎麼可能才過幾週呢？」

阿特蜜絲回到房間，肩上扛著阿波羅僵硬的身體，像是一件厚重的皮草。

「動作快！我們得快點。」

「我們要去哪裡？」愛麗絲問。

「特拉法加廣場。」

「為什麼要去特拉法加廣場？」尼爾問。

「因為大家都聚集在那裡。」

「誰是『大家』？」尼爾又問。

「就是『每個人』！快點走吧！」

尼爾穿上他最保暖的毛衣和外套，然後隨便塞了幾件毛衣和毛帽在包包裡。

「你帶那些做什麼？」愛麗絲問。

「這些是給妳的，等妳拿回妳的身體後就用得到。」

兩人相視而笑。

「我拜託你們兩位，可不可以不要再沈浸在自己的甜蜜世界裡。快點啦！」阿特蜜絲忍不住抱怨：「我們都知道你們真心相愛，但容我提醒你們，我相信你們的愛能永存，但是這世界快要滅亡啦！」她急步前行的樣子頗有故作冷漠高傲之態，但是在她不小心把阿波羅的頭撞上門框時，卻完全破功。

「快點啦！」她在門外大喊。

尼爾回到肉體之後，行動速度明顯變慢。愛麗絲輕鬆地在人行道上快步前進，一點感覺也沒有。阿特蜜絲，天生的女神與獵人，即使身上有些許負擔，仍看起來毫不費力地以穩健的步伐快速前進。可憐的尼爾在結冰的人行道上滑來溜去，還得設法保暖。此外，由於大眾的恐慌和交通混亂，街上完全沒有任何大眾運輸工具，連計程車也沒有。他們毫無選擇，只能從海德里區一路走到倫敦市中心。每走一步，彷彿氣溫就下降一點。不過尼爾和愛麗絲看起來倒不是挺在意，畢竟這讓他們在「拯救世界」之前，還有點時間彌補過去幾週（或幾年）的相思之情。即便如此，尼爾還是忍不住和阿特蜜絲說，要是這段旅程是在死亡時空下進行應該會比較好。

「我知道你感到很挫折，我也知道你很冷。但是我需要你們的肉體，你的和阿波羅的。我也希望在公寓時就能喚醒阿波羅，但是我的力量還不夠強大。」

「『還』不夠？這什麼意思？我以為你們只會越來越衰弱。」尼爾問。

「現在情況不同囉！」

在抵達特拉法加廣場之前，他們就已經聽到那裡人聲鼎沸。有憤怒的叫囂、唱聖歌的聲音，還有那不可避免的聲音——頭頂雷鬼髮辮造型的白人咚咚地打鼓。倫敦人一定要每次聚會都這樣搞嗎？尼爾覺得自己快癱了，他已經走了整整兩小時的路，現在溫度已經是零下。光是保暖就已經耗盡他所有的能量。

「阿波羅醒來後，看到世界變成這樣，他一定會發飆。」阿特蜜絲說，順手把阿波羅的身體從一肩甩到另一肩，「他最喜歡看到這種戲劇化的反應了，這是他的本性。要是陷入昏迷的是我，你可能不會看到人類有這麼大的反應。不過，他們所受到的影響程度絕對是一樣的。」

「可以具體說明嗎？」

「潮汐將會大亂。潮汐是非常重要的。你問波賽登就知道了。萬物的生理期將因此被打亂。你會看到野生動物在街上閒混，人類到處做愛。」

「喔！這真是太可怕了。」尼爾說，一旁的愛麗絲則羞紅了臉。

到目前為止，街道上都沒什麼行人。不過當他們靠近聖馬丁街時，已經可以看到聚集在廣場的人潮了。身旁也開始出現一些同路的行人，身穿厚重的大衣、毛帽和圍巾，全身包得緊緊的。就算有人對一個漂亮的女人毫不費力地背著一具男人的身體感到奇怪，他們也沒有表現出來。過去幾個小時內，人們對怪異的容忍度似乎瞬間提高許多。

「太好了。」阿特蜜絲看著廣場上的人潮說。眼前的群眾從她的眼珠反射出來，像是一群在土堆上亂爬的白蟻。

「我們得奮力擠進去。」尼爾說。

「是嗎？你得有很強的信念才做得到。」

說完，像變魔術一樣，她隨手一揮，當然是用沒有抱阿波羅的那隻手，群眾一副被催眠的樣子，居然自動分開。

「哇！就像摩西過紅海[40]一樣。」愛麗絲說。

阿特蜜絲的手縮了一下，「別再跟我說什麼聖經典故。這可是他們學我們的，不是我們學他們。」

他們三人穿過群眾，走向廣場中間的尼爾遜紀念碑。

「記住！他們只看得到尼爾，看不到妳。」

「哦！我記住——」愛麗絲突然大叫：「那是我表妹。尼爾，那是我表妹、那是愛瑪。她在這裡做什麼？我可以跟她說話嗎？阿特蜜絲，我可以跟她說話嗎？」

阿特蜜絲搖搖頭，「她看不見妳。快走吧！我們的時間不多了。」

「那是外包公司的另一個清潔工。」愛麗絲指著一個人，「還有那是我的老闆！」

40　舊約聖經的「出埃及記」中描述摩西帶領以色列人出埃及，在上帝的協助下將紅海分開，並在沙漠曠野中流浪四十年，尋找應許之地。

「這裡幾乎每個人都認識愛麗絲。」阿特蜜絲說：「不論是她周遭的親友同事，或是在報紙上看過她的新聞。荷米斯還真行。」

「荷米斯？」尼爾問。

「是的。他把這些人都聚集在此。這就是我在宮殿打電話給他的原因。」

「哦！我的老天爺！」愛麗絲用手摀住他的嘴巴，「那是我爸媽。求求妳，阿特蜜絲，求求妳，妳一定要讓我跟他們說話。既然尼爾看得見我，為什麼他們看不見我？妳能不能讓她們看得見我？」

「還不是時候。」阿特蜜絲說：「妳得有點耐心。還有，拜託妳不要一直說『我的老天爺』好嗎？」

「媽！我在這裡！」愛麗絲大喊：「爸！是我！是我愛麗絲！」

他們不過在幾尺之遙，但是卻沒人轉過頭來看她。兩人木然地望著前方，彷彿什麼也沒聽見。愛麗絲的母親形同枯槁，帽子和厚圍巾底下的臉十分悲傷而陰鬱。愛麗絲的父親將手放在母親的肩上，像是要為她抵擋寒風以及……天知道還能有什麼。

「我真希望我能親口告訴他們我沒事。」愛麗絲說。

「就快了。」阿特蜜絲說：「好！我們到了。」

他們來到廣場的正中間，這座著名的紀念碑的兩側分別站了兩隻巨大的石獅，為籠罩廣場的陰鬱更添加了一絲威脅的氣息。紀念碑底部設有護欄，隔絕群眾。愛麗絲看到護欄後方站的是所有她曾經幫忙清理房子的眾神，其中有一些她不認識，但是他們很明顯是一國的。阿特蜜絲帶領尼爾和愛麗絲穿越護欄，然後關上柵門。

「大家好！」愛麗絲向眾神打招呼。

但是沒人理她。

「連他們也看不到我嗎？」她問阿特蜜絲。

「他們看得到妳，他們只是毫不在乎。」

阿特蜜絲小心翼翼地將阿波羅的肉體平放在其中一個石階上。第一個衝過去的是阿芙羅黛蒂，赫斐斯托斯像條忠心的狗跟在她後面。她在她的愛人前面跪下。

「你還好吧？」阿芙羅黛蒂急切地問，但是阿波羅毫無反應。

「阿特蜜絲，他跑到哪裡去了？妳是在哪裡找到他的？」

「不知情的人還以為妳因為罪惡感而良心發現。」愛羅斯湊過來。

「你才有罪惡感哩！我看得出來你又回到老樣子了。」阿芙羅黛蒂反譏。

一瞬間，眾神突然開始交談。

「妳要怎麼幫他？」狄蜜特問阿特蜜絲。

「等著瞧。」她回答。

「嘿！兩位。」阿瑞斯向尼爾和愛麗絲打招呼，「真高興看到你們和好。老實說，自從上次害你們吵架之後，我一直良心不安，總覺得自己好像做得太過分了。」

「別擔心，我們倆好得很。」尼爾說。

「渡假還愉快嗎？」阿瑞斯問愛麗絲。

「並不怎麼愉快。」

「但至少妳可以休息一下，是吧？」阿瑞斯說：「哪像我。我不能一個人去渡假，因為我每次去某地渡假，那裡就會變成一級戰區，然後我只好一直工作、工作，不停地工作。」

「嘿！恭喜妳找回妳的清潔工。」荷米斯對阿特蜜絲說，「下面情況如何？我很高興看到妳們都毫髮無傷的全身而退。」

「愛麗絲可沒有『全身』而退，但是我們得先把眼前的問題解決。我還欠她一個肉體。」

「黑帝斯和波瑟芬怎麼沒來？」

「他們不願意上來。」

「那賽柏拉斯呢？」

「我和他打了一架，而且我贏了。我用牠來換這個女孩。」

荷米斯挑起一邊的眉毛，「幹得好！」

「你的英雄幫了不少忙。」阿特蜜絲說。

「我的瘋病還是沒有好嗎？」宙斯茫然地發問，但是似乎沒有特定對象。

「是的，親愛的。你的病還沒好。」赫拉緊抓著他的手臂不放。

「等等！我不是殺了那個女孩嗎？我應該要再殺她一次嗎？」

「一次就很夠了。」赫拉說。

「阿特蜜絲，」雅典娜說：「我在此有義務向妳強調，妳所精心謀劃的這場將我們完全暴露在眾凡人眼前的活動是極為不必要的，因此妳的行為將會極大化——」

「好啦！雅典娜。我知道自己在做什麼。」阿特蜜絲不耐的打斷。

「有人要來一杯嗎？」狄奧尼索斯熱情地問。

「我要，謝謝。」阿特蜜絲說。

「妳？」

「是的。我偶爾也想來一杯。」她伸手拿過他手上的酒瓶，猛灌了一大口。

阿特蜜絲爬到紀念碑的頂端，並示意尼爾與愛麗絲也一起上去。

「你們兩個相信我吧？」

「那當然。」愛麗絲說。

「在這一切發生之後？我當然完全地相信你。」尼爾說。

阿特蜜絲用力地吸入這股信念的力量，像吸入純氧一般。然後，她轉過身去，向群眾喊話。

「眾人們。」

她並沒有刻意提高音量，但是在場的每一個人都聽得到她說話。他們全都轉頭面向阿特蜜絲。看到數千雙好奇的眼睛盯著她，她不禁希望在這樣場合，自己身上穿的不是運動服。但是現在擔心這個也未免太晚了。而且，阿芙羅黛蒂才會有這種膚淺的想法，阿特蜜絲可是比她有內涵許多。

「你們正面臨前所未有的危機，太陽消失了。你們從光明被打入黑暗與陰冷。你們也許懷疑，世界末日是否即將來臨。」

底下的群眾紛紛開始交談，阿特蜜絲以手勢示意大家安靜。

「世界末日也許會，也許不會這麼快降臨。這完全由你們決定。」

現在，換眾神開始議論紛紛，顯然他們認為世界末日是否到來，應該由他們決定。

「閉嘴！」阿特蜜絲向她的家人大吼，「我知道我在做什麼。」

她再次向群眾喊話：「這完全由你們決定，決定權在你們手中。你必須決定你們要不要相信。」

「相信什麼？」群眾中有人大喊。

「我相信我看到的一切，但是我現在什麼也看不清楚。」另一人大喊。

「太陽到哪裡去了？」又一人喊。

其他人彷彿受到鼓舞，全都跟著大喊：「太陽到哪裡去了？太陽到哪裡去了？」

阿特蜜絲再度示意大家安靜，群眾的聲音逐漸平息。

「尼爾會向大家解釋。」她說。

「什麼？」尼爾吃驚的說。

「誰是什麼鬼尼爾？」群眾中有人大喊。

「上來啊！告訴他們你所經歷的一切，他們不會相信我說的話。」阿特蜜絲說。

「但是——但是，我做不到。」

「你做得到，你是個天生的佈道者。」

「佈道者？阿特蜜絲，妳知道我最討厭佈道這種玩意兒了。」

「沒錯。聽著，在我認識你之前，和其他的神一樣，我一直以為我們不斷在流失神力是因為

我們逐漸衰老。」

「真的嗎？」愛麗絲驚訝地問。

「不，不是這樣的。尼爾，是你，是你找出問題的答案。我們流失神力不是因為衰老，而是因為沒有人相信我們。」

「妳不是本來就知道的？」尼爾問。

「過去很長一段時間，雅典娜一直試圖告訴我們這點。」阿特蜜絲承認，「不幸的是，她不是一個很成功的溝通者。總之，是你讓我們知道問題的答案。同時，你原本也是最不可能相信我們的人類之一，所以你是讓凡人再次相信我們的最佳人選。如果我直接跟他們說我是神，這絕對行不通。我跟你保證，絕對不會有人相信我的話。一定要由另一個凡人來告訴他們，而這個人就是你。」

「但是我做不到。我一點也不擅長公眾演說。看看我，我根本沒有一點公眾魅力。這裡至少有好幾百人，不！是好幾千人。況且，妳聽聽，他們在叫什麼。」

「誰是什麼鬼尼爾？誰是什麼鬼尼爾？」

「相信我，這一點都不難。」阿特蜜絲還是不放棄。

尼爾挑起一邊的眉毛。

「相信我，我也會在一旁幫忙。」阿特蜜絲說：「但是妳得先向他們解釋愛麗絲的事情。她死的時候你在現場。現在我們把她帶回陽間，你也在場。」

「但是——」尼爾還是不確定。

「尼爾，你是英雄。該是你盡責任的時候了。」阿特蜜絲語氣轉為強硬。

「尼爾，」愛麗絲插進來說：「求求你。你就試試看吧！」

「你一定會做得很棒的。我相信你。」愛麗絲鼓勵他。

尼爾轉身，面向群眾。他用力吞了口口水。這裡的人還真不是普通的多，而且他們看起來都很不友善。他感覺到自己在顫抖，儘管冷得要命，但是他的手居然在冒汗。

「大家好！」他開口了，「我就是那個鬼尼爾。」

群眾中爆出笑聲，大家也冷靜下來。

「你們不認識我，但是你們認識我的朋友愛麗絲。」

愛麗絲不知道碎碎念了什麼。

「嗯——我是說我的女朋友愛麗絲。」尼爾轉過頭去，對她微笑。不過在眾人眼中看來，他是在對空氣微笑。

「愛麗絲．慕禾倫，她於數週前遭閃電擊斃而死亡。」

他的聲音和阿特蜜絲的一樣，毫不費力地就傳遍全場。他偷偷瞄了一眼阿特蜜絲，她對他綻出一抹微笑，臉上充滿專注的神情。

「事發當時，我在現場。那是我這輩子最悲慘的一天。」

尼爾看著愛麗絲的父母，他們站在第一排。她的母親將頭靠在身旁的父親肩上，掩面啜泣。

「我很愛她，我知道我再也見不到她。」

底下安靜得連一根針掉到地上都聽得見，連鼓聲都停止了。

「但是，我後來證明，我錯了。」

「你在說什麼鬼話？」底下有人大喊。

「他是說他將會在天堂與她相會。」另一人回道。

「我們全都要死了。」又一人大喊。

接著，有人開始大聲尖叫，中間的人開始向外推擠。眾人開始驚慌，鼓譟的聲音越來越大。

「快跑！」有人大喊。

「跑去哪？」

「不！」尼爾用力揮手，「不，我不是這個意思。大家冷靜，請聽我說。我們不會死，至少現在還不會。」

阿特蜜絲在他身後扮了個鬼臉，同時盡力維持群眾秩序。最後，大家終於冷靜下來，不再推擠，但是他們的臉上充滿困惑和焦慮。

「我很抱歉。我實在不擅長演講，但是拜託你們耐著性子，聽我把話說完。」

他停頓了一下，群眾也配合地安靜聽他說。

「我剛剛說我不會再見到愛麗絲是錯誤的想法。我的意思是，我已經再次見到她了。就在今天，今天下午，就在太陽消失後，我和阿特蜜絲——就是我身旁這位女士——我們一起去了一趟陰間，也就是死人的世界。我知道你們不會相信我說的話，我當時也不相信。但我還是到了陰間裡去尋找愛麗絲。我不但找到她，還把她給帶回來了。你們看不到她，但是她其實正站在我旁邊。」

尼爾對愛麗絲露出微笑，她也以微笑回報。但是底下的群眾可笑不出來。大家又開始大喊：

「鬼扯！鬼扯！」

「太陽在哪裡？太陽在哪裡？」

「誰是什麼鬼尼爾？」

「我知道你們很難相信我的話。」尼爾的聲音蓋過他們，「但是，想想看，昨天誰能想到今天太陽會消失？每一件事都超乎我們的想像。我要告訴你們的是，神是真實存在的。我說的是真正的神，他們和我們一樣生活在這個世界。我遇過他們，你們也都遇過。他們現在正站在你們的眼前，相信我，相信他們。是他們把愛麗絲帶回人間，而他們有能力讓太陽重回大地。」

群眾開始發出不屑的噓聲，又有人開始打鼓了，而且比之前打得還大聲。還有人把空瓶子和硬幣當成飛彈亂丟。

「尼爾，幹得好！你做得太好了！」阿特蜜絲說。

「好？妳在開玩笑吧？看看他們。」尼爾說。

一個啤酒罐從他頭上飛過去，差點就打中他。

「你可以下來了。接下來交給我。我真希望我有足夠的神力來完成這項任務。」

她向眾人說：「他說的是真的，愛麗絲的確在這裡。」

她向前一步，將手伸往愛麗絲站的地方。接下來幾秒，什麼也沒發生。然後，群眾突然全部安靜下來。

阿特蜜絲對愛麗絲說：「現在他們看得到妳了。」

「那他們聽得到我說話嗎？」

「可以。」

「媽！」愛麗絲大叫，「爸！沒事了。他們把我帶回來了！我沒事。我還活著！我很好！我愛你們！」

群眾全都開始鼓譟，愛麗絲的家人和朋友拚命往護欄的方向擠過去，又哭又叫，其他人則是大喊大叫、鼓掌喝采。

「別讓他們靠太近，妳還沒有肉體。」阿特蜜絲警告她。

但是現在根本沒人聽她說話。信仰的力量如潮水般蜂擁而至，力量之大讓阿特蜜絲往後倒退了幾步，她逐漸乾枯的身體瞬間充滿能量。她有種獲得重生的感覺，她知道自己已經回到過去，再次成為真正的神。她聽到身旁眾神的驚呼和呻吟。他們也對這番前所未有的狂喜驚訝地不知如何反應。她感覺到自己的皮膚逐漸變得緊實，看著皺紋和歲月的線條逐漸消失。她的肌肉變得硬挺結實，體內的血液帶著活力與能量，止不住地衝向四肢，思緒頓時一片澄清。

「哦！開始了。」她呻吟道，「啊……開始了。」

她努力地向下看著家族的眾神，白髮變黑髮，肌肉不斷增長，皺紋全部撫平。每個神似乎都從現有的軀體中綻放開來，發出光芒。全新的宙斯從他老舊的軀殼中破繭而出，像是一隻獲得新生的蝴蝶。原先形同骷髏的身軀，搖身一變，成為英俊挺拔、氣質非凡的宙斯，雙眼熠熠發光，頭髮在風中飄揚。

「哦！我親愛的家人。我回來了！」他大叫。

在他周圍，眾神都像花朵般，綻放出生命的光彩。

「這就是我一直在說的——人類信仰的力量。」愛羅斯喃喃自語。

「這真是太神奇了。這簡直比做愛還棒！」阿芙羅黛蒂又驚又喜地說：「阿特蜜絲，妳這個婊子，這就是妳私底下一直密謀的計畫嗎？」

阿特蜜絲抬頭挺胸，再次面對群眾。只見他們傻傻地看著眾神的蛻變，驚訝地僵在原地，說不出話來。

「現在，」她說：「該是太陽回來的時候了。」

她快步走下紀念碑，加入眾神的行列。

「阿芙羅黛蒂，趕快給那個女孩一個身體，不然那些人就快衝上來了。他們雖然看得到她，但是如果他們在她有身體前試圖觸摸她，他們會以為這一切都是幻覺。他們就會停止相信。至於其他人，快點喚醒阿波羅吧！」

阿芙羅黛蒂趕緊爬到紀念碑頂端，來到愛麗絲身邊。這時她的父母離她僅有幾尺的距離。她正在哭泣，但是流不出眼淚，她努力將手伸向她所愛的親友，大聲地喊著她愛他們，而他們也拚命地想接近她。他們隨時會跨過護欄。尼爾向前幾步，站在愛麗絲前方，企圖阻擋任何人靠太近。但是他卻忍不住不停地回頭，看著那張因著感激和幸福而發光的美麗臉龐。

「嘿！愛麗絲，」阿芙羅黛蒂說：「告訴我，妳想要變得多漂亮？有哪些贅肉或是橘皮組織要我幫妳消除掉？現在妳有機會……」

「謝謝妳，但是我喜歡我原來的樣子。」

阿芙羅黛蒂伸手去觸摸她——是真的觸摸。愛麗絲驚呼一聲，對於再次感受到自己的肉體和地心引力感到難以置信，完全按照她不完美中的完美，絲毫不差地回復原來的肉體。她興奮地衝向尼爾，伸手抱住他，用力地親他的嘴唇。當他回親她的時候，她的父母終於跨過護欄，爬上階梯，邊哭邊笑，用力擁抱他們朝思慕想的女兒。愛麗絲開心地與他們熱情擁抱，但是一隻手始終握住尼爾的手。她的眼淚流了下來，又哭又喊：「我回來了！我回來了！」

其他神則在阿波羅身邊圍成一個圓圈。

「這就是我一直要告訴你們的，」雅典娜碎碎念：「資訊早就——」但是沒有神想理她。

「妳覺得這行得通嗎？」荷米斯問：「神的生命力量——這可需要很大很大的能量。」

「你還感受不到嗎？」阿特蜜絲回說。

「我是感受得到，但是……」

「我早就說過了！」雅典娜大吼，但還是沒人理她。

「大家把手握起來。」阿特蜜絲下令。

全部的神手牽著手圍著阿波羅的身體。

「數到三，」阿特蜜絲說：「一起數！一……二……三——」

阿波羅睜開雙眼，太陽重回大地。

尾聲

「我們真的全部都要邀請嗎？」尼爾看著床上堆得高高的喜帖，無奈的說。

「那當然。」愛麗絲說。

「連黑帝斯和波瑟芬也要？」

「黑帝斯不會來的，但是如果波瑟芬能來的話，我會很高興的。她總是稱讚我們倆是甜蜜的一對，不是嗎？」

她放下牙刷，回到臥室，爬上屬於她這一半的床。

「妳穿這件睡衣看起好性感喔！」尼爾的手不規矩地在她身上亂摸。

「尼爾，先搞定邀請函！專心點！」

愛麗絲把他的手拿開，放回他那一半的床上。

「好啦！」尼爾不情願地拿起筆，在下一張邀請函上寫下，「敬邀　阿芙羅黛蒂與赫斐斯托斯。」

「別忘了註明，請阿芙羅黛蒂不要帶她的手機。」

「她還在靠講色情電話維生嗎？」

「她現在改提供免費服務。」愛麗絲回答：「她把它當作社福事業。」

「接下來是荷米斯。」

「他已經答應了。」

「可是我們還沒送出邀請函耶！」

「他習慣先回覆。」

「宙斯和赫拉？」

「我們得讓宙斯和伴娘們保持距離，但是我們又不能沒有伴娘。」愛麗絲說。

「但是如果他來的話，所有的狗仔隊也都會到，他是眾神之王。」

「荷米斯會幫我們把他們擋在門外。」

「好吧！」尼爾繼續寫信封，「狄蜜特負責會場的花卉佈置，所以她一定會來。還有愛羅斯也一定會來。」

「你有跟他討論儀式的用詞嗎？」

「有啊！我今天早上才打給他。他說他很願意幫我們寫誓詞，但是他現在正為了教會服務的事煩惱不已。他說他很難接受自己不再是個基督徒，那些耶穌基督的信仰總是縈繞在他心中。」

「我相信無論如何，他都會做得很棒的。那狄奧尼索斯呢？他有跟你聯繫，說音樂準備得如何嗎？」

「有啊！他說他會帶他自己的唱盤。哦！他還有問需不需要提供派對用的酒。」

「我希望你有跟他說不需要。」

「我有啊！不過我跟他要了一瓶，說我們新婚之夜要用。」

「哦！親愛的，你真調皮。」

「如果妳不要，那我就請他不用帶來囉！」

「不，不，不需要帶……」

「我們還漏了誰？」尼爾問。

「雅典娜。我們也應該寄張邀請函給阿瑞斯，儘管他不會出席，他說這是為了我們好。再說，最近有許多地區發生戰爭和衝突需要他去忙。我真希望那些衝突能盡快停止。」

「在他的干預之下？不太可能吧！那阿特蜜絲呢？她答應當妳的女伴娘了嗎？」

「她答應啦！但是她對禮服有很多意見，而且她還說要帶狗。」

「告訴她把她的狗留在家吧！她新家的花園夠大了。」

「哦！尼爾，不要這樣嘛！你知道她有多愛狗，也許她只會帶一隻帶領進場隊伍。」

「親愛的，妳真是善良又體貼。」

「這正是你喜歡我的原因啊！」

「好吧！阿特蜜絲和狗，那就只剩下……」

「阿波羅。」愛麗絲說。

「舉世聞名的阿波羅，預言大師、搖滾歌手、長舌公、國際級的花花公子。」

「我們要邀請他。」

「妳確定？在他搞出這一切之後？」

「我百分之百確定。我會先和愛羅斯談談，也許我們可以幫他在婚禮上找到一個新的女朋友。」

「愛麗絲……」

「別這樣嘛！尼爾！會出什麼差錯呢？事實上，我在想你妹妹是個不錯的人選。她跟上一個男友分手不是很久以前的事了嗎？你覺得怎麼樣？」

「愛．麗．絲！」

尼爾向她撲過去，將唇覆蓋在她笑得合不攏的嘴上。所有的邀請函都被推到地上。愛麗絲羞紅了臉，一路從紅到脖子下方，還有她兩耳的最上方。

【全文完】

Oh My God! 阿波羅的倫敦愛情故事

作　　者　瑪莉・菲莉普（Marie Phillips）
譯　　者　郭立芳

發 行 人　林敬彬
主　　編　楊安瑜
編　　輯　蔡穎如
美術編排　帛格有限公司
封面設計　Chris' Office

出　　版　大都會文化事業有限公司　行政院新聞局北市業字第89號
發　　行　大都會文化事業有限公司
110台北市信義區基隆路一段432號4樓之9
讀者服務專線：(02)27235216
讀者服務傳真：(02)27235220
電子郵件信箱：metro@ms21.hinet.net
網　　　　址：www.metrobook.com.tw

郵政劃撥　14050529 大都會文化事業有限公司
出版日期　2009年6月初版一刷
定　　價　280元
I S B N　978-957-8219- 85-4
書　　號　Story-02

First published in Great Britain in 2007 under the title Gods Behaving Badly
by Jonathan Cape Vintage Random House

國家圖書館出版品預行編目資料

Oh My God! 阿波羅的倫敦愛情故事/瑪莉・菲莉普（Marie Phillips）著. 郭立芳譯. -- 初版. -- 臺北市：大旗出版社：大都會文化發行, 2009. 6
面；公分. --（Story；2）
譯自：Gods Behaving Badly
ISBN 978-957-8219-85-4（平裝）
873.57　　98008818

讀者服務卡

書名：Oh My God! **阿波羅的倫敦愛情故事**

謝謝您選擇了這本書！期待您的支持與建議，讓我們能有更多聯繫與互動的機會。

A. 您在何時購得本書：______年______月______日

B. 您在何處購得本書：___________書店，位於___________(市、縣)

C. 您從哪裡得知本書的消息：

1.□書店　2.□報章雜誌　3.□電台活動　4.□網路資訊

5.□書籤宣傳品等　6.□親友介紹　7.□書評　8.□其他

D. 您購買本書的動機：（可複選）

1.□對主題或內容感興趣　2.□工作需要　3.□生活需要

4.□自我進修　5.□內容為流行熱門話題　6.□其他

E. 您最喜歡本書的：（可複選）

1.□內容題材　2.□字體大小　3.□翻譯文筆　4.□封面　5.□編排方式　6.□其他

F. 您認為本書的封面：1.□非常出色　2.□普通　3.□毫不起眼　4.□其他

G. 您認為本書的編排：1.□非常出色　2.□普通　3.□毫不起眼　4.□其他

H. 您通常以哪些方式購書：(可複選)

1.□逛書店　2.□書展　3.□劃撥郵購　4.□團體訂購　5.□網路購書　6.□其他

I. 您希望我們出版哪類書籍：（可複選）

1.□旅遊　2.□流行文化　3.□生活休閒　4.□美容保養　5.□散文小品

6.□科學新知　7.□藝術音樂　8.□致富理財　9.□工商企管　10.□科幻推理

11.□史哲類　12.□勵志傳記　13.□電影小說　14.□語言學習（____語）

15.□幽默諧趣　16.□其他

J. 您對本書(系)的建議：

____

K. 您對本出版社的建議：

____

讀者小檔案

姓名：______________ 性別：□男 □女　生日：____年____月____日

年齡：□20歲以下 □21～30歲 □31～40歲 □41～50歲 □51歲以上

職業：1.□學生 2.□軍公教 3.□大眾傳播 4.□服務業 5.□金融業 6.□製造業

7.□資訊業 8.□自由業 9.□家管 10.□退休 11.□其他

學歷：□國小或以下 □國中 □高中／高職 □大學／大專 □研究所以上

通訊地址：______________________________

電話：（H）______________（O）______________ 傳真：____________

行動電話：______________ E-Mail：______________________

◎謝謝您購買本書，也歡迎您加入我們的會員，請上大都會文化網站 www.metrobook.com.tw 登錄您的資料。您將不定期收到最新圖書優惠資訊和電子報。

Oh My God!

阿波羅的倫敦愛情故事

Gods Behaving Badly

北區郵政管理局
登記證北台字第9125號
免貼郵票

大都會文化事業有限公司

讀者服務部　收

110台北市基隆路一段432號4樓之9

寄回這張服務卡〔免貼郵票〕
您可以：
◎不定期收到最新出版訊息
◎參加各項回饋優惠活動

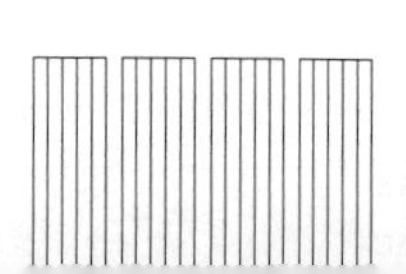